Lise Syven

Wir müssen Albert retten

LISE SYVEN

Wir müssen Albert retten

Roman

Aus dem Französischen übersetzt
von Christiane Landgrebe

THIELE VERLAG

Für So' und unsere gemeinsamen Lachanfälle

Diese Geschichte spielt nach dem ersten Jahr der weltweiten Covid-19-Pandemie, und in Frankreich bereitet man sich auf ein »normales« Weihnachten ohne jegliche Einschränkungen vor.

Prolog

Am Morgen des 25. Dezember

Was machte sie da, verdammt nochmal? Nach der aufregenden Weihnachtsnacht wusste Béatrice es nicht mehr so genau. Na ja, eigentlich doch. Sie wollte Albert retten, das war ihr Ziel.

Der arme Hummer bewegte seine Antennen kaum noch, er war geschockt von den Qualen in seinem Behälter aus Styropor … Béa tat ihr Bestes, aber wegen Wind, Kälte und ihrer triefend nassen Tennisschuhe, mit denen sie auf dem Kies ausrutschte, fiel es ihr schwer, Kurs zu halten, und das wirkte sich auf ihrer beider Stimmung aus.

Sie war ein paar Kilometer durch den Sturm gelaufen, fror sich fast den Hintern ab in ihrem roten Abendkleid, gegen den Regen schützte sie nur eine dünne gelbe Daunenjacke. Nass wie sie war, reichte ihr Alkoholspiegel nicht mehr aus, um sie warm zu halten.

Ihre Hände waren kaum noch durchblutet, und die eisigen Böen trafen sie am Hals, obwohl sie sich zusammenkrümmte und die Schultern hochzog.

»Keine Sorge, Albert, wir sind gleich da. Du bist wirklich verdammt schwer!«

Das riesige Krustentier wog eine Tonne – nicht wörtlich, natürlich –, aber das Tier war sicher groß genug, um ins *Guinness-Buch der Rekorde* aufgenommen zu werden.

Béa wollte nur mal schnell eine Minute durchatmen. Strähnen ihres langen braunen Haars klebten ihr im Mund, sie spuckte sie aus, so gut es ging, dann tanzten sie über ihrem Kopf, als hätte der Wind Marionetten daraus gemacht. Erschöpft ging sie weiter auf den Strand zu. Ab und zu verfluchte sie den Sturm, besonders die Böen, gegen die sie ankämpfte. Mit der Wut der Verzweiflung klammerte sie sich an die Kiste, während ihr Tränen über die Wangen liefen.

Wenn sie ihre Mission erfüllte und Albert rettete, würde sie auf jeden Fall Erwan verlieren.

Es zerriss ihr das Herz.

Dies war das schlimmste Weihnachten ihres Lebens. Bei weitem.

1

Ein Samstag im November

Splitterfasernackt hatten sie den ganzen Tag im Bett verbracht, und selbst am Abend dachten sie nicht daran, es zu verlassen. Sie warteten auf die Lieferung von Tofu und Gemüse in scharfer Sauce, die Erwan bestellt hatte, nachdem er ihnen beiden ein Gläschen Rum serviert hatte. Sie hatten einen vielversprechenden Abend vor sich.

Béatrice lag auf dem Bauch, ihr dichtes dunkles Haar bedeckte ihre Schultern, sie spielte mit ihrem Telefon und sah mit einem Auge auf den Fernsehschirm an der Wand. Ihr neuer Freund streichelte ihr mit den Fingerspitzen über den Rücken, während er sich konzentriert die Serie auf Netflix reinzog. Alles bestens. Das Ganze dauerte jetzt schon zwei Monate, drei Tage und sieben Stunden, und nie hatte es den kleinsten Zwischenfall gegeben.

Béa musste unwillkürlich lächeln, als sie den gutaussehenden Körper ihres Bretonen betrachtete. Blonder Schopf, helle Augen, Dreitagebart. Er ahnte nicht, welcher Zauber von ihm ausging; wahrscheinlich kam das durch den Knacks, den er in der Pubertät abbekommen hatte. Er war freundlich und lustig, konnte nicht gut mit Geld umgehen, begeisterte sich für Nippes. Doch wovon Béa wirklich schwach wurde, war seine Art, über ihre Witze zu lachen.

Im Grund hatten sie nicht viel gemeinsam – er arbeitete in einer Firma für Computersicherheit, sie in einem Verein für Umweltschutz –, doch sie hatten einander auf Anhieb gefallen. Eine so spontane Übereinstimmung hatte Béa lange nicht mehr erlebt, sie hatte darauf auch nicht mehr gehofft, seit sie über dreißig war. Wenn sie nicht mit ihm zusammen war, sagte sie sich oft, es sei zu schön, um wahr zu sein.

Der Lieferbote klingelte an der Tür. Erwan drückte auf Pause, zog seine Pyjamahose an und ging an die Tür, um die Bestellung entgegenzunehmen. Mit einem lauten Seufzer entschloss sich Béa, einen alten, unförmigen Bademantel überzuwerfen, den sie kurz vorher aus dem Badezimmerschrank ausgegraben hatte – sie waren heute bei ihm.

Sie half Erwan, die Pappschachteln zu öffnen, nahm ein Paar Stäbchen und setzte sich mit ihm an die kleine Bar seiner winzigen Küche, ohne auf das Durcheinander der Kabel und ausgeschlachteten Computer direkt unter ihren manikürten Füßen zu achten. Da klingelte Erwans Telefon. Er sah auf das Display und verzog das Gesicht.

»Was ist denn los?«, fragte Béa überrascht.

»Nichts. Es ist meine Mutter.«

Er sprach nur selten von seiner Familie, und Béa wusste nur, dass Erwans Eltern und sein Bruder in Lorient in der Bretagne wohnten und Régine, seine Mutter, böse darüber war, dass ihr ältester Sohn nach Paris gezogen war. Während der Corona-Krise, die sich ewig hingezogen hatte, so dass Erwan seltener als vorgesehen ins Morbihan kam, hatte sie besonders darunter gelitten. Régine schickte ihm andauernd irgendwelche Nachrichten, auf die er nicht antwortete.

Béa fand das seltsam, weil Erwan niemand zu sein schien, der andere vernachlässigte und in heiklen Situationen nicht tatkräftig zupackte.

Sie nahm sich etwas von dem scharf gewürzten Gemüse und sagte dann wie beiläufig: »Du fühlst dich nicht gut, oder täusche ich mich?«

Ihr Liebster traktierte gerade mit seinen Stäbchen ein Stück Tofu und sagte dann genervt: »Dauernd bedrängt sie mich, um zu erfahren, ob ich Weihnachten komme.«

Es war Ende November und gerade war die Weihnachtsdekoration auf den Straßen installiert worden. Béa hatte es bisher sorgfältig vermieden, daran zu denken. Sie waren noch nicht lange genug zusammen, um Luftschlösser zu bauen. Wenn sie gekonnt hätte, dann hätte sie sowieso die Zeit angehalten, damit ihre Beziehung so unbeschwert und natürlich blieb, wie sie bisher gewesen war. Sie sahen sich so oft wie möglich und nutzten die Lockerung der Corona-Auflagen, um verlorene Zeit aufzuholen. Aber Béa wollte ihre Unabhängigkeit in ihrer eigenen Wohnung behalten, eigenen Aktivitäten nachgehen und allein einkaufen gehen. Dieser Stand der Dinge war ihr gerade recht.

Es gab nur eine kleine Sache, bei der sie nicht übereinstimmten: Erwan war Vegetarier, sie jedoch Veganerin. Er gab sich allerdings Mühe. So hatte er zum Beispiel die meisten Milchprodukte in seinem Kühlschrank durch Soja ersetzt. Käse und Butter mochte er zu sehr, um auf sie zu verzichten. »Im Moment noch«, wie er sagte.

Vor ein paar Jahren hätte Béa dabei ein Gewissensproblem gehabt, aber da war sie noch jünger und viel unnachgiebiger gewesen. Sie hätte vermutlich geglaubt, ihre Überzeugungen zu verraten, wenn sie mit einem Typen zusammen war, der nicht vollkommen mit ihr übereinstimmte. Mit den Jahren gestattete sie sich etwas mehr Gelassenheit. Die Reinheit der Nahrungsmittel war ihr nicht so wichtig, man konnte nicht hundertprozentig vegan leben, weil Produkte tierischen Ursprungs sich überall einschlichen, manchmal sogar, ohne dass man es erfuhr. Sie achtete auf ihre Ernährung vor allem vom ethischen Standpunkt aus, damit möglichst wenige Tiere ausgebeutet wurden. In der kapitalistischen Gesellschaft zählte einfach nichts als das Gesetz des Geldes. Leider! Manchmal überkam sie deshalb tiefe Traurigkeit, denn eine Zukunft, in der die Tiere weniger leiden würden, war heute noch so fern wie gestern. Sie hoffte nicht einmal mehr darauf, dass die industrielle Tierhaltung aufhören würde, denn das war eine reine Utopie. Sie wünschte sich aber eine Welt, in der Tiere artgerecht aufgezogen würden: an einem ruhigen und sauberen Ort zum Schlafen, mit genügend Raum, um sich zu bewegen, mit Zeit für sich selbst und für die Jungen.

»Beátrice, alles okay?«, fragte Erwan besorgt. Er konnte unmöglich eine Ahnung davon haben, was für grausame Bilder seiner Freundin gerade durch den Kopf gingen.

Es war Béas großes Problem, dass ihre Empathie sie daran hinderte, alles Schreckliche zu vergessen, das sie sich vorstellte. Aber sie sah diese Gabe als Himmelsgeschenk an. Sie behielt die Augen immer offen. Für sie gab es kein Fleisch mehr, keinen Fisch oder Krustentiere, Schluss mit Leder und Pelz, keine an Tieren getesteten Kosmetika mehr. Für sie hatte eine neue Zeit begonnen, in der nur noch pflanzliche Nahrung und ethische Produkte in Frage kamen.

»Hattest du etwas über Weihnachten gesagt?«, entgegnete sie, während sie sich mit ihren Stäbchen ein Stück Zwiebel nahm. »Hast du Probleme damit?«

Erwan fuhr sich mit den Fingern durchs Haar.

»Bei diesem Fest gibt es bei uns immer Stress. Meine Mutter veranstaltet jedes Jahr eine Riesenparty und bei den Vorbereitungen übernimmt sie sich. Ich bin sicher, dass es wieder Streit geben wird. Sobald ich nach Hause komme, macht sie mir Stress. Ich weiß nicht, warum ich mir das dieses Jahr antun sollte ...«

»Und was ist mit dem Zauber von Weihnachten?«, fragte Béa amüsiert.

Er verzog den Mund zu einem Lächeln.

»Es ist immer dasselbe: Sie macht mir zum Vorwurf, dass ich nach Paris gegangen bin.«

Erwan war im Februar 2020 umgezogen. Seine Mama, eine Art Übermutter, nahm ihm übel, dass er aus seiner Heimat weggezogen war. Dann kam noch die Corona-Krise hinzu. Die Ausgangssperren und die Schließung ihres Restaurants und der Bar hatten sie tief deprimiert.

»Ich kann mir vorstellen, wie schwer diese Zeit für sie war.«

»Für meinen Bruder auch. Er ist der Küchenchef. Er hat Essen zum Mitnehmen gekocht, aber das ist natürlich nicht dasselbe.«

Als Erwan das Virus bekam, wollte sich Régine sofort in den Zug setzen, um sich um ihn zu kümmern. Er lehnte es ab, aus

Angst, sie anzustecken, und fast drei Wochen fühlte er sich sehr schlapp, erkrankte aber nicht schwer.

»Als ich krank war, hatte ich nur eine Angst, nämlich dass sie hier auftauchen würde. Weil ich ihre Hilfe abgelehnt habe, ist sie beleidigt und kriegt sich gar nicht mehr ein.«

»Meinst du, dass das wirklich das Problem ist?«

»Sie ist mir böse, weil ich weit von ihr entfernt wohne. Sie wirft mir vor, dass ich vor ihr fliehe, und ist zu allem bereit, damit ich wieder in den Schoß der Familie zurückkehre. Glaub mir, sie macht mir ständig ein schlechtes Gewissen und ruft mir in Erinnerung, dass meine Familie in Lorient lebt und mein Platz dort ist. Bei jeder Gelegenheit. Das nervt ungeheuer.«

»Sieht sie das richtig?«

Er runzelte die Stirn.

»Fliehst du wirklich vor ihnen? Vor deiner Mutter … deiner Familie?«, fragte Béa.

Er überlegte eine Weile. »Man muss sagen, sie sind alle sehr starke Persönlichkeiten – Papa, Mama, Yann. Unsere Beziehungen sind nicht immer einfach. Seit ich in Paris bin, habe ich Abstand zu ihnen gewonnen und kann endlich richtig atmen.«

»So schlimm?«, bemerkte sie spöttisch.

»Ja, aber im Grunde hat es nichts mit ihnen zu tun. Ich bin vor allem wegen meiner Karriere umgezogen und habe meinen Traumjob gefunden. Und dazu auch noch dich.«

Er küsste sie so heftig, dass sie bis in die Zehenspitzen errötete. Dann nahm sie sich ein paar Nudeln und aß sie so nachlässig, dass er ihr den Mund mit einer Serviette abwischte. Dann vibrierte Erwans Telefon. »Régine« stand auf dem Display. Er drückte auf den roten Knopf.

»Es ist gemein, Gespräche deiner Mutter abzulehnen. Sag ihr, dass sie dir mit ihren Vorwürfen auf die Nerven geht und du wegen deiner Arbeit nach Paris gegangen bist. So löst sich alles auf, und ihr könnt schön Weihnachten feiern.«

»Ich habe schon oft versucht, es ihr zu erklären, aber sie weigert sich, es zu verstehen.«

»Dann lüg ihr etwas vor. Sag ihr, dass du dir hier etwas beweisen musst, oder irgendwas, dass du dich hier gut entfalten kannst, zum Beispiel …«

Erwan verdrehte die Augen. Er hasste öffentliche Verkehrsmittel, die Luftverschmutzung brachte ihn zur Verzweiflung, er schimpfte über eilige und ruppige Mitbürger, hasste es, immer angehupt zu werden, wenn er auf Fahrradwegen fuhr … Die Liste war lang. Glücklicherweise entdeckte er im Pariser Leben aber auch Vorteile: verschiedenste Restaurants und Bars, so viele Theater und Konzerthäuser … Das glich die Nachteile der Hauptstadt locker aus, vor allem weil jetzt alles wieder geöffnet war. Ihre Blicke begegneten einander, und sie schob ihm ein Stück scharf gewürzter Karotte in den Mund, die er mühsam schluckte.

»Eigentlich sollte es nicht so schwierig sein. Es ist das erste normale Weihnachten nach der Pandemie. Man sieht sich wieder, isst fette Sachen, schenkt sich irgendwelches Zeug, man feiert. Ohne weiter darüber nachzudenken.«

»Das hört sich nach einem guten Programm an.«

Béa aß weiter aus ihrer Schale und spürte den Blick ihres Liebsten auf sich.

»Und was hast du Weihnachten vor?«

Sie verschluckte sich und spuckte ein Stückchen Tofu in ihre Serviette. Warum fragte er sie danach? Er wünschte sich hoffentlich nicht, dass sie ihn zu seinen Eltern begleitete! Es war zu früh, ihre Beziehung in die Brüche gehen zu lassen. Jetzt nicht, sie würden dort auf eine harte Probe gestellt.

»Béa, ich meine es ernst! Hast du Pläne für Weihnachten?«

Seine Stimme war etwas rau; Béa spürte mit leichter Befriedigung, dass er beleidigt sein würde, wenn sie etwas vorhätte, ohne mit ihm darüber zu sprechen. Ihre Mutter hatte beschlossen, auf die Seychellen zu fahren, eine dreiwöchige Kreuzfahrt mit ihrem Mann, genau während der Feiertage.

Sie hatte ihr gesagt: »Weißt du, Schätzchen, nach all diesen Monaten der Ungewissheit, als wir zu Hause eingesperrt waren, ohne reisen zu können, haben wir die Gelegenheit beim Schopf ergriffen.« Sie hatte nach den günstigsten Preisen Ausschau gehalten.

»Béa?«, fragte Erwan.

Sie seufzte.

»Meine Mutter fährt mit meinem Stiefvater Alessandro in die Ferien, also habe ich nichts geplant …«

In Grunde schon. Sie hatte sich innerhalb von fünf Sekunden zweierlei vorgestellt: Alle Weihnachtsfilme, die es gab, anzusehen und dabei mit ihrer besten Freundin Sophie Eis mit Rum zu essen, falls diese das Essen in ihrer Familie überlebte. Option Nummer zwei: Erwan zu überreden, Weihnachten im Bett zu verbringen, dasselbe zu bestellen wie heute, dazu ein Dessert und zwei rote Pudelmützen. Warum eigentlich nicht im Weihnachtsmannkostüm?

»Béa?«

Sie schüttelte den Kopf, um ihre Gedanken zu ordnen.

»Ich glaube, das ist keine gute Idee. Ich möchte das mit uns beiden nicht überstürzen, besser, du stellst mir deine Mutter später vor, wenn ihr euch wieder vertragen habt, oder?«

»Ja, aber wenn du dabei bist, traut sie sich nicht, mir die Hölle heißzumachen. Das wäre einfacher.«

Sie zog die Stirn in Falten. Mit einem solchen Argument konnte er sie nicht überzeugen. Erwan fuchtelte mit den Händen. Ihm war klar, dass er dummes Zeug geredet hatte.

»Vergiss, was ich gesagt habe. Ich bin nicht mehr fünfzehn, und du musst mich nicht vor meiner Mutter schützen. Ehrlich gesagt, wäre es mir am liebsten, dass wir beide zusammenbleiben, nur unter uns. Aber ich will meiner Mutter keinen Kummer machen, indem ich ihre Einladung ablehne. Sie legt sich für diesen Abend, der in ihrer Bar stattfindet, immer mächtig ins Zeug. Ein lokales Ereignis, ein starkes Symbol für die Rückkehr zur Normalität.«

Das Leben war nach den Corona-Beschränkungen fast wieder wie früher, und doch war jeder Hinweis darauf, dass die Krise vorbei war, wichtig, und jeder freute sich darauf, Weihnachten würdig zu begehen. Bei Béa brachte die Vorstellung einer Bar voller Menschen in einer freundlichen Atmosphäre die Augen zum Leuchten.

»Würdest du eventuell bereit sein, mitzukommen?«, flüsterte Erwan. »Du musst wissen, dass du so viel zu trinken bekommst, wie du willst, da du mit dem Barista schläfst.«

Er lächelte sie mit seinen großen blauen Augen an und tat, als sei er ganz entspannt. Dabei wartete er auf eine ehrliche

Antwort. Béa stieß einen tiefen Seufzer aus. In ihrem Innern waren große Leuchttafeln mit Alarmzeichen, genau das, was die *Titanic* gebraucht hätte, um den Zusammenstoß mit dem Eisberg zu vermeiden. Oder auch nicht, denn insgeheim freute sie sich sehr, dass er sie gern seinen Eltern vorstellen wollte. Sie wusste, das mit ihnen beiden war eine klare Sache, das spürte sie. Und bei seinem bezaubernden Blick und seinen Grübchen wäre sie ihm bis auf den Nordpol gefolgt.

»Vielleicht … Hast du etwas von einer Feier am Abend gesagt?«

»Viel mehr als das!«, sagte er und rutschte näher an sie heran, um sie auf den Hals zu küssen. »Es ist an Heiligabend, eine Party, die man nicht versäumen darf. Zuerst das Konzert einer Gruppe, und am 24. kommt ein DJ, und der legt richtig los. Wir tanzen die ganze Nacht … Den Weihnachtstag verbringen wir mit Chillen und versuchen, wieder zu uns zu kommen.«

Dieses Angebot klang verlockend. Béa bemühte sich, gelassen zu erscheinen.

»Wenn du deine Freundin mitbringst, ist das für deine Mutter ein Vertrauensbeweis. Bist du sicher, dass es kein Problem mit meinen Essgewohnheiten gibt?«

Sie nahm an, dass seine Eltern keine Vegetarier waren, sie wussten vielleicht nicht mal, was vegan war, genau wie viele andere Leute.

»Mein Bruder Yann ist der Koch. Als Küchenchef kann er alles bestimmen. Ich sage ihm, er soll keine Filetsteaks machen, und dann schaffen wir das schon.«

2

An einem Samstagabend Anfang Dezember

»Wusstest du, dass dein Bruder eine Freundin hat?«

Yann blickte von seinem Telefon auf und steckte es in seine Jackentasche.

Seine Mutter Régine baute sich vor ihm in der Küche auf, ihr müdes Gesicht drückte Argwohn aus. Sie konnte es nicht lassen, die Bar abends selbst zu schließen. Dabei wäre es viel besser, wenn sie sich ein Bad einlaufen ließe und sich unter die warme Bettdecke legte. Sie hatte Ringe unter den Augen, ihr Make-up war verlaufen … Ihr graues Haar hatte sie im Nacken zusammengesteckt, über ihrem üppigen Dekolleté trug sie eine alte Strickjacke, sie wollte noch fegen. Plötzlich wirkte sie alt.

»Nun sag schon«, blaffte sie ungeduldig, »hast du schon von Béatrice gehört?«

Yann zuckte mit den Schultern, denn er wusste, dass es keine passende Antwort gab. Wenn er ja sagte, würde sie ihm vorwerfen, Dinge zu verschweigen, sagte er aber nein, würde sie ihm nicht glauben. Ein Dilemma. Yann hatte jedoch nicht die geringste Lust, an Erwans Stelle den Unmut der Mutter abzubekommen.

»Ich sehe schon, männliche Solidarität«, brummte sie und nahm sich ein Geschirrtuch. »Jetzt weiß ich wenigstens, warum er seit Monaten nicht nach Hause gekommen ist.«

Sie begann, die Reste des Geschirrs abzutrocknen, die noch auf dem Ständer waren.

»So ist das inzwischen. Ich bin die Letzte, die erfährt, was mit meinem Sohn los ist. Ist die Sache ernst oder nicht? Wenigstens das könntest du mir sagen, damit ich nicht dastehe wie eine dumme Kuh.«

»Ich weiß wirklich nichts.«

An diesem Punkt sagte er die Wahrheit. Er hatte keine Ahnung, wann sein Bruder dieses Mädchen kennengelernt hatte. Erwan hatte sie kurz erwähnt, als sie sich letzten Monat in Paris getroffen hatten, aber er hatte nicht weiter nachgefragt. Auch Yann selbst hatte nicht das Bedürfnis, viel über sein Liebesleben zu verraten.

»Mama, wenn du mehr wissen willst, dann frag ihn selbst, aber lass diesen Verhörton, sonst dreht er durch.«

»Er redet ja nicht mal mit mir. Nie geht er ans Telefon.«

»Vielleicht solltest du geduldiger und freundlicher sein, wenn du ihn anrufst.«

Régine seufzte tief.

Yann hatte nicht unrecht, gegenüber ihrem Älteren war sie immer in der Defensive. Seit er nach Paris gezogen war, hatte sich ihre Beziehung verändert. Durch die Entfernung war ihr früheres Einvernehmen verschwunden, genau wie sie gefürchtet hatte. Wie so viele, hatte die Familie wegen der Pandemie eine schwere Zeit gehabt. Erwan war an Covid erkrankt, und sie hatten hier in Lorient beinah ihr Restaurant verloren …

Der Stress hatte nicht dazu beigetragen, die Spannungen zu mildern.

»Du hast recht«, erklärte sie. »Er kommt ja zu Weihnachten, da haben wir Gelegenheit, uns wieder zu versöhnen.«

Yanns Gesicht leuchtete auf.

»Ah ja? Großartig! Dann sind wir wieder alle zusammen, das wird ein schönes Fest!«

»Ja, und da legen wir richtig los!«, fügt Régine hinzu. »Und stell dir vor, er bringt seine Freundin mit! Dann sehen wir, was das für eine ist …«

Yann war erstaunt. Er hatte nicht damit gerechnet, dass sein Bruder sie so bald den Eltern vorstellen würde.

»Hat er dir gesagt, dass sie Veganerin ist?«, fragte er vorsichtig.

»Ja, das sind diese Mädchen, die nur Körner essen, stimmt's?«, sagte Régine mit einem leichten Grinsen.

Yann rollte die Augen. »Ja, so ungefähr. Sie weigert sich zu essen, sich zu schminken oder irgend etwas anzuziehen, was von Tieren stammt oder ihnen wehtut.«

»Aha.«

Yann sah ihrem Gesicht an, dass sie nicht so richtig verstand, worum es ging, aber es war schon spät, und er wollte sich nicht auf eine längere Erklärung einlassen. Es gab andere Baustellen, und in der Hosentasche vibrierte sein Telefon. Badou, sein Freund, wurde langsam ungeduldig.

»Ich kümmere mich darum … kein Problem«, sagte er beruhigend.

Régine legte das Geschirrtuch beiseite und sah ihn besorgt an. Ein Detail machte sie nervös.

»Ich habe ein bisschen Angst davor, wie dein Vater reagiert. Er könnte das Mädchen damit aufziehen, meinst du nicht?«

»Ja, könnte sein.«

Patrick war ein alter Griesgram und alles, was irgendwie – wenn auch nur ganz von fern – nach Veränderung aussah, lehnte er wütend ab, zum Beispiel Mobiltelefone oder Tablets, und es war für ihn Ehrensache, alles, was ihm nicht passte, laut zu bemängeln. So blieb fast nichts von seiner Kritik verschont.

Régine trat näher. Sie machte sich Gedanken, und das zu Recht. Eine Pariserin und dazu noch Veganerin? Wenn sie mit Patrick zusammentraf, würde es Funken sprühen.

»Es ist wohl besser, vorher gar nicht mit ihm darüber zu sprechen, oder?«

Yann nickte. »Papa wird nichts merken, ihm fällt bestimmt nicht auf, was sie auf dem Teller hat.«

»Ja, ganz genau, er merkt ja nicht mal, wenn ich beim Friseur war. Also ist es bestimmt einfacher, wenn wir das Geheimnis für uns behalten.«

Régine lächelte. Damit war die Sache geritzt. Sie wollte Béatrice nicht gleich in die Quere kommen, wo ihr Sohn so nett war, sie ihr vorzustellen. Mit etwas Glück würden sie und Erwan wieder besser miteinander auskommen, wenn sie das Mädchen freundlich empfing, und sie würde außerdem etwas über das junge Paar erfahren. Allerdings hatte sie sich die Dinge ganz anders vorgestellt. Régine war davon überzeugt, dass ihr Sohn einen großen Fehler gemacht hatte, als er Lorient und die Frau seines Lebens verließ. Sie wusste, wo sein Glück lag. Aber das Problem war, dass er seine Ohren auf Durchzug gestellt hatte.

Yann glaubte, ihr Gespräch sei zu Ende, und las seine SMS-Nachrichten. Er wandte sich ab, als seine Mutter versuchte, einen Blick auf sein Telefon zu werfen.

»Na, bist du verabredet? Du hast es heute Abend wirklich sehr eilig.«

»Ja, ich will einen Freund treffen.«

»Schon wieder einer! Du Herzensbrecher! Irgendwann musst du auch ans Heiraten denken ... Wie heißt denn dein neuer Schatz?«

»Mama ...«

Dass Yann schwul war, wusste seine Mutter, aber er hasste die dauernde Fragerei nach seinem Liebesleben.

»Ist ja schon gut. Aber wenn es etwas Ernstes wäre, würdest du es mir sagen, nicht?«

»Natürlich, für wen hältst du mich?«, entgegnete er und dachte genau das Gegenteil.

Er küsste sie auf die Wange, doch sie fühlte seine innere Abwehr. Als er mit dem alten Familienauto losfuhr, stieß er unwillkürlich einen tiefen Seufzer aus. Er hatte Badou Anfang 2020 kennengelernt. Im März waren sie zusammengezogen, als gerade Ausgangssperre wegen Covid herrschte. Badou studierte Medizin im letzten Jahr, arbeitete im Krankenhaus von Scorff und konnte deshalb nicht dauernd zu Hause bei Yann sein. Der setzte seine Arbeit trotz der Corona-Krise fort, indem er Speisen zum Mitnehmen kochte, welche die treue Kundschaft ihres Restaurants bei ihm kaufte. Seine Beziehung zu Badou hielt, und da sie gemeinsam die Pandemie überstanden hatten – Yann am Küchenherd bei der Zubereitung kleiner Mahlzeiten, Badou an der Front im Kampf gegen das Virus –, war er sicher, den Mann seines Lebens gefunden zu haben. Im Herbst hatten sie sich eine gemeinsame Wohnung genommen. Vor seiner Familie hatte er es geheim gehalten, und so glaubte sie, dass Badou nichts anderes war als sein Mitbewohner.

Wenn er seiner Mutter sagen würde, dass sie als Paar zusammenlebten, würde sie sich in alles einmischen. Es kam aber nicht in Frage, dass sich Régine zwischen ihn und Badou stellte, wie sie es bei Erwan und Lucile gemacht hatte. Sie hatte sie stark unter Druck gesetzt, dass sie heiraten müssten, mit dem Ergebnis, dass sie sich am Ende getrennt hatten.

Als Régine ins Schlafzimmer kam, war Patrick noch wach.

»Was ist denn mit dir los?«, fragte seine Frau besorgt. »Kannst du nicht schlafen?«

»Was? Ich schlafe wie ein Murmeltier, Madame! Ich lege mich hin, ich schließe die Augen …«

»Und dann schnarchst du, das kenne ich!«

»Ich musste nur pinkeln.«

»Danke, so genau wollte ich es gar nicht wissen.«

»Du hast mich gefragt, also …«

Patrick machte sich große Sorgen wegen seiner Prostata. Der Doktor hatte ihm versichert, dass bei der Untersuchung nichts Anormales entdeckt worden sei, aber er musste nachts nun öfter raus als früher. Vielleicht lag das am abendlichen Kräutertee. Er hatte sich an das Zeug zu sehr gewöhnt, diesen Yogi-Tee, den auch Yann den ganzen Tag über trank.

Régine schlüpfte unter die Decke und drängte ihre kalten Füße gegen ihn.

Er brummte, aber nur der Form halber. Es kam nicht so oft vor, dass sie zusammen einschliefen. Er nahm sie in die Arme.

»Keine Schweinereien heute Abend, ich bin nicht in Stimmung.«

»Wie reizend von dir! Wenn ich dich nicht küsse, bin ich ein alter Ochse, und wenn ich dich streicheln will, bin ich gleich liebestoll.«

»Als wir jung waren, warst du wirklich ganz schön hinter mir her!«

»Da magst du recht haben, aber wenn ich mich richtig erinnere, hast du mitgemacht.«

Sie lächelte und er streckte den Arm Richtung Nachttischlampe aus.

»Soll ich das Licht ausmachen?«

Régine nickte und sank mit dem Kopf tiefer in ihr Kissen.

»Erwan hat angerufen. Er kommt Weihnachten.«

»Das freut mich! Ich hatte schon Angst, dass er uns hängen lässt. Letztes Jahr konnte er ja auch nicht kommen …«

»Stell dir vor, er bringt ein Mädchen mit!«

Patrik runzelte die Stirn. Eine Freundin? Wie nahm seine Frau das wohl auf? Im Grunde wusste er es schon jetzt. Régine war sicher, dass Erwan früher oder später wieder mit Lucile zusammenkommen würde. Doch im Grunde scherte Patrick das alles einen Dreck.

»Das ist sicher nur für kurze Zeit«, sagte sie, »aber es ist gut, dass er sich ein bisschen umsieht, meinst du nicht?«

»Ja … ja«, sagte er vorsichtig zustimmend.

»Sei bitte nett zu ihr. Wir sollten sie und damit auch Erwan nicht verschrecken. Das siehst du doch sicher auch so.«

»Wovon redest du? Ich bin sowieso mit den Vorbereitungen aufs Fest beschäftigt.«

Régine lachte. »Du tust ja geradezu so, als ob du dich um irgendwas kümmerst. Wenn du mir am Weihnachtsmorgen etwas schenkst, streiche ich das rot im Kalender an. Fünf Jahre ist das nicht passiert. Na gut, es ist spät. Jetzt wird geschlafen.«

»Also dann, gute Nacht.«

Beleidigt drehte sich Patrick auf die Seite. Was konnte er schon dafür? Geschenke zu machen, das lag ihm nicht. Früher, da hatte er sich Mühe gegeben, aber nie hatte es Madame gepasst: Es war nicht wertvoll genug, zu teuer, zu nichts nütze, nicht originell genug … Nichts schien ihr Freude zu machen. Sein letztes Geburtstagsgeschenk hatte sie umgetauscht. Dabei hatten es die Söhne gekauft und nicht mal er selber.

Was hatte er ihr letztes Jahr zu Weihnachten geschenkt? Patrick wusste es noch ganz genau: eine Unterhose und ein passendes T-Shirt aus dem Supermarkt. Auch das hatte ihr nicht gefallen.

Er ärgerte sich. Zugegeben, er hatte sich nicht allzu sehr bemüht, aber seine Frau übertrieb maßlos.

Mit diesen Gedanken wachte er am nächsten Morgen auf. Den ganzen Tag über konnte er an nichts anderes denken. Régine glaubte, er sei unfähig, sie zu überraschen? Sie würde schon sehen! Dieses Jahr würde er alles richtig machen. Er hatte noch einen guten Monat Zeit und würde es bestimmt auf die Reihe kriegen.

3

Am 23. Dezember, Bahnhof Paris Montparnasse

Béa und Erwan zogen die Koffer hinter sich her und rannten über den Bahnsteig, um ihren Zug noch zu erwischen. In letzter Minute sprangen sie hinein, und Sekunden später schlossen sich die Türen.

»Das haben wir ja gerade noch geschafft«, stöhnte Béa, als sie ihre Plätze erreichten. Sie öffnete den Reißverschluss ihrer kükengelben Daunenjacke, gepolstert, kompakt, superleicht, wie sie jetzt Mode war, natürlich hundert Prozent Synthetik.

Sie reichte sie Erwan, der sie mit seiner Jacke in der Gepäckablage unterbrachte. Er hatte sich die gleiche in Orange gekauft. Dann ließ er sich auf seinen Sitz fallen und verzog mürrisch das Gesicht. Béa vermutete, dass er gehofft hatte, den Zug zu verpassen.

»Komm, beruhige dich, es wird schon gut gehen! Du hast doch diese Woche schon mit deiner Mutter telefoniert, oder?«

»Ja, und sie freut sich total«, brummte Erwan gedankenversunken.

Régine übertrieb wirklich. Sie hatte ihrem älteren Sohn jede Menge Fragen zum Menu gestellt, das Yann kochen sollte, und war dabei so guter Stimmung gewesen, dass ihm angst und bange wurde. Erwans Mutter war zwar meist besserer Laune als sein Vater, aber sie war keineswegs immer in fröhlicher Stimmung.

»Mach dir nicht zu viele Gedanken«, sagte Béa. »Ist doch klar, dass sie sich freut, aber nicht besonders in Form ist. Endlich wieder normal Weihnachten feiern nach der verdammten Pandemie. Das war sicher eine schwierige Zeit für sie mit dem Restaurant und ihrer Bar …«

Béa hatte nicht unrecht: Erwan regte sich immer furchtbar auf, wenn es um seine Familie ging. Vielleicht freute sich Régine einfach nur wie jede andere Mutter darauf, ihre Familie Weihnachten um sich zu versammeln.

»Hast du eigentlich ein Geschenk für sie?«

»Eine Glitzerkette, so wie sie sie gernhat.«

»Damit kannst du Punkte machen«, sagte Béa lachend.

Für seinen Bruder und seinen Vater brauchte er nur eine gute Flasche beim Weinhändler zu kaufen, das würde er in Lorient erledigen. Und für Béa …

»Ich hoffe, du hältst dich an unsere Abmachung«, sagte sie in fragendem Ton.

»Aber natürlich«, entgegnete er schelmisch lächelnd, »du brauchst nicht mehr davon anzufangen.«

»Sieh mal einer an …«

Sie hatten einander versprochen, nicht viel Geld auszugeben und es stattdessen mit Kreativität zu versuchen. Jeder fragte sich insgeheim, was der andere sich wohl ausgedacht hatte. Erwan hatte sich Mühe gegeben. Er hatte ein Set gefunden, mit dem man Hei Hei, das dumme Huhn aus *Vaiana* basteln konnte. Béa hatte ihn gedrängt, die Serie anzugucken, als er zu müde gewesen war, sich zu wehren. Seine Auserwählte hingegen hatte sich einen Spaß daraus gemacht, den Weihnachtspullover zu bestellen, den Colin Firth in *Bridget Jones – Schokolade zum Frühstück*, einem seiner Lieblingsfilme, trägt. Sie freute sich schon darauf, ihn darin zu sehen.

Zärtlich schmiegten sie sich aneinander und hingen ihren Gedanken nach. Béas Telefon vibrierte, es war eine Nachricht von Sophie, ihrer besten Freundin:

Gute Reise in die Hölle (es folgten jede Menge Emojis)

Sophie hatte versucht, sie von der Reise abzuhalten, mit einer ganzen Parade von Argumenten, die in etwa so lauteten:

»Es ist immer eine Last, die Schwiegerfamilie kennenzulernen.«

»Alle kritisieren alle … es wird die Hölle sein!«

»In was für Nesseln hast du dich bloß gesetzt!«

»Dabei kann eure Beziehung kaputt gehen, es ist noch zu früh!«

Hör auf zu grübeln, ermahnte Béa sich selbst. Es wären schließlich nur drei Tage … drei kurze Tage und eine lange Nacht am 24. Sie musste sich entspannen. Bisher hatte ihre idyllische Beziehung gehalten. Warum sollte sie sich ohne Grund aufregen? Leute, die einen so wunderbaren Sohn großgezogen hatten, konnten nicht schlimmer sein als der Durchschnitt. Ganz sicher waren sie nicht schlimmer als Béas Familie, besonders ihre Mutter Chantal und ihre drei Schwestern, die ständig an ihr herummäkelten. Mit Vergnügen hatte sie die halbherzigen

Einladungen ihrer Schwestern zu Weihnachten abgelehnt. Nachdem sich die Mutter verabschiedet und ihr Kreuzfahrtschiff bestiegen hatte, waren die drei auf Konfrontationskurs, welche von ihnen die Familienfeier ausrichten sollte.

Nein, Béa bedauerte es nicht, in die Bretagne zu entkommen. Während der Fahrt aber überkamen sie Befürchtungen aller Art, während Erwan friedlich an ihrer Schulter lag und schnarchte. Unentwegt schossen Béa Gedanken durch den Kopf. Was würde passieren, wenn sie in Lorient etwas falsch machte, und was konnte das sein? Sie hatte ein gewisses Talent, sich in schwierige Lagen zu bringen.

Als sie zum ersten Mal bei den Eltern von Jean-Eudes (so nannte sie ihren Ex, den sie nicht bei seinem richtigen Namen Antoine nennen wollte) zum Abendessen gewesen war, musste sie leider auf die Toilette. Es war unmöglich abzuziehen, die Kanalisation war verstopft und ihr Schwiegervater musste rosafarbene Gummihandschuhe anziehen, um das Problem zu lösen. Sie war fast gestorben vor Scham, und bei allen ihren nächsten Besuchen dort machten sie Witze über ihr Missgeschick, und natürlich lachte Jean-Eudes mit seinen Eltern über sie, anstatt sie zu bitten, Béa in Ruhe zu lassen.

Nun hatte sie lange keine »Eltern« mehr getroffen, und das machte ihr Angst. Die letzten waren die von Jean-Eudes gewesen, mit dem sie sechs Jahre zusammengelebt hatte. Die Sache endete damit, dass er sie verließ. Auf der Suche nach einem neuen Sinn seines Lebens beschloss der Dummkopf, per Fahrrad um die Welt zu fahren. Sie schloss sich ihm nicht an, nicht nur, weil sie wenig Geld hatte, sondern vor allem, weil sie Fahrradfahren hasste. Er hatte sie oft genug dazu gezwungen und war zweifach gescheitert: Weder hatte er ihr beigebracht, diesen Sport zu mögen, noch sie überzeugt, ihn zu begleiten.

Sie trennten sich »einvernehmlich«, und doch erlebte Béa die Trennung als Niederlage. Aus dem Leben zu zweit, von dem sie geträumt hatte, war nichts geworden: ein Hund, ein energiearmes Haus, ein Kind – in dieser Reihenfolge hatte sie es sich vorgestellt. Als dies unmöglich geworden war, erlebte sie einen heilsamen Schock. Ihr jetziges Leben gefiel ihr viel besser, und ihre Ziele hatten sich geändert.

Warum zitterte sie jetzt bloß, als sie in Lorient am Arm von Erwan über den Bahnsteig ging?

Der Bahnhof der bretonischen Provinzstadt erschien ihr klein und zugig. Die Autos auf dem Vorplatz hupten sich gegenseitig an, lauter als das Echo der Angst, die langsam in ihr aufstieg. Erwan stand gerade wie ein Baum auf dem Bahnhofsvorplatz und wartete, dass sein Bruder kam, um sie abzuholen. Béa nahm seine Hand, worauf er sie heftig küsste wie sonst nie in der Öffentlichkeit. Ganz offensichtlich war nicht nur sie aufgeregt.

»Es ist ganz merkwürdig, hier zu sein«, gestand er. »Seit langem war ich nicht mehr in Lorient.«

»Lass dich nicht stressen, es wird schon gut gehen.«

»Mal sehen, ob du das noch sagst, wenn du meine Mutter kennengelernt hast, die sich in alles einmischt. Und meinen Vater, der kein großer Menschenfreund ist.«

»Ich werd's schon überleben.«

Béa bemühte sich, entspannt zu lächeln, obwohl ihre Begeisterung zusammenschmolz wie Schnee in der Sonne.

Endlich tauchte Yann zu Fuß aus der Nebenstraße auf. Er sah seinem älteren Bruder sehr ähnlich: blondes Haar, Dreitagebart, aber zehn Zentimeter kleiner und mit einem pausbäckigen Gesicht. Er war Béa auf Anhieb sympathisch.

»Hattet ihr eine gute Reise? Tut mir leid, dass ich zu spät komme. Wegen der Weihnachtsvorbereitungen renne ich überall rum und musste noch eine dringende Bestellung aufgeben.«

»Das hätte doch Papa machen können, um dich ein bisschen zu entlasten«, brummte Erwan. »Du arbeitest, und er ist Rentner …«

»Du kennst den Alten doch, immer hat er was zu meckern. Er hätte mich nur genervt, und ich brauchte das Auto. Es war einfacher, dass ich euch abhole, das kannst du mir glauben … Hallo, Béa … schön, dich kennenzulernen!«

Er küsste sie auf beide Wangen, als ob er nie etwas anderes getan hätte. Wie früher, als es noch nicht Corona gab, dachte sie. Yann spürte ihre Überraschung und sagte: »Du gehörst jetzt zur Familie, weißt du das?«

Er sagte es so spontan und frei heraus, dass sie lächeln musste.

»Wie steht's mit der Weihnachtsparty, alles in Ordnung?«, fragte sie.

»Volles Haus, das haben wir noch nie erlebt. Alle Plätze fürs Abendessen sind reserviert. Gegen 23 Uhr öffnen wir die Bar wieder, nach dem Dessert. Dann geht eine Jahrhundertfeier ab.« Seine Begeisterung war ansteckend. »Ich habe richtig rangeklotzt«, sagte er und ließ sie vorgehen. »Auch bei der Deko haben wir nicht gespart. Es gibt schon den ganzen Tag über Gebäck, Waffeln, Crêpes, aber auch Bier und Glühwein. Das geht weg wie nichts, sage ich euch. Ich habe einen zusätzlichen Mitarbeiter engagiert. Sogar dem Weihnachtsmarkt mache ich Konkurrenz.«

Die Leute wollten die Feiertage nutzen, die Geschäfte waren noch voller Waren, und die Aussicht, in einem schönen Ambiente mit allen möglichen Leuten zu feiern, schien für viele Familien eine verführerische Aussicht zu sein.

»Ich freue mich darauf, deinen Glühwein zu probieren«, unterbrach Béa seinen Redeschwall.

»Ich hoffe, du probierst auch meine Waffeln aus Sojamilch, absolut vegan.« Yann knuffte seinen Bruder mit dem Ellbogen in die Seite. »Es war Mamas Idee, stell dir vor!«

Erwan nickte, das fing ja gut an, sie würde mal wieder maßlos übertreiben. Béa aber war im siebten Himmel. So ein nettes Entgegenkommen! Sie würde die Waffeln genießen.

Erwan wechselte das Thema: »Hast du nette Freunde?«, fragte er.

»Ja«, sagte Yann. »Sie kommen auch alle. Sie wollen die Gelegenheit nutzen, dich zu sehen, wo du dich hier so lange nicht mehr hast blicken lassen.«

Seine Freunde?, überlegte die junge Frau. Sie hatte damit gerechnet, der Familie zu begegnen, nicht jedoch irgendwelchen von seinen Jugendfreunden. Diese Feier konnte für sie zur Feuertaufe werden. So schickte sie diskret eine Nachricht an Sophie, um ihr zu sagen, wie es aussah.

Diese antwortete sofort nur in Emojis. Béa verstand die Nachricht auch ohne Worte und ohne dass sie die Emojis entschlüsselte.

Sollte ihr das vielleicht helfen?

Währenddessen flüsterte Yann seinem Bruder ins Ohr: »Nicht nur unsere Freunde warten mit Spannung auf dich, auch die Eltern.«

»Das habe ich mir schon gedacht.«

Der Sprühregen nässte ihr Gesicht, und in kaum einer Minute war Béas dunkles Haar wie aufgeplustert. In diesem Moment ahnte sie, dass es hier ganz schön schwierig werden könnte. Glücklicherweise hatte Yann nicht zu viel versprochen, er hatte den Wagen gleich beim Bahnhof geparkt, mit zwei Rädern auf dem Bürgersteig. Erwan ließ Béa auf den Vordersitz, die Türen schlugen zu, und als der Wagen losfuhr, ertönte aus dem Lautsprecher in voller Lautstärke Binioù ... bretonische Volksmusik.

»Das ist das Auto unseres Vaters!«, schrie Yann laut, um sich verständlich zu machen. »Die Familie hat nur eins. Ich muss dich vorwarnen, Béa, er ist ein großer Fan dieser Musik.«

»Kann man es nicht leiser machen?«, fragte sie und suchte nach dem entsprechenden Knopf.

Als sie ihn fand, hielt sie ihn auch schon in ihrer Hand.

»Kaputt!«, sagte Yann. »Aber ich hasse Autofahren ohne Musik. So ist es nun mal! Schnall dich an!«

Sie drehte sich zu Erwan um, die Müdigkeit und der Ärger auf seinem Gesicht wetteiferten mit ihrer Enttäuschung.

4

Die Bretagne – Béa hatte den Kopf voller Bilder von pittoresken Häfen, blauweißen Booten, gefliesten Kais, windschiefen Häusern und Spaziergängern in Ölzeug …

Leider aber war die Stadt Lorient im Zweiten Weltkrieg stark bombardiert und eilig wiederaufgebaut worden. Sie hatte sich etwas vom Charme der Siebziger bewahrt, was aus heutiger Sicht seltsam anmutete.

Das Haus der Guellecs lag am Rand eines belebten Viertels, nahe bei den Austernbänken. Béa sah in der Ferne ein paar Masten, aber kein Meer.

Sie rechnete damit, dass es nach der nächsten Straßenecke bis zum Horizont zu sehen wäre.

Yann hielt in einer Straße mit hohen Gebäuden, verglichen mit Paris nichts Besonderes.

Als die Passagiere aus dem Fahrzeug stiegen, flogen laute Lachmöwen über sie hinweg. Béa freute sich darüber, ohne zu ahnen, in welche Falle ihre Füße gleich tappen würden. Oder besser gesagt: ihre Pumps. Denn sie trug ihre Lieblingsschuhe aus rotem Wildleder, hoch genug, sie bei jeder Gelegenheit zehn Zentimeter schicker aussehen zu lassen, passend zu einem Abendkleid ebenso wie zu einer Jeans, wie sie sie heute trug. Sie spitzte die Ohren, freute sich über das Knattern der Segel und den Geruch von Meersalz im Wind. Eilig nahm sie ihre Tasche aus dem Kofferraum, begierig auf baldige Wärme.

Als sie den Kopf hob, sah sie in gelber Neonschrift den Namen *Bar'Bar*, unterstrichen von roten Sternen, und darüber ein Helm mit Hörnern. Wie konnte man sein Restaurant nur so nennen? Sollte das ein Witz sein? Die Folge einer verlorenen Wette vielleicht?

Yann gab ihr einen freundschaftlichen Stoß mit dem Ellbogen.

»Sieht gut aus, oder? Hab ich mir ausgedacht. *Bar'Bar* … wie Barbar.«

Béa riss erstaunt die Augen auf und fragte sich, ob er das ernst meinte. Im Inneren war es allerdings lange nicht so kitschig wie das Schild. Zuerst die Ecke mit Lotto, Toto, Pferdewetten, Zigaretten und Rubbellosen, dann ein prächtiger Tresen aus Holz, der sich bis in den Speiseraum des Restaurants erstreckte.

Hier gab es alles, was eine echte Brasserie haben muss und was Béa gern hatte: Fußstützen aus Messing, Zapfhähne mit glänzenden Griffen, Reihen von Flaschen mit Spirituosen, Ledervertäfelung, Bänke und runde Tische mit lackierten Stühlen. In einer Ecke stand ein riesiger Weihnachtsbaum, geschmückt mit Kugeln und tausend anderen glänzenden Behängen, dazwischen bunte Leuchtgirlanden. Überall blinkende Glühbirnen. Von den Holzbalken an der Decke hingen mit kleinen Geschenken gefüllte Strümpfe herab, auf den Tischen standen Kerzen, die Vanilleduft verströmten.

An den unverputzten Wänden aus Stein hingen bretonische und irische Fahnen, auf denen die Preise der Weihnachtsweine standen. Béa drehte sich zu Erwan um, ihre Augen leuchteten wie die eines Kindes, das in Disneyland angekommen ist.

»Es gibt hier ja jede Menge belgisches Bier!«

Da hörte sie die Stimme einer Frau: »Mein Häschen!«

Régine hatte es gerufen, vielleicht ihre künftige Schwiegermutter, vorausgesetzt, ihre Beziehung zerplatzte diesmal nicht im Flug. Sie hatte kräftigen roten Lippenstift, Ringe unter den Augen, graues Haar, das bis zu den Schultern reichte. Die Hausherrin rannte auf ihren Sohn zu, Ketten und Anhänger aus unechtem Gold hüpften auf ihrer kräftigen Brust auf und ab. Sie drückte Erwan vor den Augen der amüsierten Gäste an sich, die unübersehbare Verlegenheit ihres Sohnes ignorierte sie.

»Du hast abgenommen! Isst du denn in Paris gar nichts?«

»Wie geht es dir, Mama?«

Sie antwortete nicht auf die Frage, blieb vor Béa stehen und richtete nun ihre volle Aufmerksamkeit auf seine Begleiterin.

»Ach, da ist sie ja! Endlich treffe ich die Frau, die du seit Monaten vor mir versteckst. Ich verstehe nicht, warum du das Geheimnis nicht eher gelüftet hast. Deine Freundin ist doch ganz reizend!«

Béa, durch diese Worte aufgemuntert, streckte Régine ihre Hand entgegen. Régine beachtete sie jedoch gar nicht, zog Béa einfach an sich und verpasste ihr Küsse auf beide Wangen.

»Wir machen hier keine großen Umstände. Willkommen bei Familie Guellec!«

Béa konnte gar nicht anders, als diese Frau sympathisch zu finden, mehr als sie sich vorgestellt hatte. Vielleicht sah ihr Freund alles, was mit seiner Familie und seiner Mutter zu tun hatte, zu dramatisch.

»Erwan, ich habe dir dein Bett gemacht. Ich nehme an, ihr schlaft nicht getrennt.«

»Mama, wir sind doch hier nicht allein!«, raunte der arme Kerl, dem es gar nicht passte, in der Öffentlichkeit über sein Sexualleben reden zu müssen.

»Hör schon auf, sei nicht so schüchtern. In deinem Alter nicht zu vögeln, ist doch der größte Schwachsinn!«

Béa wandte den Kopf zur Seite, während Erwan die Augen verdrehte und – schnell von ihr gefolgt – durch die Tür verschwand, auf der *Nur* für Personal stand.

»Du hattest mir ja schon vorhergesagt, dass sie redet, wie ihr der Schnabel gewachsen ist«, flüsterte Béa belustigt, als sie den Flur erreicht hatten. »Aber das übertrifft alles, was ich mir vorgestellt hatte.«

»Warte erstmal, bis du meinen Vater kennenlernst!«

Erwans Verzweiflung brachte sie zum Lachen. Sie würde sich hier sicher gut amüsieren.

Régine trat wieder hinter ihre Theke, um einem Gast einen Kaffee zu servieren, dann zapfte sie ein Bier und bereitete eine heiße Schokolade zu. Nachmittags um diese Zeit begann sich die Bar zu füllen. Das passte ihr sehr gut, denn sie musste sich ablenken, um zu vergessen, was sie sich gewünscht hatte, sich aber in nichts aufgelöst hatte, seit dieses Mädchen die Regie in Erwans Leben übernommen hatte. Wie lange kannte er sie wohl schon? Das hätte er ihr wirklich früher sagen können!

Régine fühlte sich in ihren mütterlichen Gefühlen verletzt. Schon bei Erwans Trennung und seinem Umzug nach Paris hatte er sie vor vollendete Tatsachen gestellt. War es wirklich was Ernstes? Vielleicht ja doch nicht. Denn wenn es so war, konnte sie lange darauf warten, dass ihr liebes Söhnchen wieder in die Bretagne zurückkehrte.

Nach dem, was sie von der Dame gesehen hatte – hohe Absätze und manikürte Hände – war sie nicht der Typ, der bereit war, in die Provinz zu ziehen. Immerhin wirkte sie sympathisch. Sie war hübsch, eine schelmisch wirkende zierliche Brünette. Erwan hatte schon immer guten Geschmack bewiesen.

Dennoch gelang es Régine nicht, herauszufinden, warum ihr Sohn das Bedürfnis hatte, sie mit hierherzubringen. Verbarg sich dahinter vielleicht eine Botschaft? Wollte er beweisen, dass er weit weg von der Familie ein neues Leben angefangen hatte? Oder hatte er sie nur mitgebracht, um sie zu provozieren?

In ihrem tiefsten Innern wusste Régine genau, dass ihr Sohn nicht dazu gemacht war, in Paris zu leben. Er brauchte frische Luft, das Gefühl der Weite und das Meer, um glücklich zu sein. Im Gedränge der Großstadt, in verschmutzter Luft und weit weg von seinen wahren Freunden und seiner Familie würde er nur depressiv werden. Früher oder später würde er zugeben, dass seine Mutter recht hatte. Bis dahin musste sie sich beherrschen und ihren ursprünglichen Plan vergessen.

Bei diesem Gedanken zerriss es ihr das Herz, aber sie hatte keine Wahl. Mit Béa zwischen den Füßen konnte Erwan unmöglich mit Lucile, seiner Ex, flirten. Dazu war er zu gut erzogen. Wirklich schade! Es bedurfte nur wenig, um den Funken zwischen den beiden wieder anzufachen. Davon war Régine überzeugt. Vielleicht bei anderer Gelegenheit …

Jetzt würde sie erstmal zusehen, dass sich Erwan wohlfühlte, mit oder ohne Begleitung, damit er ihr versprach, wieder öfter nach Hause zu kommen. Wenn er in den nächsten drei Monaten nicht in Lorient erschiene, würde sie nach Paris fahren! Auch wenn sie sich noch nie in einen Zug gesetzt hatte. Doch für alles gab es ein erstes Mal, auch in ihrem Alter.

Allerdings musste noch die Sache mit dem veganen Essen geklärt werden. Sicherlich würde Yann im Internet ein paar Rezepte finden. Der Aufenthalt von Béatrice sollte optimal verlaufen. Régine beglückwünschte sich, dass sie an Waffeln aus pflanzlicher Milch gedacht hatte, und wunderte sich, dass man sie ohne Eier und ohne jegliches tierische Produkt backen konnte. Sicher würden sie auch bei ihren Gästen ganz gut ankommen. Allerdings fürchtete Régine sich davor, dass Patrick falsch reagieren könnte, wenn er von den besonderen Neigungen der jungen Frau erführe. Sie kannte ihn zu gut, um nicht zu wissen, dass er den Mund nicht würde halten können. Dann würde Erwan wütend werden, seine Freundin sich sehr unwohl fühlen. Deswegen galt jetzt nur noch eins: Klappe halten!

Wohin war Patrick eigentlich verschwunden? Normalerweise saß er immer auf seinem Hocker hinterm Tresen. Zu gern beobachtete er die Leute und verpasste das Schauspiel nur selten.

»Er wird doch nichts Böses im Schilde führen«, murmelte sie und setzte schnell wieder ihr freundliches Lächeln auf.

Sie stellte einem pausbäckigen Mädchen eine Crêpe mit Schokolade hin und verschwand in der Küche, um weitere Bestellungen zu holen.

»Na, wie findest du die Kleine?«, fragte Régine.

»Wen?«

»Béatrice natürlich.«

»Sympathisch, aber du weißt ja, ich kann mit Mädchen nicht viel anfangen.«

Régine verdrehte die Augen.

»Ich kenne sie ja nun wirklich noch nicht lange«, sagte Yann amüsiert, »aber sie macht einen recht guten Eindruck. Hör auf mich und lass ihr ein bisschen Luft zum Atmen. Und Erwan bitte auch. Übertreib es nicht, okay?«

»Ist doch klar, Übertreiben ist schließlich gar nicht meine Art …« Dann entschwand sie mit den Waffeln in den Gastraum.

Yann wusste, dass sein dezenter Hinweis nicht viel nützen würde, da seine Mutter das Fingerspitzengefühl einer Boeing 747 besaß.

Sein Telefon vibrierte und zeigte das Foto von Badou mit seinem reizenden Lächeln. Yann schickte seinen Mitarbeiter in die Pause, um in Ruhe reden zu können.

»Mein Dienst ist morgen um zwei Uhr zu Ende«, sagte Badou hochzufrieden, »ich muss nicht die ganze Nacht im Krankenhaus bleiben.«

Yann erstarrte. Eigentlich hätte sein Freund bis zum nächsten Morgen Dienst gehabt, deshalb hatten sie beschlossen, sich erst am Weihnachtstag abends zu treffen und das Fest zu zweit zu Hause zu feiern.

Badou erzählte ihm, wie die Besprechung am Morgen verlaufen war, dass er es schließlich geschafft hatte, den Dienstplan zu ändern, aber Yann konnte sich nur schwer konzentrieren. Er sah plötzlich eine düstere schwarze Wolke am Horizont.

»Ich muss beim Servieren helfen und bis mindestens elf im *Bar'Bar* bleiben, danach aufräumen ... ich glaube, vor ein Uhr bin ich nicht frei.«

Er überlegte kurz. Seine Eltern wurden gegen Mitternacht müde. Er würde warten, bis der Champagner seine Wirkung getan hatte, und sich dann aus dem Staub machen.

Badou, der nichts ahnte, musste lachen. »Das ist ja wirklich zu blöd! Seit Wochen wartest du ungeduldig auf diese Feier! Ich dusche mich und mache mich fein, dann komme ich auch ins Restaurant.«

Yann fühlte sich in die Ecke gedrängt. Er konnte unmöglich nein sagen, das würde ihm Badou sehr übelnehmen.

»Super«, sagte er und bemühte sich, begeistert zu klingen.

Régine schickte eine Kellnerin zu Tisch sieben und machte hinter dem Tresen sauber, ohne die Tür für das Personal aus den Augen zu lassen. Sie war so froh, Erwan bei sich zu Hause zu haben! Sie freute sich darauf, Béatrice eine ganze Menge über ihren Erstgeborenen erzählen. Aber Yann hatte schon recht, sie musste sich anstrengen und ihr Bestes geben, damit die Feiern für alle ein Erfolg wurden. Endlich tauchte Erwan auf, sah jedoch aus wie jemand, der sich in seiner Haut nicht wohlfühlt. Seine Freundin war im WC-Raum verschwunden.

»Hattet ihr eine gute Reise?«, fragte Régine leichthin.

»Abfahrt und Ankunft pünktlich«, antwortete Erwan, »alles bestens.«

Wo hat er nur die scheußliche Jacke her?, dachte Régine. Dieses Orange, ätzend! Sie äußerte sich aber nicht dazu, um nicht aus Versehen die Maginot-Linie zu überschreiten.

»Ich habe euch Handtücher ins Zimmer gelegt«, sagte sie, um das etwas ungemütliche Schweigen zu brechen, »und kleine Seifen aus dem Hotel, die Nadine immer von ihren Reisen mitbringt. Sie weiß nicht, was sie damit anfangen soll.«

»Danke, wir fühlen uns wie im Luxushotel.«

»Einen Espresso?«

»Gerne.«

Régine stellte ihm einen hin. Es war schön, Erwan wieder hier zu haben, wie früher. Erinnerungen an damals wurden wach, als er am Cours de la Bôve lebte und jeden Mittag im *Bar'Bar* seinen Kaffee trank, bevor er wieder zur Arbeit ging. Ihre täglichen Treffen fehlten ihr sehr.

»Wo ist Papa?«, fragte Erwan, inzwischen etwas weniger verkrampft.

»Stell dir vor, seit heute Morgen ist er verschwunden. Er hat sich verdrückt, und keinem hat er vorher was gesagt.«

Régine hatte keine Ahnung, was ihr Mann im Schilde führte, aber irgendwann würde er sicher wieder auftauchen.

»Übrigens, ich habe ihm noch nichts von Béatrices ›Besonderheiten‹ erzählt.«

Erwan runzelte die Stirn. »Was soll das heißen?«

»Du weißt schon … ihr Ernährungsproblem.«

»Das ist doch kein Problem!«, sagte er. »Sie darf schließlich essen, was sie will!«

»Ist ja schon gut … Ich hatte nur noch keine Zeit, mit deinem Vater darüber zu sprechen. Du kennst ihn doch, manchmal ist er echt schwierig.« Sie schob sich eine graue Haarsträhne hinters Ohr. Dann fuhr sie in vertraulichem Ton fort: »Wenn wir den Mund halten, wird er gar nichts merken. Man braucht es ihm ja nicht unter die Nase zu reiben. Du weißt ja, wie er ist. Ein störrischer Esel mit einem schwierigen Charakter. Ich hoffe, du hast deine Freundin vorgewarnt.«

»Nur ganz vorsichtig, sonst hätte sie gleich die Flucht ergriffen. Und ihr hättet mir vorgeworfen, dass ich euch verschweige, dass es sie gibt.«

Beide lächelten gezwungen. Zum Glück machte sich eine Frau bemerkbar, die ihre Rechnung bezahlen wollte, und Régine ging zu ihr hinüber. Sie kassierte ab. Und dann kam Béa herein, strahlend in ihrer kükengelben Jacke – was hatte sie nur für einen grässlichen Farbengeschmack – und mit einem Paar weißer Sneakers an den Füßen.

Erwan stand gleich auf, bereit, abzuhauen.

»Können wir, bevor wir gehen, nicht ein Bier trinken und eine Waffel essen?«, fragte Béatrice.

Régine nickte zustimmend. Das Mädchen wusste offenbar, worauf es ankam.

»Wo wollt ihr denn so schnell hin? Ihr seid doch gerade erst angekommen.«

»Wir wollten noch ans Meer, bevor es dunkel wird«, hielt Erwan ihr entgegen.

Da änderte sich alles. Mit einem triumphierenden Lächeln nahm Régine die Autoschlüssel von der Wand und warf sie ihm zu. »Gute Idee! Die müsst ihr nutzen, solange es nicht regnet.«

Auf dem Gesicht ihres Sohnes war deutlich zu erkennen, wie erleichtert er war.

»Wir sind bald zurück, versprochen.«

»Du brauchst dich nicht zu beeilen, wir haben ja noch genug Zeit zu plaudern.«

Régine machte aus ihrer Zufriedenheit keinen Hehl. Er konnte sagen, was er wollte, das Meer fehlte ihm. Er würde bestimmt nicht sein Leben lang von seiner Familie entfernt leben.

Erwan zog Béa hinter sich her, hielt sie fest an der Hand.

»Was ist mit meiner Waffel?«

»Wenn wir zurückkommen, sind noch welche da.« Seine Stimme klang, als hielte er es hier nicht länger aus. Zum ersten Mal bekam seine Fassade Risse, er war nicht mehr der coole, ausgeglichene Junge, den sie kannte. Béa vergaß das Bier und die Waffel und dachte: Die Begegnung mit der Familie Guellec habe ich mir etwas anders vorgestellt. Jedenfalls nicht so, dass sie nach kaum einer Viertelstunde schon wieder abhauen würden. Sie ließ sich auf den Beifahrersitz fallen und versuchte sich zu beruhigen. Es war ja nichts Schlimmes passiert.

Die Fahrt kam ihr sehr kurz vor. Ein paar Gebäudereihen, Kreisverkehre, und sie kamen schnell vorwärts. Dann bogen sie auf eine Straße ein, die nichts war als ein öder Streifen Beton, hier und da eine Kiefer.

Das Wetter war schön, am Himmel zogen Wolken vorüber, das Blau bildete einen schönen Kontrast zu dem größtenteils noch grünen, hier und da aber auch vertrockneten Land.

Erwan hatte eine Hand am Steuer, den Ellbogen an die Scheibe gelehnt. Er lächelte Béa zu, die angesichts dieses glücklichen Moments errötete. Eine Böe ließ das Auto erzittern, sie blickten sich erstaunt an, dann lachten sie beide.

Béa stellte den CD-Player an, wagte das Undenkbare, und sie fuhren weiter und brüllten wie die Wölfe zu den wilden Klängen bretonischer Musik.

5

Der Strand Fort-Bloqué in Ploemeur mit seinen kleinen Buchten und Felsen sieht bei Ebbe aus wie kaum ein anderer. Feiner Sand, so weit das Auge reicht. Eine Insel, überragt von einem Turm und mit einer eindrucksvollen Mauer, die seit Jahren allen Stürmen standhält … Béa fand die hübschen vielfarbigen Barken entzückend. Gierig atmete sie die jodhaltige Luft ein.

Das Bild war vollkommen: Hand in Hand gingen sie beide auf dem fast menschenleeren Strand spazieren. Erwan schien erleichtert zu sein. Alle düsteren Gedanken waren wohl aus seinem Kopf verschwunden, er verschlang Béa geradezu mit seinen Blicken. Seine feurigen Küsse ließen sie schweben. Sie fühlte sich so wohl, dass sie das Gefühl hatte, sich keine Sorgen über die Zukunft und alles, was passieren konnte, machen zu müssen. Dieser glückliche Augenblick nahm allen Raum ein und ließ alles andere draußen. Sie waren allein auf der Welt.

Erwan erzählte ihr, wie er als Junge oft mit seinem Vater hierhergekommen war, um Fische zu fangen, und wie er später mit den Freunden im Sommer gesurft hatte. Aber am liebsten war er gesegelt.

»Ich hatte früher ein schönes Boot, es lag hier vor Anker«, erklärte er.

Béa stand vor Staunen der Mund offen. Wie viele Nächte hatten sie damit verbracht, zu reden und sich Dinge zu erzählen, aber davon hatte er noch nie gesprochen.

»Warum hast du es nicht mehr?«

»Ich habe es verkauft, bevor ich nach Paris ging. Sonst wäre es mir nie aus dem Kopf gegangen.«

In diesem Moment wurde ihr klar, dass sie sich in einen Jungen verliebt hatte, der gern in die Ferne segelte und als Grenze nur den Horizont kannte, dem Sturm und Wellen vertraut waren und der sich nie mit dem Festland zufriedengeben würde. Ein Abenteurer – was ihn umso verführerischer machte. Sie schüttelte ihr vom Wind durcheinandergewirbeltes Haar und rief begeistert:

»Wir müssen dein Boot wiederfinden! Unbedingt! Bestimmt können wir es zurückkaufen. Du verdienst gut, und ich habe etwas Geld zurückgelegt …«

Er brach in Lachen aus und drückte sie fest an sich.

»Ach, das ist kaum mehr als eine leere Schale. Du brauchst nicht danach zu suchen. *Ich* bin das Boot. Ich habe lange gebraucht, um es zu begreifen, aber jetzt weiß ich es.«

Er hielt sie fest, um sie zu küssen. Eine Böe, die kälter war als die vorherigen, ließ Béa erschauern.

»Ich verstehe nicht, warum du es weggegeben hast.«

Ihrer Meinung nach musste ein Kapitän sein eigenes Schiff haben. Erwan musste in der Hauptstadt, so weit weg vom Atlantik, tief unglücklich sein. Wenn sie gewusst hätte, wie man segelt, hätte vielleicht auch sie versucht, Abenteuer zu erleben, frei und zu unbändig zu sein, den wilden Wellen des Meeres standzuhalten …

»Im Grunde hat mich das Boot daran gehindert, ein neues Leben anzufangen«, erklärte Erwan. »Mir ging die Routine auf den Wecker, meine langweilige Arbeit, immer dieselben Leute. Oft fuhr ich mit dem Boot weg, um dem Alltag zu entrinnen, aber wenn ich wieder an Land war, hatte sich nichts verändert. Wenn ich nicht aus Lorient weggegangen wäre … ich glaube, ich wäre verrückt geworden.«

Inzwischen peitschte der Wind, Béa fröstelte trotz der gefütterten Jacke. Erwan jedoch hatte seine nicht mal zugemacht, so wenig machte ihm der Wind aus.

»Ich verstehe«, sagte sie. »Es wäre falsch gewesen, nur wegen eines Bootes hierzubleiben.«

Er nickte und war erleichtert, dass sie ihn verstand.

»Wie sah es aus?«

»Eigentlich wie jedes andere Boot … nichts Besonderes.«

»Fehlt es dir?«

Erwin senkte den Blick seiner blauen Augen und gab keine Antwort.

»Nimmst du mich mal mit?«, fragte Béa dann begeistert. »Wir könnten uns eins am Mittelmeer leihen und dort ein paar Tage verbringen, vielleicht sogar zwei Wochen, und von Hafen zu Hafen fahren. Das kann man da … ich kenne Kollegen, die machen so was.«

Sie begann übermütig auf und ab zu hüpfen. »Das würde ich so gern machen! Ich habe immer davon geträumt, mal um Fort Boyard zu segeln. Kannst du uns diesen Traum nicht möglich machen?«

Ihre Begeisterung munterte Erwan auf. »Natürlich. Bist du denn schon mal gesegelt?«

»Ich kann schwimmen, das ist doch schon mal was. Bringst du mir das Segeln bei?«

Zur Antwort küsste er sie. Auch er fühlte sich mit einem Mal leicht und unbeschwert. Mit Béa war alles einfacher. Immer fand sie die richtigen Worte, selbst in schwierigen Augenblicken. Der Gedanke, mit ihr aufs Meer zu fahren, machte ihn glücklich. Es würde weitere gemeinsame Ferien für sie beide geben.

Sie gingen weiter, aber der Sturm wurde wilder, als sie gedacht hatten.

Triefend nass bis auf die Haut, mit all den feuchten Sachen – von ihrer Unterhose aus Biobaumwolle mit den Kätzchen drauf bis zu ihren veganen Fair-Trade-Sportschuhen, die so viel gekostet hatten wie ein Goldbarren –, war Béa auf dem Rückweg nicht mehr in der Lage, bretonische Volksmusik mit der Sackpfeife zu hören.

Sie hielt die Arme über der Brust gekreuzt und dachte über das Erlebte nach. Mutig war sie auf einen Felsen geklettert und hatte sich wie eine Robbe in einer schlammigen Pfütze gewälzt. Ihre Tennisschuhe waren dahin, ihre Jeans ziemlich mitgenommen. Mit etwas Glück hatte sie sich nur eine Erkältung eingefangen und würde Weihnachten schniefen wie ein Walross.

»Komm, meine Süße«, sagte Erwan, als sie losfuhren, »mach dich locker. Hauptsache, du hast dich nicht verletzt. Nach einer warmen Dusche geht's dir wieder besser.«

Sie blitzte ihn an. Er hatte furchtbar gelacht, als sie sich an dem Felsen abmühte, aber auch Mitleid gezeigt und ihr eine helfende Hand gereicht. Noch jetzt musste er ein Lachen unterdrücken, das sah sie an den Grübchen in seinem Kinn.

»Denk an die Waffeln«, sagte er, um sie zu trösten.

»Mit doppelter Menge Schokolade?«

»Natürlich.«

Diese Aussicht ließ Béa lächeln, obwohl sie vor Kälte zitterte.

Auf der Fahrt zurück nach Lorient drehte Erwan die Autoheizung hoch. Bald kam heiße Luft aus den Schlitzen, und es wurde so stickig, dass sie kaum noch atmen konnten.

»Was hast du bloß gemacht?«, schrie Béa, die nicht wusste, wie ihr geschah, gegen den Lärm des Gebläses an.

Ihr war eiskalt bis auf die Knochen – und das in tropischem Klima.

»Keine Ahnung!«

Sie versuchten, die Heizung abzustellen, aber das System hatte sich festgefahren. Das Auto wollte sich nichts sagen lassen. Auf dem Rest der Fahrt schwitzten sie wie die Bären.

Nach einer schönen warmen Dusche fühlte sich Béa jedoch wieder besser. Ihre Wäsche roch nach Meer, vor allem ihre Jeans und die neuen Sportschuhe. Nicht weiter schlimm, dachte sie, und zog ihre bequeme, mit Koalas verzierte Jogginghose an, die sie mitgenommen hatte, um zu chillen. Bevor sie sich auf die Waffeln stürzte, musste sie ihre Jeans waschen, die einzige, die sie für den kurzen Aufenthalt dabeihatte.

Inzwischen war es dunkel geworden, und Erwan war zum Weinhändler gefahren, um noch ein paar Geschenke einzukaufen. Béa hatte Zeit, die Waschmaschine anzuwerfen.

»Hinten in der Garage«, sagte Yann, der in der Küche des *Bar'Bar* beschäftigt war und Butterportionen abzählte, »da findest du alles, was du brauchst, Waschmittel und Weichspüler. Wenn du es nicht schaffst, das wilde Tier zu zähmen, helfe ich dir.«

Beim Anblick der Butter rümpfte Béa die Nase. Milchfett, gestohlen von Kälbern, die nie ihre Mutter gesehen hatten. Dann folgte sie dem Weg, den ihr Erwans Bruder gezeigt hatte. Sie fand den Hinterhof und die Garage ohne Mühe, auch war die Waschmaschine leer und bereit für ihre Füllung. Sie warf ihre Sachen hinein und betete, dass ihre Schuhe das unfreiwillige Bad im Ozean überstehen würden. Kaum hatte sie den Knopf gedrückt, da hörte sie ein Brummen. Es kam nicht von der Waschmaschine.

Hinter ihr stand ein etwa sechzigjähriger Mann mit einem zerfurchten Gesicht und hellen Augen, in den Armen hielt er eine Kiste aus Styropor. Er wirkte nicht besonders freundlich.

»Guten Abend«, sagte Béa und fragte sich, ob er ein Lieferant sei.

»Wer sind Sie denn?«

Sein Ton war rauer als eine Kratzbürste. Béa erschrak und richtete sich zu voller Größe auf.

»Sagen Sie erstmal, wer Sie sind.«

»Also wirklich, Sie sind ja ganz schön kess. Ich bin hier in meinem Haus und muss mich wohl nicht als Erster vorstellen, wenn ich nicht mal weiß, was Sie hier machen.«

Béa erschrak. Das konnte nur Erwans Vater sein, der da vor ihr stand. Zeit sich zu entschuldigen, hatte sie nicht, denn schon war er wieder verschwunden.

Als sie ihn wiedersah, saß er hinterm Tresen, eine Zeitung in der Hand. Er warf ihr einen wütenden Blick zu, doch sie reagierte nicht darauf, sondern ging schnell zu Régine. Die empfing sie mit einen breiten Lächeln.

»Was ist denn los, meine Liebe?«

»Hm, ich fürchte, ich war aus Versehen nicht sehr höflich zu Ihrem Mann.«

»Du?«

Régine fing dermaßen an zu lachen, dass ihr ganzer Körper in Bewegung geriet. Als der Anfall vorüber war, rief sie laut: »Patrick!«

Er legte die Zeitung zusammen. »Was ist?«

Régine baute sich vor ihm auf. »Kannst du dir vielleicht mal ein bisschen Mühe geben? Weißt du nicht, wer sie ist?«

»Wie soll das gehen bei all den Kotzbrocken, die hier in der Bar rumhängen und sich in der Tür irren!«

»Und hier ihre Wäsche waschen? Willst du mich veräppeln?«

Patrick starrte Béa an. Dann rieb er sich das Kinn, wie auch Erwan es oft machte. »Ach, du je!«

»Genau!«, rief Régine. »Das arme Mädchen ist heute erst angekommen, und schon bellst du sie an, als wäre sie irgendeine dahergelaufene Göre! Was wird wohl Erwan dazu sagen?«

Patrick verdrehte die Augen. »Oh, das tut mir leid!« Dann wandte er sich an Béa: »Ich schwöre dir, in der Garage sind dauernd irgendwelche schrägen Typen. Okay, du bist in Ordnung und siehst gut aus, aber ich habe schon öfter welche achtkantig vor die Tür gejagt. Außerdem war ich überrascht … und ich hasse Überraschungen.«

»Ach so«, sagte Béa und trat näher zu ihm. »Dann ist es ja nicht so schlimm. Ich dachte nur, ich hätte Sie verärgert.«

»Ich und verärgert?«

»Nein, ganz und gar nicht«, rief Yann, der gerade vorbeikam, »er sieht immer so aus.«

Patrick zuckte mit den Schultern, ließ ein schiefes Grinsen sehen und vertiefte sich wieder in seine Zeitung.

»Erzähl mal, wo wart ihr denn spazieren?«, fragte Régine angelegentlich, während sie einem der Gäste ein Bier zapfte.

»Wir waren beim Fort-Bloque … es war schön.«

»Ach, natürlich, da hatte Erwan ja sein Boot!«

»Der Typ, der es gekauft hat, fährt fast nie damit raus«, brummte Patrick über seine Zeitung hinweg. »Immerhin hat er es aufs Trockendock gelegt, um es im Winter anzustreichen.«

»Warum erzählst du ihr das?«, entgegnete Régine. »Das macht dem Jungen doch bloß Kummer. Was möchtest du haben, meine Liebe?«

»Ich hätte gern eine Waffel …«

»Kein Problem! Mit der doppelten Menge Schokolade? Erwan hat es mir gesagt, bevor er wegging.«

Régine zwinkerte ihr zu. Béa nickte. Mit Ausnahme von Patrick, der ihr etwas unzugänglich erschien, waren alle ausnehmend nett zu ihr. Sie hätte sich vorher wirklich nicht so viele Gedanken zu machen brauchen.

Régine schob ihr einen reichlich gefüllten Teller mit köstlich duftenden Waffeln hin. In dem Moment ertönte aus den Lautsprechern *Jingle Bells*. Alles hier war perfekt. Die Bar, die freundlichen Gespräche, die Weihnachtsstimmung … Ihr Sturz am Strand war schon fast vergessen.

»Und was möchtest du dazu trinken?«, fragte Régine.

Béa reckte sich, sah auf die Etiketten auf den Zapfhähnen und entdeckte ihr Lieblingsbier, hundert Prozent pflanzlich, wie alle belgischen oder deutschen Marken, die auf sich hielten.

Als sie auf einem Hocker am Tresen saß, ihr Glas in der Hand, überkam sie große Müdigkeit. Die Anreise, der Spaziergang im Wind, der plötzliche Sturz ... Sie war von all dem erschöpft. Dennoch freute sie sich, hier zu sein. Die offene und direkte Art der Guellecs gefiel ihr. Sie war so müde, dass sie nicht mal Angst vor dem bevorstehenden Abendessen hatte. Nicht viel jedenfalls.

6

Normalerweise war das erste gemeinsame Essen mit Unbekannten für Veganer nicht leicht. Oft hatte Béa sich zu Rechtfertigungen und Erklärungen verpflichtet gefühlt, warum sich die Welt ändern und über die Probleme klar werden musste, die Fleischindustrie und Überfischung mit sich brachten, und dass dies ihre Einstellung zum Konsum nachhaltig verändert hatte. Seit sie die dreißig überschritten hatte, versuchte sie jedoch nicht mehr, andere zu überzeugen. Mit der Zeit hatte sie gelernt, dass die Leute sich schon angegriffen fühlten, wenn sie nur das Wort »vegan« hörten. Sie fassten es als Schuldzuweisung auf oder, noch schlimmer, als Kritik an allen Praktiken, durch die Lebewesen auf Speiseteller befördert wurden. Inzwischen sagte Béa zu dem Thema nichts mehr, außer wenn man sie danach fragte, und doch bekam sie ständig den Vorwurf zu hören, sie sei eine Extremistin, gehöre zu einer Sekte – der Sekte der ungeliebten Körnerfresser. Wenn sie erklären wollte, dass sie nicht nur Körner aß, trafen sie erstaunte Blicke. Man griff sie an, ohne anzuhören, was sie zu sagen hatte, und versuchte ihr einzureden, ihr Essverhalten sei gefährlich. Es war mühsam für Béa, sich immerzu verteidigen zu müssen, und auch etwas erniedrigend, denn sie brauchte schließlich nicht die Zustimmung anderer Leute, um zu entscheiden, was auf ihren Speiseplan kam. Doch bei jedem Essen gab es immer irgendeinen wohlmeinenden »Allesfresser«, der versuchte, ihr den Kopf zurechtzurücken, da ihre Ernährungsweise »der Gesundheit schadet«. Schließlich habe der Mensch immer Tiere gegessen, und so weiter und so fort. Dem Letzten, der ihr damit auf die Nerven gegangen war, hatte sie auf ihrem Smartphone ein abschreckendes Video eines Tierschutzvereins gezeigt, worauf er auf die Toilette rannte, weil er sich übergeben musste.

Er hätte sie ja nicht zu provozieren brauchen.

In kleinen Schlucken trank Béa ihr Bier und stieß einen Seufzer aus. Wahrscheinlich fürchtete sie sich doch vor dem ersten gemeinsamen Abendessen mit den Guellecs. Sie zog ihr Telefon hervor und schickte Erwan eine Nachricht. Er hätte längst zurück sein können. Was machte er bloß die ganze Zeit?

Was ist los? Füllst du den Whisky selber ein, oder warum dauert es so lange?

Er antwortete umgehend:

Tut mir leid, mir laufen überall Kumpels von früher über den Weg, aber gleich bin ich fertig.

Régine kümmerte sich um die Gäste, Yann arbeitete in der Küche und hatte mit den Vorbereitungen für Heiligabend begonnen. Daher hatte er keine Zeit, der Freundin seines Bruders Gesellschaft zu leisten. Béa musste sich also in Geduld üben. So suchte sie auf ihrem Telefon nach neuen Nachrichten und entdeckte eine SMS von Sophie.

Na, wie sieht's aus? Alles in Butter?

Ja, ich ruf dich morgen an und erzähl dir alles. Keine Sorge!

Okay. Aber lass mich nicht zu lange schmoren.

Eine Kellnerin löste Régine ab, und plötzlich stand Erwan vor ihr, einen Blumenstrauß in der Hand. Seine Mutter umarmte ihn zärtlich. Er macht das sehr geschickt mit seiner Mutter, dachte Béa, die gerade ihr zweites Bier trank – alles wurde besser und besser.

»Wir essen heute im Speiseraum«, erklärte Régine ihnen. »In der Küche ist wegen Heiligabend die Hölle los, und Yann ist hochempfindlich, wenn er in Stress kommt.«

»Das ist für ihn der wichtigste Tag im Jahr«, fügte Erwan hinzu, »da bereitet er die feinsten Speisen zu.«

Patrick beugte sich vor und sagte zu Béa: »Er glaubt nämlich, dass ihn irgendwann jemand bemerkt. Aber unter uns: Selbst wenn der Junge sich gut mit der Fresserei auskennt, es ist nie fein genug für die Herren und Damen Journalisten, die Artikel über Essen schreiben. Ich bin nicht sicher, dass der Kotzbrocken, den er für morgen eingeladen hat, ihm gerecht werden wird.«

Régine wischte den Tresen mit einem Lappen ab. »Alle Leute kommen sehr gern zum Essen her! Und wenn der Kerl von *Télégramme* Yanns Talent nicht lobt, stopfe ich ihm seine Zeitung zwischen die Zähne. Unser armer Kleiner soll bloß nicht depressiv werden, er hat sich doch so angestrengt!«

Patrick hätte gern etwas dazu gesagt, aber ein warnender Bick seiner Frau hielt ihn davon ab.

»Heute gibt es Galettes, mögen Sie das?«, fragte Régine. Sie sah Béa eindringlich an.

»Aus Wasser und Buchweizen, also keine Gefahr«, sagte Erwan und warf einen diskreten Blick auf seinen Vater.

»Die Füllung«, sagte Régine etwas leiser, »Porree und Zwiebeln in Bioweißwein. Ich habe extra geschaut, dass kleine grüne Etiketten drauf waren.«

Sie zwinkerte Béa zu, und diese wurde prompt rot.

»Vielen Dank!«

»Du musst dich bei Yann bedanken«, sagte Régine, »er hat sich herausgefordert gefühlt. Und das mag er …«

»Wovon redet ihr überhaupt?«, fragte der Vater erstaunt. »Warum macht ihr so einen Aufstand wegen ein paar Galettes? Nicht mal Wurst ist drin? Ich sage euch eins: Ich esse sicher keine Gemüsesuppe, um *Monsieur Ein-Sterne-Bistrot* einen Gefallen zu tun. Ich will meine Wurst!«

Régine verdrehte die Augen. Erwan kratzte sich am Bart. Und Béa beschloss kurzerhand, sich nicht zu rühren, bis das Gewitter vorbeigezogen war.

»Also wirklich, das schwör ich euch.« Patrick schob seinen Hocker nach hinten. »Ich komme wieder, ich geh jetzt erstmal in die Urologie.«

Charmant, dachte Béa, der es immer peinlicher wurde.

»Wir haben ihm nicht erzählt, dass du Veganerin bist«, sagte Erwan, als sein Vater den Raum verlassen hatte.

»Hab's kapiert«, entgegnete Béa knapp, enttäuscht und doch gleichgültig.

Régine tippte ihr auf die Schulter. »Ich wollte nicht, dass er es erfährt. Er ist so schwierig, dass er einem mit seinen Bemerkungen das ganze Essen verderben kann, und das an Weihnachten! Man darf ihm keine Steilvorlage geben, sonst hört er gar nicht mehr auf.«

»Er kann anderen ganz schön auf den Wecker gehen!«, rief Erwan aus. »Ich glaube, er verkraftet das mit der Rente nicht.«

»Wundert dich das?«, brummte seine Mutter. »Außer seiner Angelei interessiert er sich doch für nichts. Er verbringt seine Zeit an der Bar, tut so, als ob er liest, und vergrault mir die Gäste. Was waren das für schöne Zeiten, als er noch im Arsenal gearbeitet hat. Hier hat er zwar nie geholfen, aber wir hatten ihn wenigstens auf Abstand. Was möchtest du in deiner Galette haben?«, fragte sie Erwan dann.

»Wie Béa. Mit einem Ei und etwas Käse.«

Als ihr Mann zurückkam, verschwand Régine in der Küche. Béa war in trauriger Stimmung, wusste aber nicht, warum. Sie hätte sich gern darüber gefreut, dass die Mutter und der Bruder von Erwan sich so viel Mühe gaben, ihr etwas zu servieren, was ihren Überzeugungen entsprach. Doch diese Geheimnistuerei gefiel ihr gar nicht. Das war doch einfach lächerlich! Außerdem würde Patrick sich bestimmt nicht lange darüber aufregen. Eigentlich hatte sie Lust, ihm die Sache direkt zu sagen, damit sie das Thema schnell hinter sich hatte. Doch etwas hielt sie davon ab, hier Nägel mit Köpfen zu machen: Erwan und Régine hatten sich gerade wieder angenähert, und das wollte sie nicht kaputt machen. Und sie wollte ganz sicher nicht schuld sein, wenn die Sache schiefging.

Das ist wirklich grotesk, dachte sie. Wir sind doch alle erwachsen, oder?

Dann kamen die Galettes.

»Mein Sohn kann gut kochen, findest du nicht?«, fragte Patrick nach dem ersten Bissen.

»Es schmeckt köstlich«, lobte Béa.

»Du hättest dir auch Wurst geben lassen sollen. Und du auch, Erwan.« Er schielte auf seinen Teller. »Warum esst ihr Galettes ohne Fleisch? Das ist ja völlig daneben! Hast du stattdessen ein Ei bestellt? Die junge Generation, also wirklich ...«

Er brummte weiter vor sich hin, währen er seine Crêpe schnitt. Keiner sagte etwas, Béa unterdrückte einen Seufzer. Patrick wusste nicht, dass sie Veganerin war, ja, nicht einmal, dass sein Sohn Vegetarier war. *Wunderbar!*

Dann kam die Käseplatte an die Reihe, von der sich der Vater reichlich bediente, bevor er sie Béa weiterreichte. Die wollte sie gleich an Erwan weitergeben, doch Patrick hielt sie in ihrer Bewegung auf.

»Ein bisschen solltest du dir schon nehmen. Probier wenigstens den Ziegenkäse mit Asche, und sag mir, wie du ihn findest.«

»Nein, wirklich nicht, vielen Dank.«

Er verzog das Gesicht und rief: »Was, du magst keinen Ziegenkäse? Ja, das soll vorkommen, er schmeckt ja auch ziemlich kräftig. Dann nimm ein Stück alten Gouda. Der ist fantastisch!«

Er hätte noch weitergemacht, hätte Erwan ihn nicht unterbrochen.

»Ist ja gut, Papa, sie hat's verstanden. Sie möchte keinen Käse. Also lass sie in Ruhe.«

»Was ist denn los?«, fragte Patrick beleidigt. »Ich versuche, nett zu sein, ein aufmerksamer Gastgeber, und bin gerne bereit, meinen Käse zu teilen. Und jetzt werde ich dafür noch angemeckert?«

»Ich esse keinen Käse«, sagte Béa in freundlichstem Ton. »Ich wollte Sie nicht verletzen.«

Er nahm sich zusammen, machte ein freundliches Gesicht, als hätte er es begriffen. »Nein, nein, es tut mir nur leid für dich, so eine Laktoseintoleranz ist wirklich schlimm …«

»Das muss dir nicht leidtun, ich esse überhaupt keine Tierprodukte.«

Sie beschloss, die Sache ein für alle Mal klarzustellen. »Ich bin Veganerin.«

Régine senkte den Kopf, Erwan trank sein Bier aus.

»Aha«, sagte Patrick und warf ihnen einen schlauen Blick zu. »Wie üblich hat mir keiner was gesagt, weil alle denken, ich wär ein Idiot. Es hätte nicht viel gefehlt und ich hätte dir Wurst angeboten. Aber es ist mir völlig wurscht, dass die Tussi von meinem Sohn eine Pariser Yuppie ist, die Körner frisst. Jeder kann machen, was er will!«

Er stand auf und machte eine kleine Verbeugung.

»Was soll das denn jetzt?«, fragte ihn Régine.

»Mir ist der Appetit vergangen. Es liegt so etwas Verrat in der Luft – und davon wird mir schlecht.«

Nachdem sie ihre Crêpes gegessen hatten, räumte Erwan die Teller ab und verschwand in der Küche, um seinem Bruder beim Aufräumen zu helfen.

»Super gelaufen das Essen, oder?«, kicherte Yann.

»Es hätte schlimmer kommen können. Papa und Mama haben sich wenigstens nicht angeschrien. Oder sich angeschrien und es mir danach zum Vorwurf gemacht.«

»Sie haben sich zusammengerissen. Und sich große Mühe gegeben, was beweist, dass sie sich sehr freuen, dich zu sehen.«

»Und was denken sie über Béa und mich?«

Yann zuckte die Schultern und reichte ihm die Suppenkelle zum Abtrocknen.

»Du kennst doch Papa, ihm ist das völlig egal. Mama dachte, du hättest ihr die Beziehung verheimlicht und wärest deshalb nicht öfter hergekommen. Ich finde jedenfalls – nach dem was ich gesehen habe –, dass Béa ein super Mädchen ist.«

»Sie ist mehr als das.«

Die beiden Brüder tauschten einen einvernehmlichen Blick, machten die Arbeitsplatten sauber und kontrollierten, was in den Kühlschränken war. Yann erledigte seine Arbeit mit großer Routine. Seit Jahren machte er das jetzt schon. Als er seine Kochlehre abgeschlossen hatte, räumte seine Mutter den Billardraum frei und richtete einen Speiseraum ein. Das Büro wurde der Küche zugeschlagen. Auf diese Weise wurden sie die Schüler los, die im *Bar'Bar* herumhingen, ohne etwas zu bestellen, und zogen neue Kundschaft an. Yann hatte zuerst nur Pizza und Panini gemacht und dann seine eigene Karte entwickelt, die er jede Saison erneuerte. Seit fünf Jahren hatte er – das Covid-Jahr ausgenommen – immer Auszeichnungen von Routard auf dem Firmenschild.

»Und wie geht es dir?«, fragte Erwan, die Arme gekreuzt wie in Erwartung einer neuen Aufgabe. »Gibt's was Neues?«

Irgendwas hat er, dachte Yann. Er mochte seinen Alltag, er war nicht von Ehrgeiz zerfressen, aber er hatte seine kleinen Geheimnisse. Heute Abend schien er besorgt zu sein.

»Was willst du wissen?«, fragte er zurück.

»Du bist aus deinem Apartment ausgezogen und wohnst seit Oktober mit jemandem zusammen. Das hast du mir gar nicht erzählt.«

Yann richtete sich auf und sah seinen älteren Bruder an. Die Frage war alles andere als harmlos.

»Das Apartment wurde zu klein, und ich wollte nicht wieder zu Hause wohnen. Da wäre es ja auch schwierig, neue Leute kennenzulernen«, sagte Yann.

Schweigen.

»Mit den Kerlen ist es so, einer kommt, der andere geht. Da ist es eher praktisch, sie nicht nach Hause mitzubringen«, sagte Yann.

»Und ist dein Mitbewohner nett?«

»Soll das ein Verhör sein?«

»Keineswegs«, sagte Erwan, »ich mache mir nur Gedanken um meinen kleinen Bruder, das ist alles.«

Yann sah ihn argwöhnisch an.

»Ich weiß nicht, was du hast, alles ist okay. Hat dich vielleicht Mama zu mir geschickt?«

»Mama? Ganz sicher nicht. Wir haben, seit ich hier bin, kaum zwei Worte gewechselt, und das passt mir sehr gut. Ich hatte nur den Eindruck, dass dich irgendwas bedrückt. Und da du mir nichts von deinem Umzug erzählt hast, dachte ich, es hätte damit zu tun.«

Erwan schien es ehrlich zu meinen, also erklärte Yann ihm, er sei wegen der Party am Heiligabend etwas aufgeregt. Ob man ihm das wirklich so deutlich anmerkte?

»Ich wohne seit dem Herbst in der neuen Wohnung, das ist weder neu noch ein Geheimnis. Alles geht sehr gut«, murmelte er, während er über eine Arbeitsplatte wischte. »Mein Mitbewohner heißt Badou. Er kommt morgen Abend vorbei, dann stell ich ihn dir vor.«

Erwan runzelte die Brauen, so ganz überzeugt war er nicht. Irgendwo war da ein Haar in der Suppe, aber er fragte lieber nicht weiter nach. Er konnte Yann nicht vorwerfen, dass er sein Liebesleben nicht vor ihm ausbreitete. Vor allem, weil ihre Mutter sich ständig in das Leben ihrer Söhne einmischte.

Yann dachte ungefähr dasselbe. Er hatte im Moment nicht die geringste Absicht, irgendwem von seiner Beziehung mit Badou zu erzählen. Er fürchtete, dass ihr harmonisches Zusammenleben ruiniert würde, sobald Régine davon erfuhr. Er kannte sie nur zu gut. Sie würde keine Zurückhaltung kennen und alle möglichen Vorwände erfinden, um sich bei ihnen einzuladen. Würde die beste Freundin seines Freundes werden wollen und sie fragen, wie sie sich ihre Zukunft vorstellten. Und ihnen schließlich anbieten, ihre Hochzeit zu organisieren. Das hatte sie schon bei Erwan und Lucile so gemacht, was seinen Bruder zur Flucht nach Paris getrieben hatte.

Bislang war es Yann dank der allgemeinen Gesundheitskrise gelungen, sein Geheimnis zu wahren. Badou war Arzt, hatte einen vollgetakteten Dienstplan und hatte wegen der ständigen Ausgangssperren nur selten ins *Bar'Bar* kommen können, wodurch Régines Neugier irgendwann nachgelassen hatte. Da Badou es vermied, mit Yann an dessen Arbeitsplatz zu flirten, hatten die Guellecs bisher nichts gemerkt.

Und Yann war gegenüber beiden Seiten vorsichtig. Er war nach Paris gefahren, um Badous Eltern kennenzulernen, ohne dass seine es erfuhren. Andererseits wusste Badou nicht, dass sein Freund ihre Beziehung vor seiner Familie geheim hielt. Er glaubte, Régine mache einen Witz, wenn sie ihn »Mitbewohner« nannte, eine Anrede, die er nicht ausstehen konnte.

Yann wurde ganz schwindelig bei dem Gedanken, dass Régine sich am Heiligen Abend, abgefüllt mit Champagner, auf Badou stürzen und laut rufen würde: »Ach, da ist ja unser Lieblings-Mitbewohner!«

Badou würde darauf sagen: »Also wirklich, nach all der Zeit, die ich mit Ihrem Sohn zusammen bin, könnten Sie mich ruhig beim Vornamen nennen.«

Danach die große Stille vor dem Ausbruch einer Riesenkatastrophe.

Yann zitterte bei der Vorstellung von Badous Blick, wenn ihm klar würde, dass sein Freund seiner Familie nicht reinen Wein eingeschenkt hatte.

»Bist du sicher, dass alles okay ist?«, fragte Erwan erneut. »Du schwitzt ja wie ein Bär!«

»Ja, ich finde es ziemlich warm hier drin … oder vielleicht bin ich auch einfach nur müde.«

Yann gab sich Mühe, die hochkriechende Angst zu ignorieren und sich auf das Wichtigste zu konzentrieren, das Kochen. Als sein Bruder sich zum Gehen anschickte, hielt er ihn zurück.

»Was Mama angeht … du solltest mit ihr reden. Nimm dir etwas Zeit, beruhige sie, sag ihr, dass es dir in Paris gut geht. Du weißt ja, wie sie ist. Wenn sie sich ausgeschlossen fühlt, dreht sie durch. Sie ist wirklich traurig, weil du nie mit ihr telefonierst.«

Erwan blickte zu Boden, wie um zu sagen: Da gehe ich lieber nackt am Strand spazieren und singe laut Trallala, als deiner Bitte zu entsprechen.

Yann legte nach: »Willst du es nicht für sie machen, dann tu es für mich. Wenn du nicht da bist, muss ich mir immer das Geheule anhören, und ich bin jetzt noch ganz kirre von der Pandemie.«

»Ist ja schon gut, ich mach es. Ich nutze die Weihnachtspause für ein paar klärende Worte.«

Erleichtert ließ Yann ihn gehen, froh, wenn die beiden sich wieder vertragen würden. Er war es leid, seine Mutter fluchen zu hören und von ihr zur Parteinahme gedrängt zu werden. Mit etwas Glück würde sie alles tun, um Béa in die Tasche zu stecken, damit wäre sie zu Heiligabend gut ausgelastet. In dieser Hoffnung wiegte er sich, als er die Küche fertig aufräumte. Ein letzter kleiner Wischer mit dem Schwamm – und sein Arbeitstag war zu Ende.

Da kam sein Vater plötzlich durch die Tür herein.

»Bist du noch nicht fertig?«

»Wieso? Was gibt es noch?«

Er sah ein frohes Leuchten in den Augen des Vaters. Hatte er getrunken oder was war los?

»Komm mal mit, ich zeig dir was! Du wirst es nicht glauben! Aber pst! Deine Mutter darf es nicht erfahren.«

»Welche verrückte Idee hast du diesmal?«, fragte Yann beunruhigt und folgte ihm in die Garage.

»Mach dich auf was gefasst, mein Junge!«

Patrick knipste die Neonlichter an und bahnte sich einen Weg vorbei an Werkzeug, Gasflaschen und schlecht gestapelten Kartons bis in die Waschküche. Die Waschmaschine blinkte zum Zeichen, dass die letzte Wäsche fertig war, doch ihr galt Patricks Aufmerksamkeit nicht. Mit theatralischer Geste zog er ein Tuch beiseite, das über einer auf dem Boden stehenden Kiste aus Polyester lag. Ein riesiger blauer Hummer lag darin, der seine Antennen bewegte, die Scheren in festem Gummi eingebunden.

»Was ist denn das?«, fragte Yann erstaunt.

»Wie, was ist das? Das sieht man doch, oder?«

»Hast du gesehen, wie riesig der ist? Der sieht ja aus wie ein Monster. Der war sicher in einer radioaktiv verseuchten Gegend.«

»Ja, dick ist er tatsächlich, mein Freund Charlot hat ihn mir besorgt. Er sagt, er wiegt drei Kilo. Stell dir das vor!«

»Aber Papa, ich habe keinen Topf, der groß genug ist, um ihn zu kochen. Und morgen ist Heiligabend … wir sind ausgebucht … und da kommst du mit so einem Mega-Hummer an, obwohl der gar nicht ins Menu passt.«

»Ich konnte nicht anders! Weißt du, was so ein Tier kostet?«

»Hat Charlot ihn dir etwa geschenkt?«

»Ja, er war seit Jahren in seinem Aquarium, als Maskottchen sozusagen. Charlot hat ihn so gern, dass er ihn nicht mehr essen oder für einen Gast zubereiten konnte. So sentimental war er geworden. Da habe ich ihm vorgeschlagen, ihn wegzugeben, aus Herzensgüte. Du weißt doch, ich tue immer gern anderen einen Gefallen.«

»Du denkst wirklich immer nur ans Essen.«

Yann rieb sich die Stirn, er konnte nicht mehr vor Müdigkeit.

Sein Vater versuchte, die Wogen zu glätten. »Wenn es zu viel Arbeit für dich ist, kümmere ich mich darum. Natürlich wäre mir lieber, wenn du ihn machst. Du bist schließlich unser Koch. Ich möchte ein so schönes Stück nicht verderben. Denk an deine Mutter, sie liebt Hummer über alles. Als ich den gesehen habe, kam ich auf die Idee, sie damit zu überraschen. Er wird den ganzen Tisch einnehmen, da fällt sie um vor Freude!« Er gab seinem Sohn einen Klaps auf die Schulter. »Stell dir bloß ihr Gesicht vor! Wo sie doch immer behauptet, dass ich nie etwas für sie tue. Jetzt kann sie wirklich nicht mehr sagen, dass ich ihr Weihnachtsgeschenk vergessen habe. So ein Geschenk, das wird sie umhauen!«

Er war froh, als Yann die Waffen streckte.

»Okay, ich mache ihn. Bis dahin schieb ihn da hinten in die Ecke, und leg das Tuch wieder drüber.«

»Hältst du mich für bescheuert? Ich will doch nicht, dass deine Mutter ihn findet!«

Yann machte sich jedoch nicht wegen Régine Gedanken, sondern wegen Béa. Wie würde sie reagieren, wenn sie das Tier entdeckte, das dazu bestimmt war, im Kochtopf zu landen? Sie würde nicht begeistert sein, das war sicher.

7

Der Abend im *Bar'Bar* verlief ruhig. Es kamen nicht zu viele Gäste, das Licht war gedämpft, die Stimmung angenehm. Régine genehmigte sich ein Bier in Gesellschaft des jungen Paars, dabei hörte sie zerstreut der Musik zu und warf ab und zu einen Blick auf die Kellnerin, die einen Tisch bediente, an dem ausschließlich Männer saßen. Sie waren keine Stammgäste, und wenn sich einer von ihnen danebenbenahm, würde sie ihn achtkantig rauswerfen. Die Kellnerin fing ihren Blick auf und lächelte, denn sie wusste, dass ihre Chefin alles aufmerksam beobachtete.

Als sie mit ihrem Tablett in der Küche verschwand, wandte Régine sich an Erwan: »Zeit für meine Zigarette.«

»Das berühmte Vergnügen am Abend«, sagte er. »Ich komme mit.«

Régine war überrascht, ließ sich aber nichts anmerken. Wenn man Erwan unter Druck setzte, konnte er sich einem entziehen wie eine Katze.

Béa war mit ihrem Smartphone beschäftigt und machte keine Anstalten, ihnen zu folgen.

Wie schön, dachte Régine, sie hatte es nicht mit einer Mieze zu tun, die ihrem Typ ständig nachlief. Ein Punkt für die Brünette.

»Ich dachte, du rauchst nicht«, sagte sie und zündete ihren Glimmstengel an, der in einer Zigarettenspitze steckte. Dann reichte sie Erwan die Packung und das Feuerzeug.

»Es ist Weihnachten, da genehmige ich mir eine Ausnahme.«

»Du hast recht, man lebt nur einmal.«

Die beiden lächelten einander im Halbdunkel zu. Régine fröstelte und legte sich ihren Schal um. Dann sprachen sie ein wenig über die Situation des Restaurants, über Kredite, die sie aufnehmen mussten, und darüber, wie schwer es war, genug zu verdienen.

»Noch eine Pandemie und wir wären am Ende«, sagte sie traurig. »Aber es heißt ja immer, man soll nach vorn blicken.«

In Gedanken drückte sie die Daumen, um ihren Kindern und Enkeln etwas anderes als Schulden zu hinterlassen. Die Aussicht auf Enkel allerdings schien noch in weiter Ferne zu liegen.

»Solange der Wind noch in die Segel bläst, ist doch alles okay«, murmelte Erwan. »Danke jedenfalls, dass ihr Béa so nett empfangen habt. Ihr habt euch ja selbst übertroffen!«

»Ja, mit Ausnahme von Papa haben wir es wohl ganz gut hingekriegt.«

Etwas verlegen fuhr er fort: »Es tut mir übrigens leid, dass ich in letzter Zeit nicht so oft ans Telefon gegangen bin, wie ich es hätte tun sollen. Ich hatte sehr wenig Zeit, hätte mir aber etwas mehr Mühe geben können.«

»Ist schon gut, mein Lieber, du warst beschäftigt«, sagte Régine und strich ihm über den Rücken. »Hauptsache, dass du zu Weihnachten hergekommen bist. Es freut mich, dass du die neue Frau deines Lebens mitgebracht hast.«

Erwan nahm einen Zug von der Zigarette und bekam einen Hustenanfall. Régine runzelte die Stirn und klopfte ihm auf den Rücken.

»Was ist denn los? Habe ich was Falsches gesagt?«

»Jetzt mach mal halblang, bitte. Wir sind erst seit kurzem zusammen, und ich weiß nicht mal, ob …«

Er hielt inne, weil seine Mutter plötzlich wieder wie eine alte Kupplerin aussah, unverwechselbar.

Was bin ich doch für ein Idiot. Schon wieder bin ich ihr in die Falle gegangen.

»Ich lasse mir Zeit«, sagte er dann nur und drückte seine Zigarette aus.

»Pass auf dich auf!«

»Warum?«

»Weil du eine treulose Tomate bist. Beim letzten Mal ging es schief, und du hast alles hinter dir gelassen. Erst hast du dein Boot verkauft, dann dein Apartment, bist in die Hauptstadt gezogen und hast uns im Handumdrehen aus deinem Leben gestrichen.« Régine zündete sich eine neue Zigarette an. »Einfach abgehauen bist du.«

Es folgte Schweigen, man hörte nur das Ziehen an der Zigarette, des Ausblasen des Rauchs und schwere Seufzer.

»Mir geht es in Paris besser«, meinte Erwan genervt. »Ich komme dort weiter.«

»Hör doch auf. Man schneidet den Möwen nicht die Flügel ab! Es war kurz vor deiner Hochzeit. Du hattest ihr schon den Ring gekauft und dir alles gut überlegt.«

»Ich war wie ein braver Soldat und habe das gemacht, was andere von mir erwarteten, bis ich gemerkt habe, dass es nicht gut gehen würde. Wir hatten beide völlig unterschiedliche Vorstellungen vom gemeinsamen Leben. Wozu hätte das geführt? Zu nichts.«

Régine wandte sich frustriert ab. Jetzt hatte sie ihn doch wieder verärgert. Nie würde er zugeben, dass Lucile ihm das Herz gebrochen hatte, weil sie nicht mit ihm nach Paris gehen wollte.

»Also gut, hören wir auf damit. Was passiert ist, ist passiert.«

»Von mir aus gerne. Ich bin auch nicht weggegangen, um euch aus meinem Leben zu streichen, sondern um mein eigenes Leben zu leben. Können wir uns darauf einigen, dass wir darüber nicht mehr sprechen?«

»Du hast recht, ich muss mich irgendwann damit abfinden.« Régine lächelte ihrem Sohn zu. »Sie ist süß, deine kleine Béatrice.«

»Das finde ich auch, ich fühle mich sehr wohl mit ihr.«

Das schien zuzutreffen.

»Umso besser«, sagte sie, ohne ihr eigentliches Vorhaben aus den Augen zu verlieren. »Du weißt, ich will nur, dass du glücklich wirst. Sag mal, ist sie nicht etwas älter als du?«

»Sie ist drei Jahre älter.«

»Ja, das habe ich mir schon gedacht. Wenn es ernst wird zwischen euch, dann sieh zu, dass du bald einen höheren Gang einlegst. Wollt ihr Kinder, wovon ich mal ausgehe, warte nicht, bis du vierzig bist. Es wird später sehr schwer.«

Schon als sie diese Worte aussprach, wusste Régine, dass sie besser geschwiegen hätte.

Es war ihr einfach so rausgerutscht. Andererseits sagte sie doch nichts als die Wahrheit. Das Paar war über dreißig, und es war immer besser, Kinder vor der gefährlichen Schwelle der vierzig zu bekommen als später.

»Mama, bitte lass mich in Ruhe. Waffenstillstand zu Weihnachten … bitte!« Erwan seufzte.

»Einverstanden. Tut mir leid, es ist wohl noch zu früh für dieses Thema.«

Ein Glück, er war nicht gleich wütend geworden.

Als sie wieder ins Restaurant gingen, bemerkte keiner von ihnen Béa, die im Flur in einer Ecke stand und ihnen düster nachstarrte.

Während sie auf Erwan wartete, hatte Béa eine Weile an der Bar gesessen und ihr Bier getrunken. Sie hatte Zeit, sich mit dem »Verrat« ihres Liebsten zu beschäftigen. Nicht nur, dass er seinem Vater verschwiegen hatte, dass sie Veganerin war, nein, er hatte außerdem verheimlicht, dass er Vegetarier war.

Das war doch einfach lächerlich. Dann wurde sie sehr müde und freute sich auf ein gemütliches Bett. Auf dem Weg dorthin fiel ihr ein, dass sie noch ihre Wäsche in der Maschine hatte. Die musste sie noch aufhängen, wenn sie morgen ihre Jeans anziehen wollte.

Sie kam an der Tür zum Hof vorbei, die nicht richtig geschlossen war, und bekam ganz unfreiwillig einen Teil des Gesprächs zwischen Régine und Erwan mit. Zu ihrem Erstaunen erfuhr sie, dass er seine Ex beinahe geheiratet hätte. Was? Er hatte Jacqueline einen Verlobungsring gekauft? Jacqueline war der Spitzname, den sie ihr gegeben hatte – gewissermaßen das Gegenstück zu ihrem Jean-Eudes.

Über Jacqueline wusste Béa so gut wie nichts, außer, dass sie nicht mit Erwan nach Paris hatte gehen wollen. Deshalb war es wohl eine schwierige Trennung gewesen, das Ende einer langen Liebesgeschichte. Erwan, der gemeine Hund, hatte nie erwähnt, dass er verlobt gewesen war.

Sie hatten über Jacqueline und Jean-Eudes gesprochen, drei- oder viermal, nachdem sie ordentlich viel Wein getrunken hatten. Sie hatten sich keine Einzelheiten erzählt, und es hatte immer so geendet, dass sie es richtig fanden, sich von ihren Partnern getrennt zu haben. Aber warum hatte ihr Erwan bloß nie erzählt, dass er verlobt gewesen war? Sicher war er noch nicht so weit. Als Béa hörte, wie er sagte: »Ich fühle mich sehr wohl mit ihr«, klopfte ihr Herz vor Freude schneller.

Sie war beruhigt und wollte weitergehen, da aber hörte sie Régines Antreiberei ... das Alter ... die Kinder ... Ein Schlag in die Magengrube. Na ja, sie hätte damit rechnen müssen, dass die Schwiegermutter irgendwann auf das Kinderproblem zu sprechen kommen würde. Selbst als Béa keinen Freund hatte, gab man ihr immer wieder zu verstehen, wenn sie Kinder haben wolle, müsse sie jetzt aber bald mal einen Mann finden. Nächstes Mal, wenn jemand auf seine Uhr tippen und ihr sagen würde: »Ticktack ticktack, die biologische Uhr!«, würde sie ihm antworten, er solle bloß Leine ziehen.

Ein Glück, ihr Liebster trat den Rückzug an. In diesem Stadium ihrer Beziehung hatte sie es zu früh gefunden, darüber zu reden, zumal sie gar nicht wusste, ob sie einmal Mutter werden wollte oder nicht. Schließlich musste man bedenken, was wegen des Klimawandels auf künftige Generationen zukam.

Die Welt kam ihr immer verrückter vor, je mehr sie über Umweltprobleme nachdachte. Wollte sie wirklich eines Tages ein Kind auf dem Arm haben? Die Idee ließ sie erzittern. Vielleicht … vielleicht aber auch nicht.

Ihre Meinung hatte sich geändert. Sie weigerte sich, alles zu tun, was die Gesellschaft von ihr forderte. Nein, sich fortzupflanzen war keine Pflicht, und man sollte es nur machen, wenn man hundertprozentig sicher war, dass man eine Familie haben wollte. Ansonsten würde es schiefgehen.

Warum denke ich jetzt bloß an so was?, klagte sie innerlich.

Als Régine und Erwan in den Gästeraum zurückgingen, versteckte sich Béa im Rahmen der Tür zum Vorratsraum und wartete, bis sie vorüber waren. Nach allem, was sie gehört hatte, war ihr die Lust vergangen, Madame Guellec zu begegnen. Sie war so verstört, dass sie fast zurückgegangen wäre, doch dann fiel ihr wieder ein, warum sie hier war: die Wäsche in der Garage.

An der Waschmaschine blinkte ein rotes Lämpchen, die Wäsche war fertig. Béa lehnte sich gegen ein Regal mit Werkzeugen, um sich zu sammeln. Das alles war ziemlich viel für einen Tag gewesen. Sie hatte erfahren, dass Erwan segeln konnte, dass er ein Boot gehabt hatte, aber auch, dass er verlobt gewesen war. Die Worte ihres Freundes kamen ihr wieder in den Sinn: »Das Schiff bin ich.«

Das klang wie eine Einladung, mit ihm auf Fahrt zu gehen – sie versäumte ja keine Gelegenheit, mit ihm zusammen zu sein –, doch vielleicht hatte es eine versteckte Bedeutung. Sie würde es schon herausbekommen. Erwan hatte beschlossen, ihr seinen Strand zu zeigen, ihr von seinem früheren Leben zu erzählen … Eigentlich war er eher schweigsam, umso mehr freute es sie, dass er sich langsam zu öffnen begann. Erster Sieg. Nur ein kleiner Stein lag Béa noch auf dem Herzen: Warum sagte er seinem Vater nicht, dass er Vegetarier war? Das war wirklich merkwürdig.

Sie war so in Gedanken versunken, dass sie nicht gleich merkte, dass jemand von hinten auf sie zukam. Doch als sie spürte, dass da jemand war, nahm sie den leeren Wäschekorb und warf ihn dem Kerl an den Kopf.

»Béa … ich bin das!«, rief Erwan und fing den Korb auf.

»Wie kannst du mir nur solche Angst einjagen?«

»Ich wollte doch nur wissen, ob du Hilfe brauchst.«

Sie ging zur Maschine und öffnete die Tür. »Um eine Hose aufzuhängen? Das glaube ich nicht.«

»Geht es dir gut?«

Sie zuckte mit den Schultern und sah sich ihre Sportschuhe an.

»Ich kenne dich doch, du ärgerst dich über irgendwas. Was ist los?«

Sie richtete sich auf. »Also gut, wenn du unbedingt jetzt reden willst: Warum habt ihr Patrick nicht gesagt, dass ich Veganerin bin? Und warum sagst du ihm nicht, dass du Vegetarier bist?«

»Wenn du wüsstest … Er hasst die Pariser, die Touristen, die Umweltschützer, im Grunde alle und vor allem das, was ihm ›gerade in Mode‹ zu sein scheint. Ständig macht er ironische Bemerkungen darüber. Mama wollte, dass du freundlich empfangen wirst, und vermeiden, dass es beim ersten Essen Streit gibt. Ich wollte ihm nicht die Gelegenheit dazu geben.«

Das Ergebnis von all dem war, dass jetzt Patrick beleidigt war. Aber wäre er viel unangenehmer geworden, wenn man ihm reinen Wein eingeschenkt hätte? Béa hatte da ihre Zweifel. Die Art und Weise, wie Erwan bereit schien, seine Mutter zu verteidigen, nahm ihr die Lust, weiter zu diskutieren. Sie beschloss, nicht zu sagen, dass sie das Gespräch über sie mit angehört hatte. Über Jacqueline und die Verlobung konnten sie ja immer noch später reden.

»Entschuldige bitte«, sagte Erwan und rieb sich die Stirn. »Ich wollte mich nicht aufregen. Es ist wirklich verrückt: Noch keine vierundzwanzig Stunden bin ich hier und schon mit den Nerven am Ende.« Er stützte sich auf die Waschmaschine. »Mit ihnen ist immer alles so schwierig.«

Diese Bemerkung stimmte Béa traurig. Voll Mitleid legte sie eine Hand auf seine Schulter. »Sie sind etwas nervös wegen des Abends morgen, aber sie geben sich Mühe. Yanns Crêpe war einfach köstlich.«

»Das war eine Galette.«

Sie lachte. Er nahm sie in die Arme und fuhr mit der Hand durch ihr dunkles Haar, während Béa seinen Bart streichelte. Sie küssten sich und ließen die düsteren Wolken dieses Tages hinter sich. Dann hob Erwan den Kopf.

»Sollen wir zu Bett gehen und eine kleine Serie gucken, um uns ein bisschen zu entspannen?«

Was für eine gute Idee! Sie wünschte sich nichts mehr, als sich hinzulegen, und zwar in die Arme ihres Lieblingsbretonen.

»Furchtbar gerne, aber ich bin nicht sicher, dass ich bis zum Ende wach bleiben kann.«

»Keine Sorge, ich kümmere mich um alles.«

Nachdem Erwan nach oben gegangen war, nahm Béa ihre Wäsche und die Schuhe. Sie fühlte sich erleichtert. Dann stellte sie fest, dass ihre Schuhe noch immer nach Schlick rochen, und sie sah auch noch Dreckspuren im dämmrigen Garagenlicht. Ihre Jeans sah kaum besser aus. Morgen würde sie sie gleich nochmal waschen müssen.

Während sie noch überlegte, entdeckte sie eine Kiste aus Styropor, die in einer Ecke stand. Das Tuch, das darüber lag, bewegte sich. Eigentlich kaum, nur ein bisschen. Doch es genügte, dass Béas Herz schneller zu klopfen begann.

Mit der Fußspitze hob sie das Tuch hoch. Da tauchte eine lange schwarze Antenne auf, dann eine bläuliche Schere, die ein dicker Gummi zusammenhielt. Béa unterdrückte einen Schrei. Da war ein Hummer – so riesig, wie sie noch keinen gesehen hatte – und in seiner Gesellschaft ein Korb mit Austern.

Sie hatte die Überraschung für das Weihnachtsessen entdeckt.

8

Seit Béa den Hummer gefunden hatte, war sie außer sich. Sie wusste, was dieses arme Geschöpf erwartete. Es würde lebend in kochendes Wasser geworfen. Ein entsetzlicher Tod! In mehreren Ländern wurde diese Methode bereits als Folter gebrandmarkt, und in der Schweiz war es verboten, Krustentiere auf diese Weise zu töten. Sie starben dort durch einen elektrischen Schlag, so blieben ihnen wenigstens furchtbare Schmerzen erspart.

Der Hummer in der Garage hatte dieses Glück nicht, es sei denn, jemand käme ihm zu Hilfe.

»Stell dir bloß vor!«, sagte sie zu Erwan, als sie zusammen im Bett lagen. »Was ist, wenn er eine Familie hat? Hunderte Babys, die ihren Vater nie wiedersehen werden!«

»Vielleicht ist er ein Weibchen«, sagte Erwan, die Bettdecke bis zum Kinn hochgezogen. Er zog ein Gesicht, als bereite er sich auf seine eigene Hinrichtung vor.

»Ist doch völlig egal, ob er ein Weibchen oder ein Männchen ist.« In ihrem Herzen hatte Béa bereits beschlossen, dass er männlich war, und ihm den Namen Albert gegeben.

Erwan nahm an, dass sein Vater den Hummer für das Weihnachtsmenu mitgebracht hatte. Béa zufolge war es ein Riesenvieh, doppelt so groß wie alle, die sie bisher in Bassins gesehen hatte. Patrick würde sicher nicht darauf verzichten, selbst wenn er gern der neuen Freundin seines Sohnes einen Gefallen täte. Dieser Vater war wirklich unerträglich. Vielleicht machte er es sogar mit Absicht.

Das traf nicht zu, und Erwan wusste es genau. Sein Vater wusste ja erst seit kurzem, dass Béa Veganerin war. Das Ganze war nur wegen Régine passiert, da war er sich sicher. Sie hatte immer irgendwelche Geheimnisse.

»Da sind auch Austern«, jammerte Béa und stützte ihren Kopf in beide Hände, »die werden lebend gegessen!«

Erwan erschrak, wie kreidebleich sie wurde. »Tief einatmen, du siehst nämlich aus, als ob du gleich in Ohnmacht fällst.«

Vor Béas Augen bewegten sich grauenvolle Bilder: ihr Schwiegervater, der mit einer Zitrone Austern quälte; Albert, feuerrot, anklagend auf einer Servierplatte; Bratäpfel im blutigen Saft einer Reihe Filetsteaks ... Sollte der Weihnachtsabend ihr schlimmster Alptraum werden? Normalerweise blieb Béa ruhig, wenn sie blutiges Fleisch, Gänseleberpastete oder glänzende Muscheln vor Augen hatte. Aber was hier heute geschah, war etwas ganz anderes. Albert lebte noch. Und er hatte noch eine Chance.

Erwan wollte sie in den Arm nehmen, doch Béa stieß ihn zurück und richtete sich auf.

»Können wir nicht wenigstens mit deinen Eltern darüber reden? Ich könnte zum Beispiel Hummer kaufen, die schon tot sind, und sie gegen Albert tauschen ... Dann wären doch alle zufrieden, oder?«

Der Gedanke, Leichen zu transportieren, war ihr zwar zuwider, doch so würde sie ihren Schützling retten können. Dann wäre immerhin einer in Sicherheit. Danach wollte sie sich eine Strategie überlegen, um auch die Austern zu retten.

»Mein Schätzchen ...« So nannte Erwan sie immer, wenn er sie zähmen wollte. Sie verschränkte die Arme. Er war zwar Vegetarier, aber er nahm die Dinge anders wahr als sie. Er aß nicht aus Überzeugung keine Tiere – er war gegen Massentierhaltung und ihre Methoden, gegen Misshandlung, die natürlich auch sie anprangerte –, ließ ihnen also noch einen Platz in der Nahrungskette, im Gegensatz zu Béa, die dies gänzlich ablehnte. Sie sah alles viel strenger. Sie hatte Empathie für alle Tiere, und das Fleisch eines Rinds zu essen wäre für sie genauso schrecklich wie das Verzehren eines Hundes. Für sie gab es unter den Tieren keine Hierarchie. Sie waren empfindsame Wesen – und zwar alle. Doch die meisten Menschen teilten diese Auffassung leider nicht.

»Meine Eltern werden nicht auf ihren Hummer verzichten«, sagte Erwan mit Grabesstimme. »Auch wenn Mama dich mit offenen Armen empfängt, sie liebt Meeresfrüchte über alles.«

»Das sind keine Früchte!«, rief Béa empört.

»Mit meinem Vater ist es noch schlimmer«, fuhr Erwan tapfer fort, »und für Yann ist ein Hummer ›der Inbegriff der Gastronomie‹, so sieht er es. Außerdem habe ich ihm gesagt, solange du die Dinge nicht auf dem Teller hast, sei es dir egal. Auch er würde es kaum verstehen ...«

Verlegen brach er ab. Sie legte eine Hand über ihre Augen, damit er ihre Tränen nicht sah. Das alles rief bei ihr eine furchtbare Kindheitserinnerung wach, die Erinnerung an Jeannot, das Kaninchen ihres Großvaters. Sie hatte dem Opa das Versprechen abgenommen, ihn nicht zu töten. Eines Tages kam sie zu seinem Stall, und er war leer. Ihre Mutter hatte ihr erzählt, das Tier habe einen Herzanfall erlitten, selbst Nagetieren könne das passieren … Jahre später hatte Béa erfahren, dass das »Huhn«, das sie an jenem Tag gegessen hatten, niemand anderes gewesen war als Jeannot. Allein bei diesem Gedanken wurde ihr noch heute übel.

»Es ist alles viel zu schwierig hier, wir fahren nach Hause«, schlug Erwan vor. »Wir können ganz früh aufstehen, behaupten, es gäbe einen Rohrbruch in deiner Wohnung, und den ersten Zug nehmen.«

Natürlich könnten sie fliehen, aber was würden sie von ihr denken? Dass sie eine verrückte Veganerin sei? Und was würde mit Albert geschehen? Er würde im Kochtopf landen, genau wie Jeannot.

»Das wäre feige.«

Sie schnäuzte sich in ein Taschentuch, das sie tief unten in ihrer Tasche gefunden hatte. Ihr ganzer Mut war zurückgekehrt. Sie sah die Antennen des armen Tiers vor sich, seine winzigen glänzenden Augen, die sie flehentlich ansahen. Sie hörte beinahe eine kleine Stimme, die ihr zurief. »Béa, hilf mir!« Es war ihre Pflicht zu handeln.

Sie wischte sich die Wangen ab und ergriff Erwans Hand.

»Wir verderben ihnen nicht Weihnachten, das kommt gar nicht in Frage. Ich nehme das auf mich. Du hast deine Familie seit Monaten nicht mehr gesehen, und ich will nicht, dass es zu einem Zerwürfnis zwischen euch kommt.«

»Aber …«

»Lass nur, ich bin jetzt zu müde. Morgen früh sehen wir weiter.«

Sie glitt unter die Decke, er nahm sie in den Arm und löschte das Licht. In trauriger Stimmung versuchte er einzuschlafen. Das war alles zu viel für ihn. Was hatte er bloß falsch gemacht? Er hatte sich doch solche Mühe gegeben, damit ihr Besuch hier so gut ablief wie möglich.

Béa spürte Erwans Herz schlagen, lange bevor er in Schlaf fiel. Ihre Gedanken waren damit beschäftigt, sich einen Rettungsplan für Albert und die Austern auszudenken. Wie sollte sie sie befreien? Dann fiel ihr eine Lösung ein. Da sie zum Menu gehörten, musste es geändert werden. Deshalb würde sie selbst eines zubereiten.

Am nächsten Morgen, dem 24. Dezember, stand Béa sehr früh auf. Erwan schlief noch tief und fest, und auf der Etage war es ganz ruhig, abgesehen von dem Schnarchen, das aus dem Nachbarzimmer drang. Auf Zehenspitzen schlich sie die Treppe hinunter und sah zu ihrer Freude, dass der Schlüssel in der Verbindungstür zwischen den Privaträumen und *Bar'Bar* im Schloss steckte. In der Garage stellte sie eine neue Waschmaschine an, damit ihre Jeans und ihre Schuhe nun endlich richtig sauber würden.

Dann entdeckte sie, dass Albert verschwunden war. Ihr Herz klopfte heftig. Sie stürzte in die Küche, aber dort fand sie ihn nicht. Alle Arbeitsplatten waren leer und sauber. Yann war offenbar erst spät schlafen gegangen. Sicher hatte er keine Zeit gehabt, den Hummer zu kochen. Hatte Patrick ihn vielleicht anderswohin gebracht?

Béa ging in die Garage zurück, um ihn weiter zu suchen, und rief leise: »Albert … bist du da?«

Schließlich fand sie ihn in der Werkstatt hinter einem Stapel aus allen möglichen Gegenständen. Jemand hatte das Tuch angefeuchtet. Béa wusste, dass Albert in diesem Zustand zwei bis drei Tage überleben konnte. So hatte sie noch ein paar Stunden Zeit.

»Keine Sorge, ich rette dich.«

Jetzt wurde es aber Zeit, einkaufen zu gehen und mit dem Kochen anzufangen. Keiner konnte ihr den Wunsch abschlagen, Albert zu retten, wenn sie ein paar leckere Speisen zubereitete. Um sich zu motivieren, stellte sie sich vor, wie froh sie sein würde, wenn sie Albert ins Meer zurückkehren sähe. Sie dachte eine Weile nach, dann hob sie die Styroporkiste hoch und brachte sie woanders hin, damit man das Tier nicht so schnell finden konnte. Sie stellte ihn in die gegenüberliegende Ecke des Raumes und verbarrikadierte den Platz mit einem Stapel Kartons.

Ein zufriedenes Lächeln. Patrick Guellec würde überall danach suchen, doch dieses kleine Versteckspiel würde er nicht gewinnen. Es sollte ihm eine Lehre sein.

Sie nahm eine erfrischende Dusche und ging dann einkaufen. Erwan versicherte sie, dass sie keine Hilfe brauche. Besser, sie erklärte ihm nicht alles, was sie vorhatte.

Zurück aus dem Laden, stellte sie die eingekauften Sachen in einer Ecke der Küche ab, krempelte dann die Ärmel hoch, band ihr Haar zu einem Zopf zusammen und nahm sich aus einem Regal eine Schürze. Jetzt war sie bestens gerüstet.

»Was machst du denn hier, meine Kleine?«, fragte eine ernste Stimme.

Sie schrak hoch. Es war Patrick, der gerade die Kühlschranktür schloss. Sein Hereinkommen hatte sie gar nicht bemerkt. Er trug einen abgetragenen beigefarbenen Morgenrock und prächtige karierte Pantoffeln. Er hatte sich sein Frühstück geholt.

»Guten Morgen«, sagte sie und runzelte die Stirn.

»Ja, guten Morgen auch. Wir müssen uns ja nicht dauernd verbeugen, wenn wir uns begegnen, oder?«

»Sie sind wohl nicht bester Laune heute Morgen. Das hätte ich gar nicht für möglich gehalten.«

»Man tut, was man kann, Mädchen.«

Er begann, Brot zu schneiden, und legte die Scheiben auf einen Teller.

»Und? Warum verkleidest du dich als Köchin?«

Béa stützte die Hände in die Hüften. »Weil ich Yann ein bisschen helfen will.«

Patrick brach in sonores Lachen aus. Béa war beleidigt.

»Yann hat wegen der Feier heute Abend viel zu tun«, erklärte sie, während der Vater seine Brote mit Butter bestrich, »da dachte ich, ich könnte vielleicht zwei oder drei Sachen für das Weihnachtsessen morgen vorbereiten. Das ist doch besser, als Reste zu essen. Und so kann ich mich dafür bedanken, dass ihr mich so freundlich aufgenommen habt.«

Patrick zog die Brauen hoch. Er war nicht sicher, die Logik ihrer kleinen Ansprache verstanden zu haben.

Béa hatte sich ein ehrgeiziges Programm vorgenommen: Gemüsegyozas, Linsen-Dal, Naan mit Knoblauch und flambiertes Bananen-Ingwer-Kompott. Lauter Rezepte, die sie kannte und schon ein paarmal gemacht hatte, wenn Freundinnen zum Essen kamen. Sie hatten großen Anklang gefunden. Gern würde sie dafür den ganzen Tag in der Küche verbringen, dabei könnte sie Yann auch besser kennenlernen. Irgendwann wollte sie dann vorsichtig auf Albert zu sprechen kommen, den netten bretonischen Hummer, der von niemandem etwas wollte und nur von Freiheit träumte. Sie hütete sich, Patrick davon zu erzählen. Dieser schreckliche Kerl hielt sein Brot in der Hand, hatte eine Tasse Kaffee vor sich, sah sie an und grinste.

»Ich kann dazu nur sagen: Der Weg zur Hölle ist mit guten Vorsätzen gepflastert. Der Kleine wird heute sehr angespannt sein, weißt du. Das ist *sein* großer Abend. Manche Leute haben schon im Sommer reserviert, um heute Abend hier zu essen. Unser Fest ist im Viertel sehr beliebt. Der Junge hat einen guten Ruf, ist ehrgeizig und möchte ein berühmter Koch werden. Aber bei der Arbeit hat er nicht gern jemanden um sich. Normalerweise erträgt er nicht einmal seine Mutter, und ich kann mir kaum vorstellen, dass er sich freut, dich hier zu sehen. Das Schauspiel lasse ich mir auf keinen Fall entgehen.«

»Yann ist so sympathisch«, entgegnete Béa, »das wird sicher gut.«

Sie hatte es selbstbewusst gesagt, dachte jedoch insgeheim, dass Patrick vermutlich recht hatte. Und bei dem Gedanken, dass Yann sie aus seiner Küche werfen könnte, wurde ihr ganz anders.

9

Béa, die ihr Küchen-Engagement ernst nahm, kannte sich bestens aus, denn sie hatte auf TikTok und YouTube zahlreiche Rezepte von Vegan-Köchen studiert. Sie kannte jeden Schritt, besonders einen, der wesentlich war: die Vorbereitung der Arbeitsplatte. Die musste unbedingt immer sauber sein. Sie warf einen prüfenden Blick darauf: Alles war perfekt. Zunächst jedenfalls. Doch ihre Gyozas sahen aus wie unförmige Häufchen, obwohl sie sich große Mühe gegeben hatte. Der Teig war nicht so gut gelungen wie sonst, er war klebriger als üblich, obwohl Béa ihre Hände vorher angefeuchtet hatte. Sie hatte das Gefühl, durchnässtes Toilettenpapier zu kneten, verlor jedoch nicht den Mut und fuhr fort, Scheiben abzuschneiden und sie in der Handfläche zu füllen, vorsichtig zu schließen und die Ecken hochzuklappen. Dabei fluchte sie vor sich hin, aber nur leise wegen Patrick, der sie bestimmt auslachen würde, wenn er es hörte. Dann kam der entscheidende Moment, in dem Yann in die Küche lief und ein lautes Räuspern von sich gab.

»Was machst du denn hier?«, fragte Yann, der gleich zur Sache kam.

»Ich dachte, ich könnte für morgen Mittag ein paar Gemüsespezialitäten zubereiten und sie Patrick zum Probieren geben. Zum Spaß.«

»Papa und vegetarisch essen?«

»Wenn es mit Butter gemacht ist, könnte ich es versuchen«, sagte der und strich um den Kühlschrank herum.

Unglaublich, wie gut er für sein Alter noch hörte. Oder hatte er vielleicht ein Hörgerät wie alle grimmigen Alten?

»Nein, dann wäre es nicht mehr vegan«, entgegnete Béa ihm. »Butter wird schließlich aus Milch gemacht.«

»Papa, bitte lass uns allein, damit wir in Ruhe reden können.«

»Oh nein, eine volle Stunde habe ich auf diesen Augenblick gewartet!«, protestierte Patrick.

»Papa!«

Der Papa verschwand brummend, Kinder hätten heute keinerlei Respekt mehr vor ihren Eltern. Als er fort war, fasste Yann Béa am Ellbogen, schob sie weiter in die Küche hinein, drückte auf den Knopf des Wasserboilers, der gleich anfing zu brummen und so eine Schallmauer zwischen ihnen und dem alten Griesgram bildete, der immer noch neugierig durch das Türfenster hereinschaute.

»Béa, was soll das? Der Alte wird es dir übelnehmen. Er ist schwierig, nichts schmeckt ihm. Er hat nichts anderes zu tun, als mich und meine Küche zu kritisieren. Warum willst du dich da unbedingt reinhängen?«

»Vielleicht will er mir nur seine Zuneigung zeigen. Ich glaube, er mag mich.«

Yann holte tief Luft. Seine Geduld schien am Ende. »Du bist nur für ein Wochenende hier, Béa, hast nie in einem Restaurant gearbeitet, und heute ist ehrlich gesagt nicht der richtige Tag dafür, damit anzufangen. Sei mir bitte nicht böse, aber ich sage es dir ehrlich: Ich kann dich nicht zwischen den Füßen haben. Ich muss das Mittagessen machen und das Menu für heute Abend.«

Yann war zwar ein netter Mensch, aber er wollte nicht das Risiko eingehen, dass sie ihm sein Essen vermasselte.

»Ich kann dir doch zur Hand gehen«, meinte Béa, »das wäre doch die Gelegenheit, uns besser kennenzulernen.«

Yann verdrehte die Augen. »Was ist dein Beruf? Bist du Küchenchefin? Köchin? Kellnerin? Oder etwas ganz anderes?«

Béa arbeitete für einen Verein, der Bäume pflanzte. Es mussten tausend Milliarden sein, um die letzten zehn Jahre Verseuchung der Luft mit Kohlendioxyd wiedergutzumachen. Das werde ich schaffen, wiederholte sie innerlich immer wieder wie ein Mantra.

Jeden Tag rief sie in Rathäusern und bei lokalen Behörden an, um Stellen zu finden, an denen man Mikro-Wälder anlegen konnte. Auf sechs Parkplätze passten dreihundert Bäume, und nach zwei Jahren war das Teilstück eines Waldes fertig. Das war ein verdammt guter Anfang.

»Ich kann ausgezeichnet verhandeln«, sagte sie und gab sich selbstbewusst.

»Mit einem Herd verhandelt man nicht.«

Yann sah sie durchdringend an, nahm seine Schürze, ein sauberes Tuch, zog sich fertig an und ging nicht mehr auf Béas Versuche ein, ihn zu überzeugen.

»Du bist wirklich stur, noch schlimmer als Erwan«, schleuderte sie ihm entgegen.

»Was?« Er drehte sich wütend um. »Ich soll sturer sein als mein Bruder?«

Sie stemmte die Fäuste in die Hüften und hielt seinem Blick stand. Er tat das Gleiche. Schweigen. Hätte der Teekessel nicht angefangen zu pfeifen, man hätte eine Stecknadel fallen hören.

»Bring mir hier bloß nicht alles durcheinander«, sagte er warnend, »sonst werfe ich dich raus. Was hattest du hier vor?«

Béa nahm seine Warnung nicht ernst. »Ich wollte nur ein paar kleine Speisen herstellen. Mit den Gyozas bin ich fast fertig. Dann kümmere ich mich um das Dessert, und während mein Linsen-Dal kocht, mache ich Naans. Ich schwöre dir, das geht bei mir aus dem Handgelenk!«

»Das wird Papa kaum gefallen.«

»Weißt du was? Das glaube ich auch nicht«, sagte sie lachend.

Auch Yann lachte. Béa konnte es kaum glauben. Hatte sie gewonnen? Ihr Plan funktionierte. Albert, keine Sorge, du wirst es schaffen. Dieser Typ ist nett, er will dir sicher nichts anhaben, dachte sie.

Keine Frage, ihr Schützling würde nicht im Kochtopf landen wie der arme Jeannot. Hoffnungsvoll machte Béa sich wieder an die Arbeit. Sie wollte ein mit Rum flambiertes Bananenkompott mit Ingwer herstellen. Sie schälte die Früchte, schnitt sie in Scheiben, würzte sie und tat sie in eine Pfanne. *Hoffentlich reicht die Menge.* Yann trat zu ihr und fragte, mit was sie sie anbraten wollte.

»Mit Sesamöl, damit es Geschmack bekommt.«

Da er ihr ruhig und entspannt vorkam, startete sie einen ersten Versuch für die Operation *Albert muss gerettet werden.* »Was gibt es als Weihnachtsmenu?«

»Das Übliche. Ich halte nichts von Fantasiegerichten.«

Sie griff nach der Flasche Rum. Yann sah verwundert zu.

»Was machst du denn jetzt?«

»Die Bananen flambieren natürlich.«

»Solltest du das nicht besser morgen am Tisch machen?«

»Wenn ich mit einem Kater aufwache? Nein, ich mache es jetzt, das ist besser.«

»Bist du dir sicher?«

»Klar ... keine Sorge, ich lege schon kein Feuer in deiner Küche.«

Sie goss eine ordentliche Menge Rum über die Bananen, zündete ein Streichholz an und brachte den Rum zum Brennen. Sie blies das Streichholz aus, beugte sich nach vorn, um zu schnuppern, wobei ihre Haarspitzen in die Nähe der Flamme kamen.

»Was meinst du mit das Übliche? Brote mit Leberpastete von zu Tode gequälten Enten?«, sagte sie in scherzendem Ton, ohne zu merken, dass ihre trockenen Haarspitzen Feuer fingen.

»Béa ... pass auf!«, rief Yann.

»Wieso? Genauso ist es doch, diese armen Tiere ...«

»Deine Haare brennen!«

»Oh nein!«, schrie sie und versuchte vergeblich, die Flamme zu löschen. »Oh nein!«

Yann ergriff einen Lappen, konnte aber nichts tun. In Panik sprang Béa zum Spülbecken, in dessen Nähe lauter gefüllte Wasserkaraffen standen.

Sie nahm zwei und goss sich Wasser über den Kopf, um den Brand zu löschen.

»Gut, dass du das nicht neben der Fritteuse gemacht hast«, meinte der Küchenchef lakonisch, als der Schrecken vorbei war.

Béa war pudelnass und sagte kein Wort. Ihr künftiger Schwager wies ihr mit dem Zeigefinger die Tür.

10

So ein Desaster! Patrick, dieser Blödmann, lachte so, dass er sich fast an seinem Kaffee verschluckt hätte. Yann wurde jedes Mal, wenn sie den Kopf durch die Tür steckte, fuchsteufelswild. Béa wurde ganz kleinlaut und fragte sich, wie sie jetzt Albert vor dem Tod bewahren könnte. Gegen vegane Speisen konnte sie ihn jetzt nicht mehr eintauschen.

»Was ist denn hier los?«, fragte Régine, die gerade nach unten gekommen war. Sie hatte sich mit einem grün-roten Pullover weihnachtlich herausgeputzt.

»Ich weiß nicht so recht«, antwortete Patrick, der sich das Lachen verkneifen musste.

Régine setzte sich auch eine rote Weihnachtsmannmütze auf und seufzte. »Du solltest dich jetzt besser anziehen und aufhören zu gackern wie ein Huhn, das einen Wurm entdeckt hat. Ich schäme mich bei deinem Anblick vor den Gästen, und ich sage dir eins: Wenn du Champagner haben willst, kümmere dich erstmal um die kaputten Glühlämpchen an den Girlanden. Dann holst du mit dem Wagen das zusätzliche Geschirr ab, damit Yann nicht alles allein an der Backe hat.«

Sie lächelte Béa an, doch diese konnte nicht anders, als an das Gespräch zu denken, das sie gestern mitangehört hatte. Was für eine Heuchlerin sie doch ist!, dachte Béa.

»Ich kümmere mich schon darum, Mama«, rief Erwan, der gerade aufgestanden und inzwischen ebenfalls aufgetaucht war.

Er ging hinter den Tresen und machte sich einen Espresso, so routiniert, als hätte er sein Leben lang nichts anderes getan. Béa war begeistert.

»Ich helfe euch heute Abend auch beim Servieren«, erklärte er.

»Das ist nett, mein Lieber. Aber das Geschirr soll dein Vater herbringen. Ich möchte, dass du mit mir in die Bäckerei gehst, um die Brote fürs Buffet abzuholen. Es gibt viel zu tragen, und der Weg ist ja nicht weit.«

Erwan und Régine musterten einander wie zwei Löwen. Erwan zögerte. Aus irgendeinem Grund schien er nicht gern in die Bäckerei gehen zu wollen.

»Ich bitte dich, du lässt doch wohl nicht deine arme alte Mutter pfundweise Brot allein schleppen?«

Béa überlegte und ergriff die Gelegenheit beim Schopf, ihrer Schwiegermutter in spe ein bisschen auf den Zahn zu fühlen.

»Ich kann Ihnen doch helfen. Wenn Sie nichts gegen meine Gesellschaft haben.«

Erwan dankte ihr mit einem erleichterten Kopfnicken, Régine sah sie erstaunt an.

»Was ist denn mit dir passiert? Hat dir jemand einen Eimer Wasser über den Kopf gegossen?«

Von der Treppe schallte Patricks Lachen zu ihnen herüber.

Nicht den Mut verlieren, denk an Albert, sagte sich Béa immer wieder vor. Inzwischen hatte sie ihre Haare getrocknet und die angesengten Haarspitzen abgeschnitten. Sie beeilte sich, denn Régine wartete schon auf sie, allerdings ohne jedes Lächeln. Sie drückte ihr Säcke für das Brot in die Hand und einen Einkaufswagen in den bretonischen Nationalfarben.

»Bretonischer Oma-Stil«, sagte sie grinsend.

Béa fragte sich, ob sie sich über sie lustig machte, und ging wortlos nach draußen. Ihr ursprünglicher Plan war zwar gescheitert, aber es war noch nicht alles verloren. Wenn Yann sich beruhigt hatte, könnte sie sicher mit ihm über Albert reden, und bis dahin hatte sie Gelegenheit, ihrer Schwiegermutter ein bisschen näherzukommen, die die Leute des *Bar'Bar* unter der Fuchtel zu haben schien.

Während sie nebeneinander durch die Straßen von Lorient gingen, dachte Béa an die Bemerkungen zu ihrem Alter. Besser, sie gab sich Mühe und nutzte die Gelegenheit, sich im besten Licht zu zeigen.

Es blies ein kalter, feuchter Wind, und der Winterhimmel war grau. In der Stadt waren nicht viele Menschen unterwegs. Einige Großmütter, ein Mann, der schwankend auf seinem Fahrrad wacker den Böen trotzte. Am Abend sollte es Sturm geben, so stand es jedenfalls in der Zeitung *Le Télégramme*, die Béa beim Weggehen auf dem Tresen hatte liegen sehen. Die zweite Schlagzeile des Tages lautete: *Betrunkener überfährt Weihnachtsbeleuchtung mit seinem Traktor.* Was für eine reizende Atmosphäre, und das zu Weihnachten!

Régine sprach als Erste: »Du arbeitest also im Gartenbau?«

»Wie bitte?«, fragte Béa, die sich gerade vorstellte, wie ein Traktor einen Weihnachtsbaum überfährt.

»Erwan hat mir gesagt, dass du Bäume pflanzt.«

»Nicht direkt. Ich organisiere das Ganze.«

Dann erklärte sie ihr, dass sie sich bei den Behörden um Boden bemühte, auf dem die Bäume gepflanzt werden sollten. Régine zeigte sich interessiert an den Mikro-Wäldern. Sofort sprang Béa darauf an und erklärte wihr das Konzept ihres Vereins. Sie kannte alle Vorzüge auswendig. Nicht nur boten sie ein Refugium für alle möglichen Tiere, es wurde auch die örtliche Flora respektiert, da alles, was dort verwendet wurde, dem entsprach, was durch die Natur an dem jeweiligen Ort zur Verfügung gestellt wurde.

»Das ist schön«, sagte Madame Guellec anerkennend.

»Danke«, erwiderte Béa hocherfreut.

Inzwischen waren sie bei der Bäckerei angelangt.

Hier war es rappelvoll. Es sah aus, als seien alle Einwohner Lorients von der Straße verschwunden, um sich hier zu versammeln. Régine ging ohne Rücksicht auf die anderen an der Schlange vorbei nach vorn. Sie war hier bekannt wie ein bunter Hund und konnte es sich erlauben. Josiane, die Bäckerin, war eine alte Freundin und außerdem die Mutter von Lucile. Ihre Kinder hatten schon im Sandkasten zusammen gespielt.

»Du bist aber pünktlich!«, rief Josiane, als sie Régine sah. Neugierig blickte sie Béa an. »Alles ist fertig. Lucile, ich bediene den Herrn weiter, führ du die beiden nach hinten!«

Die junge Frau, schlank, blond, das Haar brav zu einem Knoten gebunden, warf ihnen ein freundliches Lächeln zu. Sie hatte schöne, gerade Zähne.

»Ich bin in zwei Minuten bei dir, Régine«, rief sie.

Gleich darauf hielt sie ihnen die kleine Schwingtür hinter der Verkaufstheke auf und führte sie in die Backstube.

»Kommt mit!«

Die graziöse Lucile strahlte Ruhe aus. Béa beneidete sie um ihre Sommersprossen, zugleich fand sie sich albern, weil es doch ganz sinnlos war, solche Vergleiche anzustellen. Jede Frau hatte ihre eigene Schönheit, und die Klischees der Modemagazine gehörten auf den Müll.

Régine jedenfalls schien sich zu freuen, die hübsche Blondine wiederzusehen, die sie wohl seit geraumer Zeit nicht mehr zu Gesicht bekommen hatte. Schade, dass Erwan nicht mitgekommen war, er hätte sich doch ein bisschen Mühe geben und ihr wenigstens Guten Tag sagen können.

Lucile ging mit ihnen zu den Backöfen, wo ihre Ware auf sie wartete.

»Die Brötchen sind gerade fertig geworden, sie sind noch warm. Vorsicht, verbrennt euch nicht die Finger!«

»Keine Sorge, meine Liebe«, sagte Régine und begann, alles in die Säcke zu packen. »Bei dir alles in Ordnung?«

»Ja, ich helfe meiner Mutter während der Feiertage. Ich habe meinen Job gekündigt. Du kennst mich ja, ich muss immer etwas zu tun haben.«

Régine nickte und stieß einen tiefen Seufzer aus. »Hast du schon eine Fortbildung gefunden? Zu was willst du dich umschulen lassen?«

»Ich bin immer noch auf der Suche …«

Luciles Gesicht wurde ernst. Ganz offensichtlich war Régine in ein Fettnäpfchen getreten. »Lucile war Krankenschwester«, sagte sie zu Béa. »Sie hat sich beim Heben schwerer Patienten einen Schaden am Rücken zugezogen, deshalb muss sie einen neuen Beruf finden … Lucile, das ist übrigens Béa.«

»Hallo«, sagte Lucile und warf Béa einen neugierigen Blick zu. »Leider werden die Arbeitsbedingungen in unseren Krankenhäusern immer schlechter.«

»Da kriegt man Angst vor der Zukunft«, schimpfte Régine. »Zu meiner Zeit suchte man sich einen Beruf und den behielt man sein Leben lang. Heute ist es schon eine Heldentat, wenn man ihn zehn Jahre ausüben darf. Unsere Politiker sind nicht in der Lage, auf längere Sicht zu planen. Und keiner von denen hat begriffen, dass man Leute, wenn man sie in so kurzer Zeit verschleißt, bald ersetzen und ständig neue ausbilden muss. Und dass das viel mehr kostet, als wenn man von Anfang an einer ausreichenden Zahl an Mitarbeitern gute Arbeitsbedingungen bietet.«

Die beiden jungen Frauen nickten, sagten aber nichts dazu.

»Reden wir lieber nicht über Politik«, sagte Régine entschlossen. »Heute ist schließlich Heiligabend. Was machst du denn heute Abend, Lucile? Wie feierst du?«

Luciles Verlegenheit wurde immer größer. »Nichts Besonderes. Ich esse mit meinen Eltern und gehe dann früh schlafen. Morgen haben wir nämlich viel zu tun, all die Bestellungen ...«

Régine sah sie bedauernd an. Genau das hatte sie vermutet. Lucile war immer noch ohne Freund und zog sich in sich selbst zurück. Nach allen Umbrüchen, die sie hinter sich hatte – erst die Pandemie und dann die Krankschreibung –, wirkte sie deprimiert. Gerade jetzt, wo das Leben wieder normal zu werden schien. Aus dem Augenwinkel warf sie Béa einen Blick zu. Die neue Freundin ihres Sohnes machte einen sehr zufriedenen Eindruck.

Dann fiel Régine etwas ein, nichts Gutes, aber es war stärker als sie. Angesichts der offensichtlichen Not ihrer Ex-Schwiegertochter konnte sie nicht gleichgültig bleiben. Sie kannte sie schließlich seit der Zeit, als sie noch ein Dreikäsehoch war.

»In deinem Alter müsstest du ausgehen und Freunde treffen«, sagte sie. »Komm doch nach dem Abendessen ins *Bar'Bar*, da sind auch deine Freunde aus der Kindheit und es ist wie vor der Pandemie. Da kannst du auf andere Gedanken kommen. Und sicher freut sich Erwan, dich wiederzusehen nach all der Zeit. Ihr kennt euch schließlich seit dem Kindergarten! Was meinst du dazu, Béa? Findest du nicht, das wäre schlauer, als mit den Hühnern ins Bett zu gehen?«

»Na klar, natürlich! Es sind viele Leute da, es wird sicher super.«

»Und das würde dich nicht stören?«, fragte Lucile und blickte Béa beunruhigt an.

»Nein, überhaupt nicht«, antwortete diese und erntete dafür einen wohlwollenden Blick von Régine.

»Komm nach dem Abendessen, du kennst ja den Weg!«, sagte sie dann zu Lucile.

»Okay, ich überleg es mir.«

Lucile schien sich noch nicht sicher zu sein, aber Régine war nicht bereit, sie aus ihren Fängen zu lassen.

»Es ist beschlossen, und so wird es gemacht. Ich erwarte dich heute Abend und spendiere dir ein Glas Champagner.«

»Dann habe ich wohl keine andere Wahl«, meinte die Tochter der Bäckerin belustigt.

»Du hast mich verstanden.«

Béa lachte, und es klang so natürlich, dass die beiden anderen einstimmten.

Als sie die Bäckerei verließen, mit ihren Säcken voller Brötchen und Broten, dankte Régine Béa, dass sie ihr geholfen hatte, das Mädchen zu überzeugen.

»Die Arme … sie hat wirklich ein schwieriges Jahr hinter sich mit ihren Rückenschmerzen und der Situation im Krankenhaus. Gut, dass du sie überredet hast zu kommen. Erwan wird sich sicher freuen, sie zu sehen.«

»Lucile sieht sehr sympathisch aus. Es muss hart sein, sich einen neuen Beruf suchen zu müssen, wenn man noch so jung ist.«

»Zum Glück hat ihre Familie die Bäckerei. Aber ich glaube nicht, dass sie das ihr Leben lang machen möchte.«

Régine fiel plötzlich auf, dass die Freundlichkeit Béas gegenüber Lucile irgendwie merkwürdig war. Sie hatte gar nicht reagiert, als sie sie ihr vorgestellt hatte, als wisse sie gar nicht, um wen es sich handelte. Während sie vor sich hin plauderten, dachte Régine, dass sie an Béas Stelle gegenüber Lucile nicht so freundlich gewesen wäre. Sie war schließlich Erwans Ex-Verlobte.

Wahrscheinlich hatte Erwan ihr gar nichts darüber gesagt. Also hatte Régine wohl einen riesigen Fehler gemacht. Plötzlich lief es ihr kalt über den Rücken. Ihr Sohn würde ihr schlimme Vorwürfe machen und ihr sagen, sie sei bösartig und gemein.

»Ich wollte mich nochmal bedanken, dass Sie mich so nett bei sich aufgenommen haben«, sagte Béa.

»Keine Ursache«, erwiderte Régine, die inzwischen von Gewissensbissen geplagt wurde. »Ich hab doch nichts Besonderes gemacht.«

»Doch, doch … Ich weiß, dass es für alle nicht einfach ist, beim Essen darauf zu achten, dass …«

»Damit habe ich gar nichts zu tun, das macht alles Yann. Ach, da ist ja Madame Goasduff!«

Niemals hätte Régine gedacht, dass die schlimmste Tratschtante des Viertels ihr eines Tages als Rettungsanker dienen würde. Sie stürzte sich auf die beiden mit Broten bepackten Frauen und ließ eine lange Tirade über das Wetter der kommenden Nacht vom Stapel und vergaß auch nicht, den berühmten Sturm von 1999 zu erwähnen, der die Hälfte aller Bäume Frankreichs umgeweht hatte.

Régine gab sich wetterfest. »Keine Sorge, Madame Goasduff! Heute Abend sollen die Böen nicht schneller sein als hundert Stundenkilometer.«

»Letzten Monat haben schon achtzig ausgereicht, um Ziegel von meinem Dach zu werfen.«

Béa war nicht entgangen, dass Régine etwas beschäftigte, seit sie die Bäckerei verlassen hatten. Erst war sie zuckersüß gewesen und plötzlich wie erstarrt.

Habe ich etwas Falsches gesagt?, überlegte sie. Sie ließ das Gespräch von vorhin Revue passieren, konnte jedoch nichts finden.

Im Grunde war das nicht so wichtig. Die Zeit verging, sie waren auf dem Rückweg zum *Bar'Bar* und hatten noch gar nicht von dem Hummer gesprochen. Béa musste irgendwann erwähnen, das sie Alberts Leben retten wollte. Doch dabei war Vorsicht angeraten, denn sie wusste aus Erfahrung, dass nichts schlimmer war als ein »Allesfresser«, der sich schuldig fühlte und jegliches Argument für den Tierschutz ablehnte und als fanatisch abtat. Béa biss sich auf die Nägel. Sie wollte doch nur den Hummer retten. Gegen kaltes Fleisch auf einem Teller würde sie nichts ausrichten können, aber für einen Hummer unter einem feuchten Tuch lohnte es sich zu kämpfen.

Sie würde erklären, dass es furchtbar für sie sei, nachdem sie ihn in der Garage gesehen hätte, und dass sie gern bereit wäre, ihn durch ein anderes Gericht zu ersetzen, wenn Yann ihr erlaubte, die Küche wieder zu betreten. Sie würde auch – wenn nötig – den Preis von Albert zahlen und bei Picard einen tiefgefrorenen Hummer kaufen, wenn die Guellecs nicht bereit wären, stattdessen etwas anderes zu essen. Die Vorstellung eines toten roten Tiers in Plastikverpackung rief allerdings spontan Widerwillen bei ihr hervor.

Nur Mut, Béa … du kannst es schaffen, und wenn es Albert rettet, lohnt es sich!, dachte sie.

Sie warf Régine, die immer noch munter mit der alten Dame schwatzte, einen zweifelnden Blick zu. Erwans Mutter schien bereit, sich für die neue Freundin seines Sohnes einige Mühe zu geben, aber vermutlich würde sie nicht bereit sein, ihretwegen auf ihr heißgeliebtes Weihnachtsessen zu verzichten.

Während Béa sich noch besorgt fragte, wie wohl die Familienchefin auf ihr Plädoyer für Albert reagieren würde, verabschiedete diese sich von Madame Goasduff und setzte ihren Weg mit eiligen Schritten fort. Es waren nagende Schuldgefühle, die ihren Schritt beschleunigten. Was für eine Dummheit von ihr, Lucile einzuladen!

»Régine, nicht so schnell!«, rief Béa. »Ich kann Ihnen ja kaum folgen.«

»Tut mir leid, ich muss mich beeilen. Mir ist gerade eingefallen, dass ich die Geschenktüten noch nicht fertig habe.«

»Die was?«

»Die Geschenktüten, die von dem Rubbelspiel. Sie sind im Menu-Preis inbegriffen und werden zum Dessert geöffnet. Heute werden wir alle loswerden. Wenn du wüsstest, wie viele Leute am Heiligabend welche verschenken. Das ist der Wahnsinn!«

In den letzten fünf Minuten ihres Weges zum *Bar'Bar* lief Régine so rasch, dass Béa nicht dazu kam, die Sache mit Albert anzusprechen.

Yann hatte einen schlechten Tag. Nicht nur, weil er Béas Hinterlassenschaften hatte saubermachen müssen und sich vor Arbeit kaum retten konnte, er hatte sich auch noch mit Badou gestritten. Der hatte nämlich vorgeschlagen, den ganzen Weihnachtstag mit den Guellecs zu verbringen, weil er da frei hatte, und das hatte Yann in größte Verlegenheit gebracht. Er hatte tausend Ausreden gefunden, damit sein Freund sich nicht bei seiner Familie einlud, aber das nahm ihm Badou sehr übel. Er beschuldigte ihn, ausgerechnet Weihnachten von ihm im Stich gelassen zu werden. »Soll ich etwa allein zu Hause bleiben?«, empörte er sich zu Recht. Anstatt zu antworten, hatte sich Yann feige aus dem Staub gemacht.

Seitdem grübelte er unaufhörlich, um eine Lösung zu finden, mit der alle zufrieden sein könnten. Seinen Eltern die Beziehung zu Badou preiszugeben, würde einen Erdrutsch auslösen, das kam überhaupt nicht in Frage. Außerdem musste er sich beeilen. Er hatte einen harten Tag vor sich und war mit den Vorbereitungen ins Hintertreffen geraten. Fast hätte er seinen Küchengehilfen angebrüllt, der gerade eine Sauce hatte anbrennen lassen. Da der Junge aber alles tat, um seinen Fehler wiedergutzumachen, hielt Yann sich zurück.

»Yann?«

Er fuhr hoch, als er die Stimme seines Vaters hörte. Er war jetzt wirklich nicht in der Lage, sich dessen dummes Geschwätz anzuhören.

»Was ist?«

»Wo ist mein Hummer geblieben?«

»Was? Siehst du nicht, wie beschäftigt ich bin?«

Patrick murmelte etwas in seinen Bart, dann sagte er laut: »Ich kann ihn nicht finden. Ich hatte ihn in die Garage gestellt, ich gehe hin, um zu sehen, ob das Tuch noch feucht ist, und er ist nicht mehr da!«

»Ich habe ihn nicht angerührt, Papa. Ich habe anderes zu tun.«

»Ich hatte ihn doch extra in einer dunklen Ecke versteckt, und jetzt ist er verschwunden. Wie ist das nur möglich? Kannst du mir das sagen?«

»Ich habe keine Ahnung. Ich kann nicht Feuer löschen, das Kochen bewältigen und auf deinen Hummer aufpassen! Da musst du schon selber klarkommen!«

Sein Vater legte ihm eine Hand auf die Schulter, denn er war völlig außer sich.

»Da hat sich irgendein Banause mit ihm aus dem Staub gemacht! Irgendeiner von diesen Pennern, die immer einen Grund finden, im Hof eine zu rauchen, und die dann in den Kartons der Garage rumwühlen!«

Yann seufzte »Wenn da heute jemand gewesen wäre, hätte ich ihn gesehen. Außerdem geht da keiner mehr hin, seit du das Schild ›Bissiger Hund‹ aufgestellt hast.«

Patrick hatte es so weit getrieben, von einem Tonband, das er auf dem Speicher gefunden hatte, Hundegebell erschallen zu lassen.

»Mein Hummer kann ja schließlich nicht in seiner Kiste abgehauen sein!«, protestierte er. »Wie blöd stehe ich da, wenn man mir das Vieh gestohlen hat!«

»Oder du hattest gestern Abend zu viel intus und weißt nicht mehr, wo du ihn hingetan hast.«

»Ich habe nicht mal drei Bier getrunken und nur einen Whisky. Ich war fast so nüchtern wie heute Morgen.«

»Genau das meine ich.«

Yann begriff, dass sein Vater nicht lockerlassen würde, und um Zeit zu sparen, machte er sich selbst auf die Suche. Er ging durch den engen Flur zur Garage, gefolgt von Patrick. Die alten Neonröhren knisterten und beleuchteten nur mangelhaft die in der Garage gestapelten Kartons und die Surfutensilien, das Angelzeug, ein altes Fahrrad, Reifen und Werkzeuge.

»Ich schwöre dir, ich hatte ihn hier abgestellt!« Doch an dieser Stelle war nicht die Spur eines Krustentiers zu sehen.

Mit der Taschenlampe seines Smartphones leuchtete Yann die Stelle ab. Er setzte seine Recherchen in einer anderen Ecke – der am weitesten entfernten – fort und fand die Styroporkiste.

»Hör auf, unsere Gäste zu beschuldigen, dass sie dir Sachen klauen, Papa!«

»Ich war es nicht! Ich weiß genau, dass ich ihn auf die andere Seite gestellt habe!« Patrick war sich ganz sicher. Er war schließlich noch nicht senil. Dann kam ihm eine Idee: »Du wolltest mich wohl an der Nase herumführen, oder? Du hast es nämlich verdächtig schnell gefunden.«

Yann stand kurz vor einem Wutausbruch. Fast riss ihm der Geduldsfaden. »Ich habe keine Zeit für solche Spielchen! Bring das Vieh in den Hof, dann können wir es im Auge behalten, und sobald ich dazu komme, koche ich es. Ist das so okay?«

»Ja .. ja«, entgegnete Patrick, immer noch misstrauisch. »Vorher esse ich dann erstmal meine Austern.«

11

Seit einer Stunde platzte Béa fast vor Ungeduld. Es war unmöglich, mit Régine zu sprechen, denn es waren viele Gäste gekommen, um Weihnachtslotto zu spielen. Die Wirtin kannte fast alle mit Namen, hatte für jeden ein freundliches Wort und ein Lächeln, und wenn man sie so in ihrem Element sah, konnte man sich kaum vorstellen, dass sie sich im Handumdrehen in eine wilde Furie verwandeln konnte.

Übertrieben ist das nicht, dachte Béa, und erinnerte sich, was Régine gestern Erwan über ihr Alter gesagt hatte. *Nicht mehr taufrisch!* Das ließ sie wieder an Albert denken, der sicher auch nicht mehr besonders frisch war.

Es war noch nicht Mittag, und doch war sie schon ganz mutlos.

Trotz aller Bemühungen war es ihr nicht gelungen, den Fund des riesigen Hummers zu erwähnen, weder gegenüber dem Bruder noch der Mutter. Außerdem kam sie sich überflüssig vor.

Plötzlich verschwand Patrick von seinem Barhocker und ließ seine Zeitung auf dem Tresen liegen. Béa war sicher, dass er die Zeitung nicht las, sondern sie nur benutzte, um ungestört die Leute um sich herum zu beobachten und sich über sie lustig zu machen. Patrick hatte sich unauffällig davongemacht, ohne seiner Familie eine seiner üblichen Tiraden an den Kopf zu werfen.

Da hatte Béa eine Idee. Vielleicht war er auf dem Weg zur Garage, um Albert zu holen und ihn in den Kochtopf zu werfen. Ihr brach der Schweiß aus. Sie glitt von ihrem Hocker herunter, verhedderte sich fast mit den Beinen und lief dann zum hinteren Flur. Sie legte das Ohr an die Garagentür. Von drinnen drangen merkwürdige Laute, als wühle jemand in den Kisten herum. Sie hörte das Geräusch von aneinanderstoßenden Holz- und Metallgegenständen und eine Reihe von Flüchen. Das war Patrick, unverkennbar.

»Welcher Clown hat seine rote Nase hier in meine Sachen gesteckt? Nie finde ich irgendwas in dieser Bruchbude hier! Und hinterher beschweren sie sich, dass ich meckere!«

Er wühlte weiter in den Kartons, ohne zu ahnen, dass er beobachtet wurde.

»Ach, ich wusste doch, dass er hier ist!«

Als sie seine Schritte näher kommen hörte, drängte sich Béa gegen die Wand und betete, nicht entdeckt zu werden. Die Tür flog auf und kam ihrem Gesicht gefährlich nahe, berührte sie aber nicht. Patrick verschwand durch den Korridor – mit einem Feuerlöscher unterm Arm.

»Jetzt kann Béatrice wieder ihre Schürze anziehen, ha-haha!«, lachte er.

Béa fand das nicht witzig, hielt sich aber mit Mühe zurück. Ihr reichte es. Wenn sie sich über sie lustig machen wollten, sollten sie es tun und sich dabei auf die Schenkel schlagen. Da machte sie nicht mit. Und wenn sie sich einmischte, würde sie am Ende noch einen auf die Mütze kriegen.

Erwan zur Rede stellen, hielt sie für sinnlos. Er hatte ihr einen seltsamen Blick zugeworfen, als sie aus der Bäckerei zurückgekommen war. Weder hatte er sie verliebt angesehen noch so, als freue er sich, sie zu sehen. Er wirkte eher beunruhigt. Was bildete sie sich auch ein? Sie hatte in der Küche ihres Schwagers ihr Haar angesengt. An Erwans Stelle wäre ihr sicher der kalte Schweiß ausgebrochen. *Aber wenn er mir helfen würde, anstatt mich mit dieser Geschichte allein zu lassen, wäre es nicht so weit gekommen.*

Genervt und müde machte sie sich auf die Suche nach dem Hummer. In der Garage war es dunkel, es herrschte noch immer dasselbe Durcheinander, sie wusste aber noch genau, wo sie ihn hingestellt hatte.

»Albert?«, flüsterte sie. »Albert? … Albert!«

Das wirbellose Tier war verschwunden. Und seine Begleiterinnen, die Austern, ebenfalls.

»Oh nein … nein … nein!«, klagte Béa und suchte weiter.

Sie blickte in alle Ecken, doch sie fand weder Albert noch die Austern. Die Guellecs hatten ihren Schützling mitgenommen und wahrscheinlich würden sie ihn gleich ins kochende Wasser werfen. Um sich zu vergewissern, musste sie in die Küche gehen, und zwar schnell, vielleicht war es schon zu spät. Dieses Weihnachtswochenende wurde immer mehr zum Alptraum. Sie war bereit, den Toast mit Gänseleber zu ignorieren, aber den frühen Tod eines armen Tiers wollte sie nicht hinnehmen. Es kam nicht in Frage, dass Albert dasselbe Schicksal erlitt wie Jeannot.

Béa wollte gerade den Raum verlassen, da fiel ihr Blick auf den kleinen Hof, in den Yann sich immer zum Rauchen zurückzog. Vor der Tür stand die Styroporkiste, das Tuch bewegte sich kaum wahrnehmbar.

Albert!

Jetzt musste sie schnell und effektiv handeln. Sie brauchte einen Plan. Voller Panik tat sie das Erste, was ihr in den Sinn kam: Sie nahm die Kiste an sich.

12

Sie hatte spontan gehandelt, gedankenlos, und etwas Dummes gemacht. Jetzt lief sie Gefahr, sich mit der gesamten Familie Guellec zu überwerfen, auch mit ihrem Liebsten, denn es gehörte sich wohl nicht, am Weihnachtsabend einen Hummer zu stehlen. Aber vielleicht würde es doch gut gehen, nämlich wenn niemand von ihnen etwas merkte …

Keiner soll mitkriegen, dass das Weihnachtsessen verschwunden ist? Du spinnst doch, Mädchen!, sagte sie sich.

Nein, sie musste wie eine Erwachsene dazu stehen und die Dinge erklären. Wenn man einen Fehler zugab, wurde er einem leichter verziehen, als wenn man ihn verschwieg. Es würde sicherlich Krach geben – bei dem Charakter des Vaters, dem Temperament der Söhne und der Mutter. Am Ende würden sich alle gegenseitig anschreien. *Und das durch meine Schuld!*

Béa ließ sich aufs Bett fallen. Die Kiste in den Armen, Tränen in den Augen. Sie war extra mitgekommen, um Erwan zu helfen, Spannungen abzubauen, und jetzt hatte sie Weihnachten sabotiert! Alle würden sie für verrückt halten, ihre Beziehung würde darunter leiden. Erwan würde ihr den Familienkrach zum Vorwurf machen und sie zum nächsten Zug bringen.

Sie hob das Tuch hoch, der Hummer sah sie mit seinen unschuldigen, glänzenden, schwarzen Augen an. Er bewegte langsam die Antennen. Béa hielt sich eine Hand vor den Mund, um nicht laut zu schreien. Die Austern waren nicht mehr da! Alberts Begleiterinnen waren verschwunden. Sie brauchte eine Minute, um den Schock zu überwinden. Albert war noch so gerade am Tod vorbeigeschrammt, das spürte sie.

Plötzlich fiel ihr ein, dass es ihm vielleicht zu warm werden könnte. Sie selbst schwitzte heftig in ihrem Pullover. Sie drehte die Heizung herunter und öffnete das Fenster, dann würde es Albert kühler haben. Außerdem roch es im Zimmer stark nach Meerwasser, es musste also ohnehin gelüftet werden.

»Die Gischt«, murmelte sie nachdenklich.

Wenn sie sich aus dem Fenster lehnte, konnte sie ein paar Schiffsmasten erkennen, die sich hin und her wiegten. Das Meer war also gar nicht so weit. Sie hörte die Geräusche der Stadt, das Klickern der Segel an den Masten und gedämpfte Musik aus dem *Bar'Bar*. Noch kein Geschrei im Erdgeschoss, die Guellecs hatten also noch nichts gemerkt.

Durch Adrenalin beflügelt, entwickelte Béa einen Plan.

1. Niemand hatte gesehen, dass sie es war, die Albert gekidnappt hatte.

2. Wenn sie ihn freiließ, ohne irgendwem Bescheid zu sagen, würde er dem Tod entgehen.

3. Wenn es ihr gelang, ihn diskret aus dem Haus zu schaffen, würde keiner je etwas erfahren.

4. Dann wäre Weihnachten gerettet.

Erwan könnte natürlich alles erraten. Sie würde ihm sagen, dass sie ganz spontan gehandelt hätte und Albert einfach die Gelegenheit hätte geben müssen, ein neues Leben zu beginnen.

Auf ihrem Smartphone sah sie sich mögliche Wege zum Meer an. Jede Viertelstunde fuhr ein Bus nach Larmor-Plage, aber sie vermutete, dass diese Fahrt lange dauern würde. Dann überlegte sie, ein Auto zu mieten, dann könnte sie mit etwas Glück rechtzeitig zum Abendessen zurück sein.

Es war inzwischen nach zwölf. Bestimmt würde bald auffallen, dass sie fort war. Sie holte tief Luft.

Béa, du schaffst das. Mach es mit List und Geschicklichkeit, schlau wie eine Füchsin! Erst isst du mit den Guellecs zu Mittag, dann wirst du aktiv und ziehst Alberts Rettungsoperation durch.

Es schien ihr durchaus möglich, dass ihr Plan funktionieren konnte. Sie musste nur gut schauspielern, so tun, als sei sie überrascht, wenn das Gespräch auf den Hummer kam, und erstaunt, sollte man sie beschuldigen, mit seinem Verschwinden etwas zu tun zu haben.

Zehn Minuten später schlief Albert in seiner Kiste mit dem Tuch bedeckt unter ihrem Bett, während sie wieder unten auftauchte. Die Gäste nahmen ihre Getränke zu sich, im Radio erklangen Weihnachtslieder, das Personal trug rote Mützen mit weißen Bommeln, auch Erwan und Régine. Ins *Bar'Bar* schien Weihnachtsfreude eingekehrt zu sein.

Béa lächelte wie im Rausch und hoffte, damit alle täuschen zu können.

»Was möchtest du trinken, Baby?«, fragte Erwan, als sie sich an die Bar gesetzt hatte.

»Baby?« Béa lachte auf. Sie gaben einander gern lächerliche Spitznamen – wie ein altes Ehepaar. Sein Angebot kam genau zur rechten Zeit. Sie brauchte dringend ein stärkendes Getränk, um die Lage zu meistern.

»Ich hätte gerne einen Rum. Heute ist schließlich ein Feiertag, und Rum ist vegan.«

Erwan schenkte ihr den gewünschten Drink ein, während sie sich im Raum nach seinem freundlichen Vater umsah und gespannt darauf wartete, ob sie bald lautes Geschrei hören würde, wenn er sein Unglück bemerkte.

»Dein Vater sitzt ja gar nicht auf seinem Hocker«, sagte sie mit ahnungsloser Miene.

»Nein, er ist in der Garage und räumt dort etwas weg.« Erwan stellte ihr das Glas Rum hin. »Alles in Ordnung?«

Ob er etwas ahnte? Béa gab sich entspannt und schob mit lässiger Handbewegung ihr dunkles Haar nach hinten.

»Ja, klar. Trinkst du was mit mir?«

»Der Kellner muss nüchtern bleiben, meine werte Dame. Damit er allzu aufdringlichen weiblichen Gästen nicht in die Arme fällt.«

Mit verführerischem Lächeln räkelte sich Béa auf ihrem Hocker und vergaß für einen Moment ihre Sorgen.

»Stellen Sie sich vor, eine hat doch tatsächlich vor, Sie in ihr Bett zu kriegen, werter Herr. Ich empfehle Ihnen äußerste Vorsicht!«

Sie wollte ihre letzten Stunden der Ruhe vor dem Sturm genießen. Bevor Alberts Verschwinden bemerkt wurde und sie Erwan die Wahrheit gestehen musste. Mit etwas Glück konnte sie noch in Ruhe essen und sich vielleicht diese Pause der Verliebtheit gönnen, bevor sie sich mit Leib und Seele ihrem »Verbrechen« hingab.

Béa, du bist der Teufel in Person, dachte sie und hatte Mühe, ein Grinsen zu unterdrücken.

13

»Möchtest du etwas essen?«, fragte Erwan, als er bemerkte, dass es bald ein Uhr war.

Nach zwei Gläsern Rum verspürte Béa keinen großen Hunger mehr, fühlte sich jedoch viel entspannter. Mit einem zuckersüßen Lächeln zeigte sie auf das Fenster zur Küche und sagte: »Eigentlich darf ich da nicht mehr rein. Aber vielleicht hat Patrick ja einen Feuerlöscher bereitgestellt.«

Erwan beugte sich zu ihr und sie roch sein Eau de toilette und sah aus der Nähe die blonden Haare auf seinen unrasierten Wangen. Sie hatte plötzlich große Lust, sich auf ihn zu stürzen.

»Es tut mir leid«, flüsterte er, »mein Vater ist manchmal sehr taktlos. Er dachte, er könnte dich damit aufheitern. Ich habe ihm gesagt, er soll das Ding sofort wegschaffen.«

»Hat Yann nicht sowieso einen Feuerlöscher in seiner Küche?«

»Ja, aber das wusste Papa nicht. Er soll sich da auch gar nicht herumtreiben.« Leiser fuhr er fort: »Er klaut sich dort was zu essen. Wegen seines Blutdrucks soll er Diät halten, aber er kann eben nicht anders. Für meine Mutter und meinen Bruder ist es die Hölle mit ihm!«

»Ach, wirklich?«, fragte Béa. Sie sagte lieber nichts weiter dazu, dachte vielmehr an Albert, der gerade seine letzten

Stunden in Gefangenschaft verbrachte. Jetzt war nicht die Zeit für Skrupel.

»Weißt du, was wir jetzt essen?«, fragte Erwan, dessen Augen leuchteten wie in Vorfreude auf ein schmackhaftes Gericht. »Burger! Keine Sorge, deine und meine sind vegan. Mein Bruder hat eine Currysauce gemacht, die zum Umfallen lecker ist. Ich hab sie vorhin schon probiert.«

Da kam Régine mit ein paar gut gefüllten Tellern aus der Küche – Pommes frites und vom Fett glänzende Burger – und stellte sie den Gästen hin. »Eure kommen gleich!«, rief sie und war schon wieder verschwunden.

»Ich gehe und helfe ihr«, sagte Béa und wollte schon aufspringen.

»Bloß nicht!« Erwan sah wieder ernst aus. »Es fällt dir ja schon schwer, zwischen der Mikrowelle und meinem Schlafzimmer hin- und herzugehen, ohne eine Teetasse umzuwerfen. Nein … nein. Ruh dich lieber aus. Du hast dir doch frei genommen.«

»Ja, schon«, brummte sie.

»Dann sollst du auch nicht arbeiten.«

Er lächelte ihr zu und Béa gab sich seufzend geschlagen. Vor zwei Wochen hatte sie ihm einen langen Vortrag gehalten und sich dafür gerechtfertigt, dass sie an einem Urlaubstag nicht staubsaugen wollte. Sie erledige den Haushalt lieber am Feierabend nach der Arbeit, da sei sie sowieso müde und es mache ihr nichts aus, ihren Abend dafür zu opfern.

»Entspann dich«, sagte Erwan, »schließlich hast du Ferien.«

Béa verzog das Gesicht, holte ihr Telefon aus der Tasche und nahm sich ein Bonbon. Erwan hatte keine Ahnung, dass der arme Albert unter ihrem Bett schmachtete. Er hatte sich auch nicht für ihn interessiert, als Béa ihm gestern davon erzählt hatte. Darüber war sie schon ein bisschen enttäuscht.

Sie setzte sich woanders hin, um besser das Fenster zur Küche im Blick zu behalten und mitzukriegen, was dahinter geschah. Jedes Mal, wenn ein Kellner oder eine Kellnerin durch die Schwingtür kam, reckte sie den Hals. Als sie auf einem Teller Austern sah, wandte sie sich ab, so deprimiert war sie. Jetzt war es sicher: Mit Alberts tapferen Begleiterinnen war es zu Ende.

Das *Bar'Bar* wurde zusehends voller. Inzwischen rannten Régine und ihre Leute überall herum und Erwan füllte Glas um Glas.

Wie wird das wohl heute Abend?, fragte sich Bea beunruhigt, doch dann stellte sie sich vor, dass Yann bei dieser Unmenge von Bestellungen sicher kaum noch wusste, wo ihm der Kopf stand. Bestimmt würde er Albert nicht sofort in den Kochtopf werfen. Dann würde sie Zeit genug haben, ihren Schützling aus dem Haus zu schaffen, bevor die Guellecs merkten, dass sich ihr Abendessen aus dem Staub gemacht hatte.

Also am besten schnell essen und danach verschwinden. Doch Régine hatte anscheinend vergessen, ihr und Erwan das Essen zu bringen. Béa versuchte, die Chefin herbeizuwinken, dann ließ sie es. Die Schwiegermama in spe hatte schon genug mit dem Service zu tun.

»Ich hole uns unsere Teller«, sagte sie zu Erwan, ohne eine Antwort abzuwarten.

Als sie gerade die Tür aufschieben wollte, sah sie durchs Fenster Patrick in heftiger Diskussion mit seinem jüngeren

Sohn. Yann schien zutiefst genervt, während sein Vater heftig mit den Armen gestikulierte und Grimassen schnitt. Sie beschimpften einander laut. Was sie sagten, konnte Béa allerdings nicht verstehen.

Sie holte tief Luft und trat dann ein. Die beiden Streithähne erschraken und verstummten.

»Mein Herz!«, jammerte Patrick und seufzte dann tief.

»Es geht nicht, Papa!«, schimpfte Yann und wandte sich dann Béa zu.

»Ich weiß«, sagte sie, bevor Yann zu Wort kam, »du willst mich hier nicht haben. Ich komme nur, um Erwans und mein Essen abzuholen. Danach bin ich gleich weg.«

Er machte eine unbestimmte Geste. »Eure Burger sind da hinten. Vorsichtig … sehr heiß. Verbrenn dich nicht!«

In jeder Hand einen Teller haltend, ging Béa vorsichtig hinaus und versuchte, nirgendwo anzustoßen. Doch sie erreichte mit ihrer Ladung unbehelligt den Tresen.

»Hier ist die Nahrung für die Tapferen«, sagte sie zu ihrem Liebsten und stellte sein Essen vor ihn hin.

»Ich vertrete dich beim Zapfen«, rief Régine ihrem Sohn in einem Ton zu, der keinen Widerspruch duldete.

»Du musst auch ans Essen denken.« Régine verdrehte die Augen. »Das habe ich schon lange hinter mir, mein Kleiner. Man muss den Hühnern nicht beibringen, woher die Eier kommen.«

Béa lachte und fragte sich, woher diese Redensart wohl kam, dann bemerkte sie Erwans Gesichtsausdruck.

»Was ist? Gibt es ein Problem?«

»Mein Burger, er ist nicht …«

Er beendete den Satz nicht. Béa nahm ihren in Augenschein. Sie hob den Bun hoch. Ein »Steak« aus roten Bohnen. Gerettet! Aber Erwans Burger enthielt ein noch ziemlich blutiges Stück Fleisch.

»Warte nicht auf mich, fang schon an«, sagte Erwan. »Ich hol mir einen neuen Teller.«

Dann verschwand er in der Küche, und Béa machte sich über ihren Burger her. Nach all dem Alkohol musste sie dringend etwas essen, sie starb fast vor Hunger. Sie war ja am Morgen sehr früh aufgestanden, um zu kochen. Sie hatte schon die Hälfte des Burgers verputzt, als sie sich plötzlich fragte, wo eigentlich Erwan geblieben war.

»Schmeckt das Zeug wirklich gut?«, fragte Régine, die sie beobachtete. »Es sieht irgendwie trocken aus.«

»Nein, gar nicht. Yann hat das super gemacht. Es ist knusprig und gar nicht pappig.«

»Na ja, ich verstehe nur nicht, was an einem Burger ohne Fleisch und Käse gut sein soll. Ich sag das nicht, um dich zu ärgern, aber ich muss zugeben, dass es seltsam ist, etwas zu essen, das aussieht wie Fleisch, wo du doch keins auf deinem Teller haben willst.«

»Ich war nicht immer Veganerin. Mir macht es Spaß, das hier zu essen. Sowohl der Geschmack als auch die Konsistenz sind gut. Das Brötchen, die Gurke, die Sauce … Und all das, ohne dass ein Tier sterben musste. Ein Burger, egal ob vegan oder nicht, schmeckt super gut!«

Wie um es zu beweisen, nahm sie einen großen Bissen, der Ketchup spritzte und hätte beinah Régine bekleckert, die nach wie vor skeptisch aussah.

14

In der Küche war inzwischen eine lebhafte Diskussion zwischen Erwan und seinem Bruder entbrannt, unter dem gespannten Blick ihres Vaters.

»Bist du nicht mehr richtig im Kopf?«

»Wieso denn?«, fragte Yann erstaunt. »War nicht genug Käse in deinem Burger?«

»Du hast Fleisch reingetan, verdammt!«

Sein Bruder sah ihn mit großen runden Augen an. »Letzten Monat, als ich in Paris war, haben wir beide genau die gleichen gegessen. Isst du jetzt etwa auch kein Fleisch mehr?«

»Nicht, wenn ich mit Béa zusammen bin. Deshalb habe ich gestern gesagt, dass ich so eine Galette haben wollte wie sie.«

»Ach so, du machst das, um dich mit ihr zu solidarisieren! Ich dachte schon, du wärst auch Veganer geworden. Oha!« Yann legte die Hand auf sein Herz. »Stell dir bloß vor: ein Leben ohne Butter! Wo keine Butter ist, da ist auch kein Geschmack.«

»Also isst du kein Fleisch, wenn du mit ihr zusammen bist?«, fragte Patrick. »Das ist ja schon merkwürdig, musst du zugeben. Und deine Freundin nimmt dir das so ab?«

Erwan senkte den Kopf. »Ich habe ihr gesagt, dass ich Vegetarier bin …«

»Dann hast du einen Fehler gemacht, mein Junge. Wenn du glaubst, sie merkt nicht, dass du sie anlügst, dann täuschst du dich.«

»Es geht schon, wir leben ja noch nicht zusammen.«

Sein Vater bekam einen Lachanfall. »Glückwunsch, du hast eure Beziehung auf einer Lüge aufgebaut. Ich sage dir voraus, dass es bald krachen wird.«

»Danke, Papa«, sagte Erwan. »Du baust mich auf ... wie immer.«

»Ich habe die Wahrheit nie in Watte gepackt.«

Erwan wusste, dass er recht hatte. Alles hatte mit einem Missverständnis begonnen. An dem Abend, als er Béa kennenlernte, am dreißigsten Geburtstag von Maëlig, einer gemeinsamen Freundin, die Schauspielerin war. Es gab ein Buffet mit den verschiedensten belegten Broten, und davor stand Béa, die ihn neugierig fragte: »Was ist das Ihrer Meinung nach?«

Dabei zeigte sie auf ein Stück Brot mit einem rosafarbenen Belag, den Erwan ohne Mühe erkannte.

»Das ist Lachspastete. Ich mag solche Sachen nicht«, sagte er ohne Hintergedanken.

»Ich auch nicht.«

»Das Algentartar mit Cidre ist köstlich«, sagte er dann.

Alles habe nur angefangen, weil er Fischpastete nicht möge, erklärte er. Später habe Béa ihn dann gefragt, ob er Vegetarier oder Veganer sei, und er habe es nicht gewagt, ihr die Wahrheit zu sagen. Sie habe ihm so sehr gefallen, und er habe gefürchtet, sie zu verscheuchen.

»Das ist feige«, sagte Yann, nachdem er sich das alles angehört hatte. »In diesem Punkt hat Papa ausnahmsweise recht.«

Erwan stützte sich auf der Arbeitsplatte ab, härter getroffen, als er es sich anmerken ließ. Béa hatte viele Freunde, die »Allesesser« waren, und es machte ihr auf Partys oder im Restaurant nichts aus, solange man sie nicht mit ihrer Art zu essen aufzog. Warum sollte sie ihm also seine Essgewohnheiten zum Vorwurf machen?

»Ich habe mehrmals versucht, mit ihr darüber zu sprechen, aber ich hatte Angst, dass es schlimm enden würde. Ich fühle mich wohl mit ihr. Und ich habe sowieso nicht viel Fleisch gegessen. Ich habe einfach den Aufschnitt aus dem Kühlschrank entfernt und für sie ein paar Sojaprodukte gekauft. Vegetarisches Essen ist übrigens sehr gut.«

»Das hab ich schon mitgekriegt, der Burger von vorhin, weiß ich schon. Was soll ich eigentlich mit dem da machen?« Yann zeigte auf den Teller, den Erwan in die Küche gebracht hatte. »Wegwerfen geht ja wohl nicht.«

Die beiden Brüder sahen sich an.

»Wir teilen ihn uns«, flüsterte der Jüngere. »Wir essen ihn hier ganz schnell auf, Béa wird nichts davon merken.«

»Na bitte«, sagte Patrick grinsend.

Als Erwan mit einem Tablett Pommes frites und grünem Salat wieder in den Gastraum kam, war ihm das schlechte Gewissen anzusehen. Schweigend ließ er sich neben Béa nieder, die ihren Burger fast zu Ende gegessen hatte.

»Was machst du nur für ein Gesicht«, sagte sie und blickte auf seinen Teller.

»Es gibt keine Gemüseburger mehr. Keine Sorge, das ist nicht schlimm. Ich habe alles, was ich brauche, um durchzuhalten.«

Sie rümpfte die Nase. Es war ein frugaler Salatrest mit Gurken und Tomaten.

»Ich habe meinen Burger schon aufgegessen, sonst hätte ich dir etwas abgegeben.«

»Ich esse dann eben ganz viel vom weihnachtlichen Karottenkuchen.«

Régine gesellte sich zu den beiden, das Serviertuch lässig über die Schulter geworfen, und sprach Erwan direkt an: »Kannst du mir sagen, was mit deinem Bruder und deinem Vater los ist? Sie sind in der Küche und streiten sich, und sobald man näher kommt, tun sie, als ob nichts wäre. Sie müssen irgendwas angestellt haben, das sie mir verheimlichen wollen. Aber du kennst mich ja, ich finde immer heraus, was Sache ist.«

Erwan blieb der Bissen im Hals stecken. »Du musst aufhören, überall nur das Böse zu vermuten, Mama.«

»Ich kenne sie, sie haben heimlich gegrinst.«

Béa, die ihre Pommes frites weiteraß, hatte eine Ahnung. Vielleicht hatte es ja mit Albert zu tun. Die beiden Männer hatten bestimmt schon gemerkt, dass der Hummer verschwunden war. Sie musste sich beeilen, wenn sie ihn noch retten wollte.

»Ich hatte dir doch gesagt, du sollst ihn im Hof lassen!«, sagte Yann verärgert. »Ich drehe noch durch, wenn du so weitermachst.«

»Ich habe ihn nicht angerührt«, entgegnete sein Vater in demselben Ton. »Warum hätte ich das tun sollen? Außerdem hattest du gesagt, dass du auf ihn achten wolltest.«

Yann seufzte entnervt. Was stellte sein Vater sich vor? Dass er in der Küche Däumchen drehte? Er hätte doch selbst auf seinen *fucking* Hummer achten können!

»Jemand hat ihn gestohlen!«, zischte Patrick. »Das kann nicht anders sein.«

Der Koch zuckte die Achseln. Er sah auf einen der Bestellzettel, bereitete einen Fisch vor, toastete Brötchen und behielt die Pfanne im Blick, in der Zwiebeln und Hacksteaks brieten.

»Du spinnst, Papa. Die Mittagsgäste gehen nie nach draußen, der Zugang ist versperrt, und ich habe anderes zu tun. Ich muss die Leute mit Essen versorgen!«

Sein Vorwurf an den Vater, nicht mehr ganz bei Trost zu sein, war nur halb im Scherz gemeint. Niemand außer ihnen wusste etwas von dem Hummer, und Patrick war mehrmals in den Hof gegangen. In letzter Zeit verlor er seine Brille, wenn er sie auf der Nase hatte, suchte nach Briefen, die er schon verschickt hatte, ganz abgesehen von seinem Verfolgungswahn. Wenn er ein Geräusch im Flur hörte, dachte er gleich, das sei ein Gast mit bösen Absichten. Der Hausarzt schien sich keine Sorgen zu machen, aber Yann zweifelte an der psychischen Gesundheit des Alten.

»Ich fand es schon heute Morgen nervig, Papa. Aber jetzt habe ich wirklich keine Zeit für so was.«

»Ich rede keinen Unsinn. Ich war es nicht, das schwöre ich!« Patrick richtete sich auf, er hatte einen neuen Verdacht. »Warst du es vielleicht? Wolltest du mir wieder einen Streich spielen?«

Yann, der mit dem Herrichten eines Tellers beschäftigt war, antwortete erst gar nicht.

»Die Hamburger für Tisch drei!«, rief er Isa, der Serviererin, zu.

Patrick wandte sich ab und machte seinem Ärger weiter Luft.

»Das ist wirklich ein starkes Stück. Irgendwer will mir am Zeug flicken!«

Das Tier konnte eigentlich nicht weit sein. Er ging wieder in die Garage, und in einem Moment des Erschreckens fragte er sich, ob womöglich seine Frau die »Überraschung« entdeckt hatte und sich für irgendeine von ihm begangene Dummheit, an die er sich nicht mehr erinnerte, rächen wollte. Minutenlang wurde er von solchen Zweifeln geplagt. Er war ihr ganz sicher auf die Nerven gegangen, aber nicht mehr als sonst. Ihm fiel nichts Besonderes ein. Er wollte schon zu Régine gehen und sie um eine Erklärung bitten, aber dann überlegte er es sich anders.

Seine Frau, das musste er zugeben, führte einen großartigen Tanz mit Tellern auf, mit hoch erhobenem Kinn, geradem Rücken und dem besonderen Lächeln auf den Lippen, das nur für ihre Gäste bestimmt war. Wenn er sie jetzt dabei störte, würde er ihr die schönsten Momente des Tages verderben. Und so ein gemeiner Hund war er nun doch nicht.

So setzte er sich wieder auf seinen Hocker, entschlossen, bald Licht in die Angelegenheit zu bringen.

»Läuft alles, wie es sollte?«, fragte er Régine, als sie an ihm vorbeikam.

»Warum machst du dir darüber Gedanken?«, fragte sie und runzelte die Stirn.

»Nur so«, brummte er. »Einfach nur so.«

»Ich habe mitbekommen, wie du Yann in der Küche genervt hast. Lass ihn in Ruhe, wenn er arbeitet, du musst ihn doch nicht dauernd ärgern!«

»Der Salat für Tisch sechs!«, rief Yann durch die Tür.

»Ich komme!«, gab Régine zurück. »Patrick, wir haben Weihnachten, gib dir mal Mühe, wenigstens heute. Das würde mich sehr freuen.«

Am liebsten hätte er ihr die Meinung gesagt, aber er hielt dann doch lieber die Klappe. Er war wütend, doch einer Sache war er sich sicher: Régine war unschuldig. Sonst hätte sie gar nicht anders gekonnt, als ihm eins auszuwischen und Dinge zu sagen wie: »Na, du Schlaukopf! Ich habe ihn gefunden, deinen Hummer!«

Vierzig Jahre waren sie jetzt verheiratet. Er hätte sofort gewusst, wenn sie das Geschenk entdeckt hätte. Entweder hätte sie gelacht oder ihn angebrüllt. Patrick stieß einen tiefen Seufzer aus. Wenn es nicht Régine war, wer hatte dann das Viech weggeschafft? Er musterte verstohlen die Gäste und sagte sich schließlich, wenn es einer von ihnen gewesen wäre, hätte dieser sich längst aus dem Staub gemacht.

15

Mit eiligen Schritten lief Béa hoch in ihr Zimmer, unter dem Vorwand, sich eine Strickjacke zu holen. Sie zog die Kiste unter dem Bett hervor, betrachtete Albert und ihr wurde klar, dass sie ihn beim Hinausgehen nicht unter ihrem Pullover verstecken konnte, so dass es niemand bemerken würde. Das durch den Alkohol hervorgerufene euphorische Gefühl verflüchtigte sich, und sie glaubte, in einen Abgrund der Ratlosigkeit zu fallen. Der einzige Weg auf die Straße führte durch den Gastraum voller Gäste und lag im Blickfeld der Guellecs.

Verdammt! Sie war eingesperrt. Dabei musste sie eigentlich dringend los.

In einer bösen Vorahnung rief sie Sophie an.

Sophie, ihre beste Freundin, auf die sie in jeder Lage zählen konnte, die – falls notwendig – sogar mit einer Schaufel kommen würde, um eine Leiche zu beerdigen.

»Ah, endlich!«, rief Sophie, als sie abgenommen hatte. »Das hat ja lange gedauert, dass du mich mal anrufst! Ich sage dir gleich: Ich will alles wissen! Los, erzähl, was ist passiert? Nein, warte … lass mich raten: Es gibt zu jeder Mahlzeit Fleisch, sie versuchen, dir klarzumachen, dass du deiner Gesundheit schadest, dass …«

»Ganz und gar nicht. Sie haben für mich extra kleine Speisen gekocht und sind nett … auf ihre Art.«

Béa verschwieg, wie sich Erwans Mutter über ihr Alter ausgelassen hatte.

»Ich kann aber jetzt nicht lang und breit darüber reden. Ich stecke in einer dicken Krise.«

»Ich hatte dir doch gleich gesagt, es ist zu früh, seine Familie kennenzulernen«, sagte Sophie in belehrendem Ton. »Was ist denn los?«

»Ich bin gerade drauf und dran, ihnen das Weihnachtsfest zu verderben!«

»Was?«

»Ich habe keine Wahl: Entweder ich versaue ihnen das Festessen, oder ich muss erleben, wie quasi vor meinen Augen ein unschuldiges Tier getötet wird. Ich schwöre dir, ich weiß nicht mehr ein noch aus.«

Béa erzählte ihr die ganze Geschichte in einem Atemzug: der grimmige Schwiegervater, das Feuer in der Küche – ein winziges Feuer, nicht der Rede wert – und die Entdeckung von Albert in der Garage. Und dass sie ihn gekidnappt hatte.

»In der Küche müssen sie schon gemerkt haben, dass er verschwunden ist«, sagte Béa und ging dabei im Zimmer auf und ab. »Bald werden sie mich verdächtigen, ich habe kein gutes Karma … sicher erwischen sie mich!«

»Da hast du dich ganz schön in die Nesseln gesetzt, meine Liebe. Was sagt denn Erwan dazu?«

»Er weiß es noch nicht. Vielleicht sollte ich zu ihm gehen, es ihm erzählen und versuchen, alles in Ruhe mit ihm zu besprechen. Die Guellecs sind zivilisierte Menschen.«

»Auf keinen Fall!«, rief Sophie. »Besser du folgst deinem Plan. Solange sie in der Nähe sind, behältst du das Tier im Zimmer, und sobald du eine Gelegenheit siehst, marschierst du los. Egal, was passiert, du musst es leugnen … alles abstreiten … unbedingt!«

Sophies Überlegung war simpel: Wenn sie Béa beschuldigten und diese sich weigerte, es zuzugeben, hätten sie keinerlei Beweis in der Hand. Und wegen eines winzigen Verdachts würde niemand von ihnen Weihnachten aufs Spiel setzen.

»Das ist doch eine Bar, voll mit Allesfressern, und keiner von ihnen hätte Lust, einen Hummer mitzunehmen, wenn er ihn zufällig entdeckte. Die Guellecs wissen, dass du keinen isst. Ich bin sicher, dass sie gar nicht auf die Idee kommen, dass du ihn aus einem anderen Grund geklaut haben könntest. Hör zu: Du hast einen super Typ kennengelernt, euch beiden geht es gut zusammen, pass auf, dass dir nicht wegen eines kleinen Fehlers alles um die Ohren fliegt. Er liebt dich auch, weil du Veganerin bist und Überzeugungen hast.«

»Glaubst du … *er liebt mich*?«

»Hat er dir das nicht gesagt?«

Béa wich der Frage aus. »Ich weiß immer noch nicht, wie ich Albert nach draußen schaffen soll. Unten sind zu viele Leute.«

»Es ist ganz einfach. Du wartest auf den richtigen Moment. Sie überwachen doch nicht den ganzen Tag die Tür, oder? Sobald die Luft rein ist, haust du mit ihm ab. Wenn du es geschafft hast, ihn in dein Zimmer zu bringen, ohne erwischt zu werden, musst du ihn auch nach draußen bringen können. Ich traue es dir zu!«

Sophie richtete sie wieder auf. Genau das hatte Béa gebraucht. Als sie auflegte, war ihr Entschluss gefasst. Im Übrigen hatte sie doch sowieso keine Wahl mehr.

»Hörst du, Albert«, sagte sie und schob ihn wieder unters Bett, »wir bringen die Sache bestimmt zu einem guten Ende.«

Die Tür ging auf, und Erwan kam herein. Béa zuckte erschrocken zusammen.

»Was machst du denn hier?«, fragte er, überrascht, sie auf allen vieren vor dem Bett vorzufinden.

»Ich habe einen Ohrring gesucht.«

»Soll ich dir helfen, ihn zu finden?«

»Nein, ich hab ihn schon, alles gut.«

Doch sie hatte nichts in der Hand. Sie wollte ihm schon alles gestehen, aber welche Gründe hätte sie vorbringen können? Erwan würde sicher verärgert sein. Die beiden musterten einander. Béa konnte nicht ahnen, dass er ihr auch etwas zu sagen hatte.

Er hatte nämlich beschlossen, ihr zu gestehen, dass er kein Vegetarier war. Aber ihn verließ plötzlich der Mut, und er zog eine enttäuschte Miene.

»Du wirkst irgendwie müde«, sagte sie.

»Ich habe nichts gegen ein Mittagsschläfchen. Die Nacht wird lang werden.«

Das passte so gar nicht zu Béas Plan. Aber die Aussicht auf ein Kuschelstündchen war das Beste, was sie haben konnte. Solange Erwan im Bett lag, konnte sie ihren Schützling sowieso nicht hervorholen. Also war es besser, die Gegenwart ihres Liebsten zu genießen.

Armer Albert, du bist nicht vorbereitet auf das, was jetzt kommt, dachte sie, während sie heftig mit Erwan zu knutschen begann.

»Findest du auch, dass es hier nach Jod riecht?« Erwan unterbrach den Kuss und blickte sie fragend an.

»Ja, ich habe heute Morgen gelüftet, das kommt sicher daher. Die Meeresluft ist ins Zimmer gedrungen.«

Eine Lüge nach der anderen, dachte sie und küsste ihn erneut.

»Wir könnten über den Weihnachtsmarkt gehen, das ist gleich nebenan.«

Diese Idee ließ Béa kalt, worüber Erwan sich sehr wunderte.

»Es gibt dort Glühwein«, sagte er hoffnungsvoll.

Sie rümpfte die Nase. Sicher ein ungesundes Gebräu mit tierischen Anteilen, mit billigen Kräutern gekocht. Das mochte sie nicht. Aber eigentlich dachte sie nur an Albert. Sie hatten zu lange geschlafen, es war schon dunkel geworden. Vielleicht konnte sie noch nach Larmor-Plage kommen, wenn sie ein Taxi rief.

»Geh nur hin, wenn es dir Spaß macht«, schlug sie vor. »Ich mache mich inzwischen für heute Abend schick. Weihnachtsmärkte sind doch überall gleich.«

»Genau das macht ja ihren Charme aus. Aber wenn du nicht mitkommen willst, bleibe ich bei dir.«

»Nein, geh ruhig spazieren! Das machst du doch so gerne!«

Erwan war es nicht gewöhnt, dass sie ihn loswerden wollte. Aber genau diesen Eindruck erweckte sie, und jetzt schob sie ihn sogar noch energisch aus dem Bett.

»Na gut«, sagte er leicht beleidigt, »ich gehe ... wenn du das unbedingt willst.«

»Erwan ...«

»Ist schon gut, ich habe verstanden. Wenn du einen Moment deine Ruhe haben willst, könntest du mir das einfach freundlich sagen und brauchst mich nicht so rauszuwerfen.«

Sie sagte ihm, das sei nicht so gemeint, sie habe ihn nicht verletzen wollen.

Er zog sich an und brummte vor sich hin und fast hätte er beim Hinausgehen die Tür zugeschlagen. Er fühlte sich vor den Kopf gestoßen, mehr als er zugeben wollte, und seine Schuldgefühle vom Mittagessen waren völlig vergessen. Während er aber die Treppe nach unten ging, sagte er sich, dass er überreagiert hatte. Sobald er dieses Haus hier betrat, war er offenbar äußerst reizbar.

Unten angekommen, brauchte er nur dem Blick seiner Mutter zu begegnen, und schon war er sicher, dass er recht hatte. In Béas Gegenwart zeigte sie sich zwar im besten Licht, hielt sich mit guten Ratschlägen und Meinungsäußerungen zurück, aber es fiel ihr sicher furchtbar schwer. Kein Wunder, dass er immer auf dem Quivive war, immer bereit, gleich zu kontern.

Also drehte er sich auf dem Fuße um und stapfte wieder nach oben. Er würde die Wogen zwischen sich und Béa glätten. Beinahe wäre er auf dem Treppenabsatz mit ihr zusammengestoßen. Sie war angezogen, um auszugehen, trug ihre Schuhe in der Hand, gab einen überraschten Schrei von sich, wie eine Diebin, die man erwischt hat.

»Also kommst du doch mit?«, sagte Erwan erstaunt.

»Na ja, ich muss noch etwas einkaufen.«

Sie überlegte eine Sekunde, bis ihr der rettende Gedanke kam: »Mir fehlt noch ein Weihnachtsgeschenk. Ich habe nicht alles rechtzeitig geliefert bekommen, und da wollte ich das jetzt schnell erledigen.«

Sie wurde rot und schlug die Augen nieder, konnte den Blick ihres Liebsten kaum ertragen. Sie war noch nie gut im Lügen gewesen, und auch jetzt wenig überzeugend.

Da sie einen ängstlichen Blick in Richtung ihres Zimmers warf, fragte Erwan sich, was sie wohl vor ihm verbarg. Er hatte eine ähnliche Vorahnung wie bei seiner Mutter, aber wenn er Béas Nervosität sah, musste es gravierender sein als eine beliebige unangenehme Bemerkung. Er ging auf die Tür zu.

»Nein«, flüsterte Béa. »Was machst du denn? Der Ausgang ist doch auf der anderen Seite.«

Sie wollte ihn am Arm packen und zur Treppe führen.

»Du sollst meine Päckchen nicht sehen … Erwan, bitte!«

»Hör auf mit deinem Geplapper!«

Sie trat hinter ihm ins Zimmer und schloss die Tür.

Die Styroporkiste stand mitten im Raum. Er hob das Tuch hoch und zeigte auf den Hummer.

»Sag bloß, du warst das.«

»Albert«, sagte Béa kleinlaut, »das ist Erwan. Erwan, darf ich dir Albert vorstellen?«

Erwan hatte sich mit verschränkten Armen auf die Bettkante gesetzt. Er sagte kein Wort. Geduldig hatte er sich Béas Erklärungen angehört, die im Zimmer auf und ab ging, irritiert und verwirrt über das Schweigen ihres Freundes.

»Du musst ihn wieder in den Hof bringen«, sagte er.

»Kommt nicht in Frage. Dann landet er im Kochtopf.« Sie konnte nicht glauben, dass er das von ihr verlangte.

»Er gehört dir nicht«, erklärte Erwan. »Das darfst du nicht tun. Was machst du als Nächstes? Dem Nachbarn die Hühner stehlen?«

Sie verdrehte die Augen, zu wütend, um zu antworten. Nein, sie würde nicht nachgeben und den Guellecs Albert zurückgeben. Sie platzte beinahe vor Wut. Sie hatte Erwan gebeten, ihr zu helfen, mit seinen Eltern zu reden, aber er hatte es nicht gewollt. Dieses unglückliche Krustentier war ihm offenbar völlig egal. Ihn interessierte nur eins – keinen Ärger mit seiner Familie zu haben. Und jetzt – das war wirklich der Gipfel – hatte er auch noch deutlich gesagt, was er über sie dachte: Er hielt sie für verrückt, für eine Radikale.

Was hatte sie denn erwartet? Dass er den Kopf schütteln, sie beruhigend streicheln und sagen würde: »Natürlich, meine Liebe, ich helfe dir, meine Eltern außer Gefecht zu setzen«?

Béa fühlte eine tiefe Enttäuschung. Erwan hätte versuchen können, sie freundlich zu überzeugen, die Sache zu lassen, oder ihr eine Lösung vorzuschlagen, vielleicht mit seiner Familie zu reden. Stattdessen hatte er ihr nur *Was machst du als Nächstes? Dem Nachbarn die Hühner stehlen?* an den Kopf geworfen.

Vor Wut stiegen ihr Tränen in die Augen. Er würde ihr niemals helfen, Albert zu retten.

»Du wirst schon sehen«, murmelte sie. »Ich gebe ihm seine Freiheit zurück, und zwar alleine.«

Ihre Stimme klang entschlossen, sie würde nicht nachgeben.

Erwan stellte sich ihr in den Weg.

»Wenn du das machst, sehen sie dich.«

»Und?« Diesmal hielt sie seinem Blick stand.

»Wir sind beide wütend«, entgegnete er. »Wir dürfen kein Öl ins Feuer gießen, sonst brennt gleich die Bude.«

Und damit meinte er zweifellos ihre Beziehung.

»Ich habe dich nicht beschuldigt, Hühner zu stehlen.«

»Und ich klaue keinen Hummer hinter dem Rücken des anderen.«

Erwan war wegen Béas Verrat außer sich. Verärgert, dass sie sich in eine solche Lage gebracht hatte. Aber er warf sich auch vor, dass er nicht mit seinen Eltern geredet hatte.

»Ich dachte, wir sind ein Team«, sagte er, »dass wir uns gegenseitig unterstützen.«

Er nahm ihr die Kiste aus der Hand und stellte sie wieder auf den Boden. »Es tut mir leid, was ich gesagt habe. Das war nicht nett.«

Doch es tat weh. Béa brannten die Augen. Als er sie in den Arm nehmen wollte, wehrte sie ab.

»Ich behalte Albert«, sagte sie mit Nachdruck. »Er wird nicht im Kochtopf landen.«

Erwan küsste ihr Haar und zog sie an sich. »Ich versuche, die Sache zu regeln, und spreche mit meiner Familie.«

16

Geduscht und frisch rasiert, trank Yann einen Kaffee und gönnte sich eine Pause, bevor es mit der Arbeit losging. Nach außen hin wirkte er ruhig, aber eigentlich war er kurz vor dem Zusammenbruch. Badou hatte auf keine seiner Nachrichten, in denen er sich entschuldigt hatte, geantwortet, was bedeutete, dass er wirklich sauer war. Yann fragte sich schon, ob er tatsächlich heute Abend auf der Feier im *Bar'Bar* vorbeischauen würde. Er bedauerte, gelogen zu haben. Er hätte die Situation früher klären sollen, anstatt sich wie ein Idiot selbst zu verbarrikadieren. Jetzt wusste er nicht mehr, was er tun sollte. Entweder er erzählte seiner Mutter alles, es gäbe einen Skandal und ihr Weihnachtsfest war verdorben, oder er würde Badou alles erklären, und dann gäbe es eine Szene mit unabsehbaren Folgen. In beiden Fällen war er verloren, wenn nicht noch ein Weihnachtswunder geschah.

Doch er kam mit seinen Überlegungen nicht weiter, denn sein Vater baute sich in der Küche wieder vor ihm auf. Grimmig stützte er sich auf der Arbeitsplatte ab.

»Diese Geschichte ist schon merkwürdig, findest du nicht? Du findest es sicher auch nicht witzig, dass der Hummer in der Garage umhergewandert ist und jetzt seine Koffer gepackt hat, oder? Das ist viel für einen Tag. Ich habe immer gewusst, es wäre besser, sich einen Hund anzuschaffen. Wie oft habe ich das deiner Mutter schon gesagt!«

Yann nahm seufzend sein Smartphone zur Hand und suchte dann in den sozialen Netzwerken, ob ein paar seiner Kunden neue Fotos gepostet hatten. Ja, der Vegan-Burger von heute Mittag war da!

»Du hörst mir gar nicht zu«, jammerte der Vater.

»Du hast mal wieder gesagt, dass du es schade findest, keinen Hund zu haben.«

»Ja, genau«, erwiderte Patrick. »Ich brauchte einen scharfen Riesenhund, der Idioten und Geizkragen anfällt, damit diese Leute sich nicht mehr hierher trauen.«

Yann hörte nur mit einem Ohr zu. So wie sein Vater drauf war, konnte er jeden Moment ausrasten. Doch er täuschte sich. Patrick fiel in sich zusammen wie ein luftentleerter Ballon.

»Es ist sowieso zu spät«, sagte er, »ich konzentriere mich besser auf den Dieb. Vielleicht kann man auf den Videoaufnahmen sein Gesicht erkennen.«

Es gab in der Ecke der Bar, wo man Wetten abschließen und Zeitungen kaufen konnte, zwei Kameras, aber keine in der Garage. Yann fürchtete schon, dass es gleich wieder losging.

»Was für eine super Idee«, sagte er ironisch, »glaubst du schon, du gehörst zu den Kommissaren einer Krimiserie im Fernsehen?«

»Ja, so ist es, mein lieber Junge.«

Dann grübelte Patrick weiter. Immer wieder kam er auf dieselbe Idee zurück: Jemand hatte den Hummer geklaut.

»Ich komme nicht darüber hinweg«, sagte er. »Ich hatte mich so gefreut … dieses Jahr würde Weihnachten ein richtig schönes Fest werden. Endlich haben wir die verfluchte Pandemie hinter uns, die Familie kommt wieder zusammen, und ich … ich wollte bei ihr einiges wettmachen.«

Régine wäre außer sich vor Freude gewesen, er hätte sich ganz bescheiden gegeben, und sie hätten den Hummer genossen wie nie zuvor. Dieser schöne Traum verblasste, und aus dem Radio drangen aggressive Werbespots.

»So ein Mist! Aber keine Sorge, mein Sohn, wenn ich den Mistkerl zu fassen kriege, der mir das Viech gestohlen hat, dann wird er das nie vergessen, das kannst du mir glauben!«

Das Badezimmer war gerade frei geworden. Béa hatte es soeben verlassen. Sie hatte das Bedürfnis gehabt, sich zu duschen und sich von dem Ärger zu befreien, die der Streit mit Erwan bei ihr hinterlassen hatte. Leider hatte die Dusche weder ihre Probleme noch ihre Besorgnis um Albert weggespült. Béa hatte sein Tuch zwar befeuchtet und das Fenster weit offengelassen, damit die Temperatur im Zimmer möglichst kühl blieb, doch der arme Hummer ließ inzwischen Anzeichen großer Müdigkeit erkennen. Immerhin blieb ihr eine Hoffnung: Erwan hatte versprochen, mit seinen Eltern zu reden.

Béa war jetzt optimistisch, dass ihr die Rettung des armen Tiers doch noch gelingen würde. Von dem Rum, den sie mittags getrunken hatte, tat ihr der Kopf weh, deshalb nahm sie eine Schmerztablette und trank eine halbe Flasche Wasser, um eine Migräne abzuwenden.

Schade, dass die Tablette sie nicht auch von ihren düsteren Gedanken befreite.

Alles nicht sehr weihnachtlich, was hier passiert.

Eingehüllt in einen Bademantel, um sich gegen Kälte und Zugluft zu schützen, begann sie, ihr dunkles Haar zu entwirren. Sie musste ein bisschen Abstand gewinnen. Dies war ihr erster Streit mit Erwan gewesen. Es würde sicher nicht der letzte sein. Vorbei die Zeit ohne Wolken und Störungen, die romantische und süße Zeit, die wie ein Wachtraum gewesen war. Und der in tausend Stücke zerspringt, wenn die Wirklichkeit eindringt.

War das die Zukunft für sie beide, immer neue Streitigkeiten? War das unumgänglich, wenn man sich auf Dauer lieben wollte? Was hatte es für einen Sinn, sich Worte wie Waffen an den Kopf zu werfen? Solche Auseinandersetzungen verdarben einfach alles. Wut verhinderte klares Denken, zerstörte die Harmonie, verletzte das Herz. Am Ende wusste man nicht mehr, was dem anderen wehtat, und brachte alles durcheinander. Danach blieb nur bitterer Schmerz.

Béa versteckte sich hinter einem Vorhang aus Haaren. Nach einiger Zeit würde es nichts Neues mehr geben, befürchtete sie, wie früher mit Jean-Eudes. Sie würde in Langeweile versinken, in Gewohnheit und Routine.

Sie ging zum Fenster, um tief durchzuatmen und die aufsteigende Panik zu bekämpfen. Fast hätte sie noch einmal Sophie angerufen, aber dann ließ sie es doch lieber bleiben. Das würde sie später tun, wenn sie genug getrunken hätte. Sie würde sich jetzt schön machen, und zwar so sehr, dass Erwan der Mund offen blieb. Und sollte sie sich, um Albert zu retten, mit Patrick auseinandersetzen müssen, dann wenigstens im passenden Outfit.

17

Die Weihnachtsfeier im *Bar'Bar* begann. Scharenweise trafen die Gäste ein und wurden freundlich empfangen. Alles war bereit: die Leuchtgirlanden, das Buffet, die geschmückten Tische mit rotgrünen Tischdecken und künstlichen Schneeflocken und eine kleine Bühne für eine Musikgruppe mit Gitarre, Schlagzeug und Dudelsack. Die Künstler wurden gerade in der Küche mit Essen und Trinken versorgt. Régine geizte nicht mit Wein und Bier, und sie sahen sehr zufrieden aus. Die Chefin hatte ihnen zum Ende der Feier Champagner versprochen, und sie waren hochmotiviert, so richtig loszulegen.

Auch Régine selbst hatte sich für den Abend herausgeputzt, auch wenn sie vor allem mit schweren Tabletts voller Teller und Gläser herumrennen würde. Sie trug eine schwarze Hose, eine weiße Bluse mit hohem Kragen und Schleife und bequeme Stiefel und fühlte sich darin pudelwohl. Sie hatte auch ein paar weihnachtliche Accessoires angelegt: goldene Kreolen, einen Rubinring und Lippenstift, der zu ihrer Weihnachtsmannmütze passte.

Alles perfekt, dachte sie und rieb sich die Hände. Dass sie Lucile zu der Feier eingeladen hatte, bedauerte sie inzwischen nicht mehr. Sollte Erwan sich ruhig ärgern. Sie hatte es nicht geplant, aber gehofft, dass er während seines Aufenthalts in

Lorient seine Ex-Verlobte wiedersehen würde. Als sie noch zusammen waren, waren sie ein vollkommenes Paar gewesen. Nie hätte Régine es für möglich gehalten, dass sie sich trennen würden. Und niemals hegte sie den geringsten Zweifel daran, dass die beiden füreinander geschaffen waren.

Erwan würde zu Lucile zurückkehren, es war nur eine Frage der Zeit. Heute Abend hatten die beiden Gelegenheit, nach Monaten der Trennung Bilanz zu ziehen und sich wieder anzunähern. Madame Guellec kannte ihren Sohn, er würde noch heute Abend zur Tat schreiten. Er würde endlich einsehen, wo sein Glück lag: hier in der Bretagne.

Ein Seemann ging nicht nach Paris ins Exil, dort konnte er nicht glücklich werden. Er hatte zwar die kleine Béa kennengelernt, die niedlich war und auch Charakter hatte, ein Mädchen, das ihm gefiel und sogar auch ihr. Aber Erwan hatte die Trennung von Lucile noch nicht überwunden, das sah sie ihm an der Nasenspitze an. Eine große Liebe gab man nicht so ohne Weiteres auf.

»Bald wird die Sache geregelt sein«, murmelte sie vor sich hin.

Am Morgen war sie noch enttäuscht gewesen, dass ihr Sohn nicht mit ihr in die Bäckerei kommen wollte. Doch schließlich hatte das Ergebnis dieses Vormittags alle ihre Erwartungen übertroffen. Nie hätte sie gedacht, dass Lucile einverstanden wäre, mit ihnen zu feiern. Da hatte doch tatsächlich Béa ihrer Rivalin eine goldene Brücke gebaut. Régine brauchte nur zu warten und die Glut anzufachen.

In diesem Moment kam Erwan völlig außer Atem in den Gastraum.

»Mama, was soll das?«

»Wovon redest du?« Wie hatte er nur Wind von der Sache bekommen?

»Wegen des Mittagessens morgen. Ich hatte dir doch gesagt, dass Béa Veganerin ist. Wie konntest du nur?«

Régine begriff gar nichts. »Ich habe mich nicht um das Menu gekümmert. Das ist allein Yanns Sache!«

Jetzt kam ihr aber die Galle hoch! Sie hatte ihr Bestes getan, um die Bitten ihres Ältesten zu erfüllen, und auch was die Neue anging, so hatte sie sich, wie sie fand, allergrößte Mühe gegeben.

»Wenn du nicht zufrieden bist, geh zum Koch und beschwer dich bei ihm. Doch ich glaube kaum, dass er sich was sagen lässt.«

»So leicht kommt ihr beiden nicht aus der Sache raus!«, schimpfte Erwan. »Béa ist völlig außer sich!«

»Dann geh hin und tröste sie. Was hab ich damit zu tun?«

Sie konnte sich ein Lächeln nicht verkneifen, und Erwan fragte sich, was sie wohl im Sinn hatte.

»Na los, geh schon!«, rief sie, als sei er noch ein kleiner Junge. »Ich habe anderes zu tun, als mir dein Gejammer anzuhören!«

Erwan reichte es, deshalb beschloss er, die Sache mit seinem Bruder zu klären. Besser man geht direkt zum Küchenchef.

»Yann?«

»Jetzt nicht, ich muss das Carpaccio schneiden!«

»Yann, wir müssen über den Hummer reden.«

»Fang du bloß nicht auch noch damit an! Seit heute Morgen geht mir der Alte wegen diesem Viech auf die Nerven. Mir reicht's!«

»Béa weiß, dass es morgen einen geben soll. Und dass ihr ihn lebend hierhergebracht habt! Sie ist außer sich bei der Vorstellung, dass er quasi vor ihren Augen getötet wird!«

»Das war Papa. Mama wollte ihm nicht sagen, dass Béa Veganerin ist, damit er keinen Aufstand macht, er wusste es also nicht. Er hat den Hummer als Überraschung für Mama geholt. Er hat es nur gut gemeint.«

Normalerweise verteidigte Yann seinen Vater nicht, aber in diesem Fall traf Patrick tatsächlich keine Schuld.

»Aber es hat ihn sowieso jemand weggenommen … entführt. Béa braucht sich also keine Sorgen zu machen. Er wird hier schon nicht verbrüht. Zufrieden?«

»Was meinst du damit?«, fragte Erwan vorsichtig.

»Irgendein Geschäftemacher ist in den Hof gekommen und hat ihn gestohlen. Kein Hummer mehr, also auch kein Problem.«

»Und Papa?«

»Er will sich die Videoaufzeichnungen ansehen, Gäste befragen und uns in den nächsten zwanzig Jahren mit dieser Sache auf die Nerven gehen.«

Erwan war erleichtert. Béas Plan schien zu funktionieren. Niemand beschuldigte sie. Warum sollte jemand einen Hummer stehlen, der ihn gar nicht essen wollte? Auf Béa konnte kein Verdacht fallen.

»Siehst du«, sagte Yann philosophisch, »Ende gut, alles gut.«

Irgendetwas in seiner Stimme aber verriet das Gegenteil. Erwan runzelte die Stirn. »Alles okay? Du scheinst nicht in bester Verfassung.«

Yann stieß einen tiefen Seufzer aus und sah auf die Uhr. Badou hatte sich noch immer nicht gemeldet.

»Ich will bloß, dass ihr mich in Ruhe lasst. Ich habe viel Arbeit, falls das noch niemand gemerkt hat.«

»Okay, ich verschwinde. Wenn du Hilfe brauchst …«

Yann verzog das Gesicht. »Jetzt geh schon!«

Im Gastraum nahm Erwan sich einen Whisky, bereitete für seine Liebste einen Rum vor und wartete, dass sie endlich erschien. Ihm war klar, dass ihr Streit im unpassendsten Moment passiert war. Das Wochenende in Lorient war für sie als Paar offensichtlich ein Wendepunkt. Inzwischen bedauerte Erwan es, Weihnachten nach Hause gefahren zu sein. Béa und er hätten sich ein kuscheliges Weihnachtsfest machen können, ganz für sich, weitab von der Welt … Sie hatte ihm durch den Diebstahl des Hummers übel mitgespielt, dennoch bewunderte er ihren Mut. Er liebte das leicht Verrückte an ihr. Man konnte nie ahnen, was ihr durch den Kopf ging.

Béa kam in ihrem feuerroten Kleid in die Bar und setzte sich Erwan gegenüber. Sie lächelte nicht und nahm ihr Getränk entgegen, ohne eine Miene zu verziehen.

»Ich habe eine super Nachricht«, sagte er leise, wobei ihm die Weihnachtsmusik aus dem Lautsprecher zu Hilfe kam. »Alle glauben, dass ein Gast den Hummer gestohlen hat.«

»Albert«, korrigierte sie ihn.

»Keiner ahnt irgendwas. Wir stehen also morgen früh auf und bringen ihn an den Strand, und keiner wird's mitkriegen.«

Béa traten Tränen in die Augen, und sie klimperte mit den Wimpern, damit ihr Mascara nicht verlief.

»Lass uns den Abend genießen, okay?«, schlug Erwan vor. »Du hattest recht, ich hatte unrecht. Ich hätte dir lieber helfen sollen, als dir Vorwürfe zu machen.«

Er nahm ihre Hand und küsste sie auf die Finger, dabei suchte sie seinen Blick.

Sie seufzte. »Ich hätte das nicht hinter deinem Rücken machen sollen. Ich weiß das, aber manchmal überkommt es mich einfach ...«

»Du folgst ja deinem Herzen. So war es auch, als wir zum ersten Mal miteinander geschlafen haben. Ich kann mich deshalb nicht beklagen.«

Jetzt lächelte sie. Er zog sie quer über den Tresen an sich und küsste sie. Dann stießen sie mit ihren Gläsern an.

Patrick hatte geduscht, sich rasiert, sein Haar gegelt und nach hinten gekämmt. Er hatte sich mit Parfum bestäubt, sein schönstes weißes Hemd angezogen, außerdem edle Manschettenknöpfe und Cowboystiefel, weil die immer zu allem passten. Außerdem gaben sie bei jedem Schritt ein leises Geklingel von sich. So konnte ihm niemand vorwerfen, er würde dem »Geist von Weihnachten« nicht gerecht werden.

Gerade wollte er hinter die Bar gehen, als er hörte, wie die Zugluft eine Tür zuschlug. In Erwans Zimmer musste das Fenster offen stehen. Patrick ging schnell hin, um es zu schließen. Was hatten sich die Kinder bloß gedacht? Alles weit offen stehen zu lassen! Es war eiskalt hier drin! Sie brauchten die Heizung ja nicht bezahlen!

Er drehte den Thermostat hoch und hob die Papiere auf, die zu Boden gefallen waren.

Und da sah er sie. Die Ecke der weißen Styroporkiste.

Er holte sie unter dem Bett hervor, hob das Tuch an und erblickte seinen Hummer, immer noch quicklebendig.

»Also … wirklich, das ist ja eine Überraschung! Was machst du denn hier?«

18

Die Weihnachtsfeier im *Bar'Bar* war in vollem Gange.

Auf der Bühne spielte die Musikgruppe, die Vorspeisen waren schon lange serviert und die Gäste inzwischen beim Hauptgericht: Seeteufel nach bretonischer Art mit Duftreis. Béa und Erwan aßen Seitan-Steaks in Balsamicosauce. Das Vegan-Menu kam gut an, auch einige andere Paare hatten es schon bestellt.

»Ich hoffe, Yann wird künftig auch auf diesem Gebiet kreativ«, sagte Erwan zu Béa.

Sie saßen sich an einem kleinen Tisch gegenüber. Es war fast wie in einem normalen Restaurant, und Béa hätte diesen verrückten Tag und alle die heftigen und wechselhaften Gefühle beinahe vergessen. Zu viel war passiert, und das viel zu schnell. Seit sie in Lorient waren, hatte sie Erwans Verhalten mehrmals fast aus der Bahn geworfen.

»Weiß dein Vater, dass du das vegetarische Menu ausgesucht hast?«, fragte sie, denn sie konnte es einfach nicht lassen.

»Ich nehme an, er vermutet es«, antwortete Erwan vorsichtig. Er hatte bisher vermieden zuzugeben, dass er kein Vegetarier war.

Béa verzog enttäuscht den Mund. Es war ein anderes Problem als das mit Albert: Patrick scherte sich bestimmt einen

Dreck darum, ob sein Sohn Vegetarier war oder nicht. Er würde daran rummäkeln, was soll's also? Sie spürte, dass Erwan ihrem Blick auswich. Verbarg er etwas vor ihr? Leicht genervt versuchte sie sich mit dem abzulenken, was wichtig war: Albert.

Morgen würde ihr Schützling dank Erwans Mithilfe gerettet. Das hatte er versprochen! Sie müsste sich eigentlich sehr darüber freuen, aber so war es nicht. Erwan half ihr bestimmt nur, weil seine Eltern nicht wissen sollten, dass *sie* den Hummer gestohlen hatte. Was wäre sonst passiert?

Diese Frage verdarb ihr die Laune, und sie verzog verstimmt das Gesicht. Es war einfach stärker als sie.

Erwan hatte es bemerkt. Er wusste nicht, was genau sie störte, sicher hatte es mit den äußeren Umständen zu tun. Wieder überkamen ihn Schuldgefühle, weil sie hier so am Tisch saßen und eigentlich nichts geklärt war. Seit er die Teller mit dem Seeteufel gesehen hatte, lief ihm allein beim Gedanken daran das Wasser im Mund zusammen.

Der Seitan schmeckte zwar wirklich ausgezeichnet, aber Erwan hatte seit Ewigkeiten keinen guten Fisch mehr gegessen. Die Worte seines Vaters kamen ihm wieder in den Sinn: *Keine gute Idee, eine Beziehung mit einer Lüge zu beginnen.* Schon zu lange hatte er die Wahrheit vor Béa verheimlicht. Wenn sie sich bloß heute nicht gestritten hätten! Dann hätte er vielleicht den Mut gehabt, ihr zu sagen, dass er nur »Teil-Vegetarier« war.

Sie lächelte ihn an, aber ohne inneres Gefühl. Normalerweise strahlte beim Lächeln ihr ganzes Gesicht, als dächte sie gerade an das nächste Mal, wenn sie sich in die Arme nehmen würden. Jetzt zeigte sie so wenig Gefühl, als säße sie ihrer Postbotin gegenüber.

Erwan wusste nicht, wie er Béa wieder aufheitern sollte. Sein Weihnachtsgeschenk würde dafür nicht genügen. Auch wenn sie ausgemacht hatten, »es nicht zu übertreiben«, hatte er jetzt den Eindruck, dass sein Set mit dem albernen Hahn ein Fehlgriff war.

An einem anderen Tag würde sie mit ihm zusammen darüber lachen. Aber nachdem er das mit der »Hühnerdiebin« gesagt hatte, war er nicht mehr sicher, ob ihr der Spaß gefallen würde. Er hätte ein Schmuckstück kaufen sollen oder irgendetwas, das zeigte, wie ernst er ihre Beziehung nahm.

Ihr Dessert verzehrten sie in bedrückter Stimmung, für Béa gab es Eis aus Sojamilch.

»Und … wie gefiel dir das Menu?«, fragte Patrick, der an ihren Tisch gekommen war. Er brüllte es ihr ins Ohr, weil die Musik so laut war. »Ein bisschen fad, oder?«

»Köstlich!«, sagte sie ebenso laut. »Vor allem der Wein.«

Sie hatte sich ein bisschen gehen lassen, das musste sie zugeben.

Das Konzert war zu Ende und die Gruppe packte ihre Instrumente ein, während das Personal ein paar Tische beiseite räumte, um eine Tanzfläche zu schaffen. Immer wieder ging die Tür des *Bar'Bar* auf und zu, und der heulende Wind presste kalte Luft herein. Und mit ihm kam Badou.

»Ach, da ist ja Yanns Mitbewohner!«, rief Patrick. »Ich stelle ihn dir gleich vor.«

So lernte Béa Badou kennen. Er sah gut aus, war groß, hatte schwarze Haut, ein eckiges Kinn und umwerfend schöne

Grübchen. Sie hatte ein Faible für solche Besonderheiten. Patrick schien Badou zu mögen, was außergewöhnlich war und deshalb erwähnenswert.

»Er ist sogar Arzt!«, trompetete er. »In der Pandemie kämpft er an vorderster Front. Was möchtest du trinken, mein Junge? Champagner?«

»Sehr gerne!«

Badou zeigte ein vollkommenes Lächeln so wie das von Omar Sy. Als er sein Portemonnaie zücken wollte, hinderte Patrick ihn daran.

»Was machst du denn da? Du gehörst doch zur Familie!«

»Ich nehme gern auch einen«, sagte Béa.

»Wartet hier auf mich, Kinder, ich bin gleich wieder da.«

Inzwischen war der Raum voller Gäste, die den Geräuschpegel mächtig in die Höhe trieben. Die Musik aus den Lautsprechern wurde durch das Stimmengewirr fast überdeckt. Wärmer geworden war es auch, und Béa in ihrem armfreien Kleid hatte nun keine Gänsehaut mehr.

»Es ist super, dass das Leben nach Corona wieder anfängt«, meinte Badou.

»Wie vorher!«

»Hast du Yann irgendwo gesehen?«

»Er ist immer noch in der Küche. Aber sicher dürfte er bald mit Aufräumen fertig sein. Das Essen ist ja schon seit einer Weile vorüber.«

Patrick kam zurück, und damit war ihr gerade begonnenes Gespräch auch schon zu Ende. Dann erblickte er einen seiner Kumpel und ging wieder. Badou begrüßte Kollegen aus dem

Krankenhaus, und Béa ging hinüber zu Erwan, der hinter dem Tresen arbeitete.

Neue Gesichter tauchten auf, Freunde von Erwan. Sie fielen einander in die Arme, küssten sich, freuten sich über ein frisch gezapftes Bier. Unter ihnen waren nicht nur Jungen, sondern auch Mädchen. Sie alle kannten sich seit der Schule, manche sogar seit dem Sandkasten. Die Weihnachtsfeier war der ideale Treffpunkt für sie, und die meisten kamen nach elf Uhr ins *Bar'Bar*. Dann war das Essen in ihrer Familie vorüber, und sie konnten hier weiterfeiern.

Normalerweise fiel es Béa nicht schwer, sich in eine Gesellschaft zu integrieren, aber heute Abend schien ihr das unmöglich. Wegen der lauten Musik konnte man sich kaum unterhalten, und die Leute begnügten sich damit, ihr musternde Blicke zuzuwerfen. Sie bestellte bei Erwan einen weiteren Rum und redete sich ein, wenn sie mehr trank, würde sie schneller müde und bald ins Bett gehen können. Dann konnte ihr Liebster sich an diesem Abend mit seinen Kindheits- und Jugendfreunden vergnügen – ohne sie.

Als Lucile, die Bäckerstochter, erschien, hielten alle den Atem an. Erwans Gesicht wurde weiß wie die Wand. Béa bemerkte, wie verärgert er war, konnte es sich aber nicht erklären, und wegen des Lärms hörte sie nicht, was die beiden zueinander sagten, als sie sich die Begrüßungsküsschen gaben.

»Ich hätte nicht kommen dürfen«, flüsterte die schöne Blonde peinlich berührt. »Ich dachte, du wüsstest Bescheid, ich wollte dich wirklich nicht in Verlegenheit bringen.«

»Ich werd's überleben«, antwortete er. »Wie geht es dir?«

»Gut … na ja, das übliche Einerlei. Und deine Arbeit in Paris?«

»Läuft prima. Es ist viel interessanter als das, was ich hier gemacht habe.«

Erwan bot ihr ein Glas Champagner an, das sie mit einem Kopfnicken entgegennahm. Danach flüchtete sie zu einer ihrer gemeinsamen Freundinnen. Erwan drehte sich besorgt nach Béa um. Sie redete mit einer Gruppe von Freunden, ein angespanntes Lächeln auf den Lippen, ein Zeichen dafür, dass sie sich langweilte. Dann blickte Erwan für einen Augenblick zu seiner Mutter, die ein Gesicht machte wie ihre frühere Katze Minouche, wenn sie in der Küche etwas zu essen stibitzt hatte.

»Du warst das!«, sagte er, als er sie ein paar Minuten später in der Küche beiseitenahm.

»Was war ich?«, fragte sie verärgert.

»Lucile. Was hat sie hier zu suchen? Kannst du mir das erklären?«

»Stell dir vor, ich habe sie eingeladen. Ich kenne sie, seit sie mit dir im Kindergarten war. Sie hat die ersten beiden Jahre, in denen ihr zusammen wart, quasi unter meinem Dach gelebt, bevor ihr eure Wohnung hattet. Und der Gedanke, dass sie die Einzige aus eurer Gruppe ist, die zu Hause sitzt, anstatt alle anderen zu treffen, machte mir zu schaffen. Das wäre einfach ungerecht. Wenn du sie, ihre Freunde und mich aus deinem Leben gestrichen hast, müssen wir es ja nicht genauso machen.«

»Nicht nur, dass Béa hier ist – ich habe mich von Lucile getrennt. Warum kannst du das nicht akzeptieren? Ist dir eigentlich klar, wie weh du ihr damit tust?«

»Sie scheint sich ganz gut zu halten«, sagte Régine, nachdem sie einen Blick in den Gastraum geworfen hatte. »Und dein Mädchen ebenso. Sie sind beide erwachsen, weißt du? Sie wissen sich zu benehmen, und heute Morgen war Béatrice dabei, als ich Lucile eingeladen habe. Sie war damit mehr als einverstanden.«

Die arme Béa war in die Falle getappt wie ein Schmetterling in eine Spinnwebe. Sie hatte nicht gewusst, um wen es sich handelte, denn sie kannte Erwans Ex nur unter dem Namen Jacqueline. Von einer Lucile hatte sie noch nie etwas gehört. Erwan kannte ja auch nicht den richtigen Namen von Jean-Eudes. Am liebsten hätte er seinen Kopf gegen die Wand geschlagen.

»Du hast mir nichts davon gesagt. Du wusstest genau, dass es mich nerven würde. Wie sieht das aus, wenn ich mich hier mit meiner Freundin vor meiner Ex zeige?«

»Ich wusste, dass du dich aufregen würdest. Aber das ist doch wirklich alles völlig harmlos. Du sagst ihr guten Tag, genießt den Abend, sie auch, dann sagst du ihr auf Wiedersehen, und das war's dann schon. Was ist daran so schwierig? Oder soll ich Lucile vielleicht sagen, sie soll gehen, damit du es mit deinem kleinen Schätzchen bequemer hast?«

»Natürlich nicht.«

»Na also, dann mach kein Drama draus.« Régine drehte sich um und ließ Erwan stehen.

»Wenn du nichts zu tun hast, kannst du mir beim Putzen helfen«, forderte Yann ihn auf, der schon seit Stunden arbeitete.

Er klopfte Erwan auf die Schulter, um ihn aufzumuntern. »Es wird schon gut gehen. Béatrice ist Gold wert. Sie hat deine

Ex selbst eingeladen. Sicher wird sie sich nicht so schnell bedroht fühlen. Sie hat genug Selbstvertrauen. Sieh nur ihr rotes Kleid, das ist der Hammer!«

Erwan nickte. Glücklicherweise wusste sie, dass es zwischen Lucile und ihm eine lange Liebesgeschichte gewesen war, und dass er danach einige Zeit gebraucht hatte, um sich wieder zu fangen. Als er sich von Lucile trennte, lag es nicht daran, dass er sie nicht mehr liebte. Sie liebte ihn nicht genug, um ihm in sein neues Leben zu folgen. Und als er vorschlug, dann wegen ihr in Lorient bleiben zu wollen, hatte sie ihm gesagt, bevor er hier unglücklich werde, solle er lieber gehen. Da hatte er verstanden, was sie nicht direkt hatte sagen können: Sie brauchte ihn nicht wirklich und würde klarkommen, wenn er nicht mehr da wäre. Daraufhin hatte er seine Koffer gepackt.

Lucile trug ein gerade geschnittenes kleines Schwarzes mit V-Ausschnitt im Rücken, außerdem eine Goldkette, die gut sichtbar war, weil sie ihr Haar im Nacken hochgesteckt hatte. Es hing ein goldenes Kleeblatt daran – Erwans letztes Geschenk an sie.

Sie schminkte sich nie besonders stark. Ein wenig Eyeliner, der ihre strahlend blauen Augen betonte, dazu ihr gesunder Teint und ihr blondes Haar. Für jemand, der sie gut kannte, war ihr engelhaftes Aussehen nicht mehr als eine Fassade. In diesem Moment sah sie Erwan unvermittelt an. Ihre Blicke begegneten sich, zugleich neugierig und vertraut. Sie hatten so viele Jahre gemeinsam verbracht, dass sie sich in- und auswendig kannten. Ja, sie hatte ihm gefehlt.

Erwan hätte jetzt mit ihr durchbrennen, sie wild küssen können wie damals, als sie noch Jugendliche waren. Aber danach wäre es vorbei mit dem Glück. Das wusste er genau. Durch die Pandemie hatte sich zwischen ihnen nichts verändert.

Béa konnte ihr Erstaunen nicht in Worte fassen. Irgendetwas hatte sie nicht mitbekommen, das war ihr klargeworden. Seit Luciles Eintreffen zog Erwan ein seltsames Gesicht – dasselbe wie an dem Tag, als durch einen Fehler auf der Gehaltsabrechnung seine zahlreichen Überstunden verschwunden waren. Seine alten Freunde hatten den Moment, in dem Lucile und er die üblichen Wangenküsse ausgetauscht hatten, neugierig beobachtet.

Andere hatten darauf geachtet, wie sie reagierte, als Erwan in der Küche verschwand. Béa hatte den Eindruck gewonnen, die Freunde seien sehr darum bemüht, dass die beiden sich nicht zu nah kamen. Als Badou sich zu ihr setzte und ein Gespräch mit ihr begann, versuchte sie, mehr über Erwan zu erfahren. Sie hielt ihre Hand hinter das Ohr, um ihn bei dem Geräuschpegel besser zu verstehen.

»Sag mal, Badou, du kennst doch die Guellecs gut, oder?«

»Ich kenne vor allem Yvan.«

»Klar, ihr wohnt ja zusammen. Aber kennst du auch seinen Bruder ein bisschen?«

»Eigentlich nicht, er kommt ja nicht oft nach Lorient.«

Béa fand es enttäuschend, nicht mehr in Erfahrung bringen zu können. »Schade, ich hatte es gehofft, weil du doch zu Yanns Freundeskreis gehörst.«

Der Arzt zog eine Augenbraue hoch. »Das hat mit Patrick zu tun und seiner Art, mich vor allen Leuten immer Mitbewohner zu nennen.«

»Das scheint dich zu nerven.«

»Es geht so weit, dass ich mich manchmal frage, ob er was dagegen hat, dass sein Sohn schwul ist.«

Badou nahm einen Schluck Champagner, er wirkte besorgt. Nur mühsam schien er seinen Ärger im Zaum zu halten. Auch er hatte Probleme mit den Guellecs – das war Béa sympathisch.

»Wolltest du denn etwas Besonderes wissen?«, fragte er. »Frag mich nur, vielleicht kann ich dir helfen. Wir müssen schließlich zusammenhalten, oder?«

Béa verstand nicht so richtig, was er meinte, doch sie lächelte und zeigte diskret auf eine Frau, die an der Bar saß, deren Bedienung Erwan übernommen hatte.

»Siehst du die schöne Blonde dort drüben? Ich glaube, das ist eine von Erwans Ex-Freundinnen. Sie heißt Lucile.«

Es war offensichtlich, dass ihre Gegenwart Erwan unangenehm zu sein schien. Badou ließ seinen Blick wandern, um nicht zu sehr aufzufallen.

»Hast du Lucile gesagt? Das war doch das Mädchen, das er beinahe geheiratet hätte. Régine war wohl außer sich, als er die Hochzeit abgesagt hat …«

Béa legte ihre Hand auf Badous Unterarm. »Meinst du etwa, *das* ist Jacqueline?«

»Wer?«

»Ist *sie* seine berühmte Ex?«

Mit ihren rotlackierten Fingernägeln trommelte Béa nervös auf die Tischplatte. Badou schaute verlegen in sein Glas und sah dann wieder zu Lucile hinüber.

»Und es ist auch noch meine Schuld«, sagte Béa, die daran dachte, was in der Bäckerei passiert war. »Da haben sie mich ganz schön reingelegt!«

Sie erzählte Badou, wie Régine getrickst hatte, um Lucile für den Abend einzuladen. »Hätte ich nein gesagt, hätte ich als die Böse dagestanden.«

»Ich hätte die Ex-Verlobte meines Freundes nicht aufgefordert zu kommen, schon gar nicht Lucile ...« Er brach ab und fuhr dann fort:

»Béa, ich weiß, dass ich mich nicht einmischen sollte, aber eins solltest du wissen: Erwan hat nie eine andere Freundin gehabt als sie, mit Ausnahme von dir natürlich.«

Béa trank ihr Glas in einem Zug leer. »Er hatte nur zwei Frauen in seinem Leben? Sie und mich? Es gab doch sicherlich ab und zu andere Mädchen, oder?«

»Soweit ich weiß nicht, jedenfalls hat mir Yann das so erzählt.«

Offenbar hatte Yann es Badou gegenüber eines Abends erwähnt, als sie über ihre Familiengeschichte sprachen.

»Erwan hat sich schon im Kindergarten in sie verliebt«, sagte Badou in vertraulichem Ton. »Es gab nie eine andere, auch nicht in der Schule. Irgendwann hat er es geschafft, dass aus ihrer Freundschaft mehr wurde, da waren sie schon auf dem Lycée. Diese Geschichte ist ein Witz. Als zwischen ihnen endlich etwas lief, geriet er in Panik, weil er die Freundschaft zwischen ihnen nicht kaputt machen wollte. Sie hat ihn offenbar herausgefordert, ihr ewige Liebe zu schwören. Danach ging dann alles sehr schnell ...«

Béa wurde blass. Offenbar war sie für Erwan nur eine vorübergehende Freundin, eine Art Trostpflaster, das ihm half, wieder zu sich zu kommen und sich etwas Ernsthaftes zu suchen.

Sie war die erste Frau, mit der Erwan zu tun hatte, seit er mit der großen Liebe seines jungen Lebens gebrochen hatte. Und die Blonde dort hatte vielleicht beschlossen, ihn zurückzuerobern. Béa zitterte.

Wenn Lucile Erwan nach Paris gefolgt wäre, dann wären sie immer noch zusammen, sogar verheiratet. Vielleicht war sie heute Abend gekommen, weil sie ihn unbedingt wiedersehen wollte. Und wenn sie bei seinem Anblick bedauern würde, ihm nicht gefolgt zu sein? Wenn sie die Absicht hatte, sich wieder mit ihm zu versöhnen?

Erwan hielt sich im Hintergrund. Er zapfte Bier, reichte Gläser herum. Versuchte er, Béa aus dem Weg zu gehen? Oder Lucile?

Sie versuchte nachzudenken, indem sie die Rollen vertauschte. Wenn Jean-Eudes jetzt im *Bar'Bar* auftauchte, um ihr seine Liebe zu erklären und zu versprechen, er verzichte auf das Fahrrad, um mit ihr zu leben … Béa schüttelte den Kopf. Nein, das funktionierte nicht. Diese Idee war zu lächerlich. Jean-Eudes hatte sie vor Jahren verlassen und war von seiner Weltreise mit einer Koreanerin zurückgekommen, die etliche Diplome hatte, mehrere Sprachen sprach und Fahrradfahren liebte. Beide bereiteten sich auf eine neue Herausforderung vor. Und sie liebte ihn sowieso nicht mehr. Nie würde sie auf die Idee kommen, mit ihm wieder etwas anzufangen. Und Erwan ging es sicher genauso.

Ihre kleine innere Stimme flüsterte ihr allerdings mit leichtem Sarkasmus zu, dass es doch einen Unterschied gab: Béa hatte mehr als einen Mann kennengelernt, bevor sie Erwan, der Rarität, begegnet war.

»Ich hole mir noch ein Glas«, sagte sie und erhob sich leicht wankend.

»Am besten versuchen wir, die Dinge nicht zu tragisch zu nehmen«, beschwichtigte Badou. »Erwan sieht dich die ganze Zeit verliebt an. Ich glaube, du brauchst dir keine großen Sorgen zu machen.«

Doch wenn Erwan je eine andere Frau so angeschaut hatte, dann war es Lucile.

19

Patrick beobachtete mit großem Interesse, was um ihn herum geschah. Er hatte bemerkt, dass Erwan sich nach der hitzigen Unterhaltung mit Régine verzogen hatte. Er fragte sich auch, warum Yann nicht aus der Küche kam, um mit ihnen anzustoßen. Seine Arbeit war schließlich zu Ende. Vielleicht hätte er jetzt sogar noch Zeit, den Hummer zuzubereiten.

Doch Patrick wollte ihn nicht mehr damit ärgern. Sie könnten bis morgen warten, denn das Tier lebte ja noch. Er hatte es in Meerwasser gelegt und ihm als letzte Mahlzeit ein paar Fischreste gegeben. Dann hatte er ihn vorsichtshalber in der Küche hinter einen Stapel Kartons abgestellt. Warum er die Kiste unter Erwans Bett gefunden hatte, dafür hatte er keine Erklärung.

Aber jetzt machte sich Patrick mehr Sorgen um seinen Ältesten als um den Hummer. Die beiden Rivalinnen hielten zwar Distanz, aber die Situation konnte leicht eskalieren. Zuerst hatte er sich darüber amüsiert, doch nun fürchtete er mögliche Folgen. Als sich Régine – die in bester Stimmung war – neben ihn setzte, sah er sie mit schiefem Blick an.

»Was ist?«, fragte sie belustigt. »Sag bloß nicht, dass dir Weihnachten jetzt schon auf die Stimmung schlägt.«

Er antwortete so laut, dass alle um ihn herum hören konnten, was er sagte: »Hast *du* Lucile eingeladen?«

»Na und?«

»Letztes Mal, als du dich in Erwans Angelegenheiten eingemischt hast, ist er nach Paris abgehauen.«

Sie hatte Erwan damals ihre Meinung ins Gesicht gesagt. Er begehe eine Dummheit, wenn er wegziehen würde, weit entfernt von der Frau seines Lebens. Aber inzwischen war die Lage ein bisschen anders.

»Das ist nicht dasselbe! Béatrice war einverstanden!«

»Ich will gar nicht erst wissen, wie du die Sache eingefädelt hast. Aber damit du's weißt: Ich bin dagegen.«

»Gibt es irgendwas, was du je gut findest?«

»Du mischst dich in Erwans Privatleben ein! Er kommt mit seiner neuen Freundin her, und was machst du? Du lässt seine Ex-Freundin antanzen. Wie soll er das wohl aufnehmen?«

»Wie ein Erwachsener. Er kennt Lucile seit ewig. Sie gehört so gut wie zur Familie. Es gibt keinen Grund, das an die große Glocke zu hängen. Es wird schon alles gut gehen, du wirst schon sehen.«

Sie schenkte ihnen beiden ein Glas Champagner ein. Patrick brummelte etwas in seinen Bart. Er begriff durchaus, was da vor sich ging, er war doch kein Idiot.

»Lucile ist für ihn wie geschaffen, seit ihrer Kindheit«, fuhr Régine fort. »Wenn Erwan schlau ist, wird er das heute Abend endlich begreifen.«

Patrick verschluckte sich am Champagner und bekam einen Hustenanfall, woraufhin Régine ihm fürsorglich auf den Rücken klopfte.

»Und Béatrice?«, warf er ein, als er wieder Luft bekam. »Hast du an das arme Mädchen gedacht?«

»Sie kann einen anderen Kerl finden. Bei den Vorzügen, die sie hat, dürfte das kein Problem sein. Sieh mal, zum Beispiel, den da … Henri.«

Sie zeigte auf einen Mann in den dreißigern, gutaussehend, der gerade schallend lachte.

»Der ist arrogant und zänkisch«, erklärte Patrick. »Der passt gar nicht zu ihr.«

»Dir passt ja nie jemand in den Kram.«

Er zuckte die Achseln. Régine war gegenüber Béatrice unfair, darüber wollte er nicht diskutieren. Auch dachte er an den Hummer, den er in ihrem Zimmer gefunden hatte. Bestimmt versuchte Erwan, ihn zum Narren zu halten, aus Rache für die Art, wie sie seine Freundin empfangen hatten. Man musste dem Ganzen einen Riegel vorschieben, sonst würde es zu einem Riesenstreit kommen. Wie sollte er das Régine klarmachen? Ohne das geringste Anzeichen von Bedauern saß sie da bequem auf ihrem Barhocker und blickte gut gelaunt in die Runde.

Patrick seufzte. »Wenn du Erwan endlich in Ruhe ließest, würdest du erkennen, dass er allein bestens klarkommt. Er ist nicht wie dein anderer Sohn, der sich in seiner Küche verbarrikadiert und noch nie eine ernste Beziehung hatte. Warum setzt du nicht ihn unter Druck?«

»Yann widmet sich ganz seiner Arbeit, er ist noch nicht so weit.«

»Und das bekümmert dich nicht?«, amüsierte sich Patrick. »Hast du dich noch nie gefragt, ob er vielleicht Angst hat, uns jemanden vorzustellen, weil seine Mutter sich sonst in seine Angelegenheiten einmischt?«

»Was redest du denn da? Dass ich daran schuld bin? Also wirklich! Du sagst doch immer, dass Gay Pride eine Dummheit ist. Ich doch nicht!«

Der Angriff traf Patrick ins Herz. »Gay Pride ist derselbe Mist wie alle Fanfaren, Jahrmärkte und Aufmärsche beim Keltenfestival. Dieser ganze Zirkus auf der Straße ist nichts als Lärm in den Ohren. Wenn wenigstens die Kostüme schön wären! Ich habe nichts gegen *gay* und auch nichts gegen *pride*, was mir auf den Wecker geht, ist der Lärm, die Menge, die ganzen Leute! Ich hasse Umzüge. Und ich bin für die Gleichheit.«

»Ein wahrer Humanist«, unterbrach sie ihn spottend. »Mich brauchst du nicht zu überzeugen.«

In Gedanken versunken nippte Régine an ihrem Champagnerglas. Sie fühlte sich von Patricks Worten mehr getroffen, als sie sich anmerken ließ. Schon ein paar Mal war ihr durch den Kopf gespukt, dass Yann vielleicht um den Ruf des *Bar'Bar* fürchtete. Sein Coming-out in der Familie war noch einmal etwas anderes als das in der Öffentlichkeit. Man lebte zwar nicht mehr in den fünfziger Jahren, und die Kunden kannten die Guellecs so gut, dass Vorurteile keine Rolle spielen sollten. Doch die Welt wurde immer moralischer. Und unberechenbarer.

Régine füllte erneut ihr Glas. Sie hatte sich nie wegen ihres jüngeren Sohnes geschämt, es war ihr völlig gleichgültig, was er unter der Bettdecke trieb, solange er sie mit diesem Thema in Ruhe ließ. Sein Schwulsein fand sie völlig in Ordnung. Dabei war sie nicht so hinter ihm her wie hinter seinem Bruder, denn sie wollte ihn nicht in Verlegenheit bringen. Es schien schon schwierig genug, sein Liebesleben zu regeln, wenn man hetero war, aber sicher hatte man Angst in einem Umfeld, das einen schief ansah, wenn man auf der Straße einen anderen Mann küsste oder mit ihm Händchen hielt.

Inzwischen gab es die Ehe für alle. Zu ihrer Zeit hätte der Junge seit langem heiraten und eine Familie gründen müssen. Warum wollten ihre Söhne bloß nicht heiraten? Weder der eine noch der andere?

»Das kann doch nicht sein!«, schimpfte sie und trank ihren Champagner in einem Zug aus. »Ich tue, was ich tun muss. Dann werden sie glücklich, alle beide!«

»Was redest du da?«, fragte Patrick. »Entspann dich mal! Auch für dich gibt es Weihnachten. Wir sind nicht mehr ganz jung, wir müssen auch auf uns achten, wenn wir etwas vom Ruhestand haben wollen.«

»Das kannst du für dich ruhig sagen. Aber bei dem Schaden, den das verdammte Corona angerichtet hat, werde ich bis zu meinem Tod schuften müssen.«

»Sicher nicht!«, entgegnete Patrick. »Das Geschäft läuft wieder, und der Junge hat die Sache in der Hand. Wenn du noch ein paar Jahre weitermachst, verstehe ich das, aber du darfst nicht deine Gesundheit aufs Spiel setzen.« Er legte einen Arm um ihre Taille und zog sie an sich. »Ich weiß, dass ich nicht immer so aufmerksam bin, wie du es gerne hättest …«

»Ja, du bist ein Bär!«

»Aber wir haben noch schöne Tage vor uns. Du hast noch Träume zu verwirklichen. Und ich auch.«

»Patrick, das sind ja alles schöne Ideen, aber dafür muss man auch Kohle haben. Wenn ich nach Kanada reisen möchte wie meine Cousine Monique, müssen wir erstmal die Schulden abzahlen. Mit deiner Rente können wir uns so eine Reise nicht leisten.«

Er verdrehte die Augen. »Ich bin kein armer Schlucker, der von dir abhängig ist. Ich habe Geld zurückgelegt.«

»Das hebst du besser gut auf. Wir wissen ja nicht, was noch alles passiert.«

Patricks Lächeln erstarb, Régine bemerkte es und bekam Gewissensbisse. Warum war sie so grob zu ihm? Dabei gab er sich doch Mühe, sie aufzumuntern. Sie fasste ihn freundlich am Arm.

»Komm, zieh nicht so ein Gesicht. Was du gesagt hast, ist sehr nett. Zugleich bin ich beunruhigt ... du bist doch nicht etwa krank?«

»Doch, ich fühle mich aufgebläht, ich habe nämlich einen Weihnachtskobold verschluckt.«

Er setzte sich eine rote Mütze auf und zog einen weißen Bart aus seiner Jackentasche, den er mit zittrigen Händen befestigte.

Régine brach in Lachen aus. »Das steht dir überhaupt nicht! Du siehst aus wie ein schlechtgelaunter Weihnachtsmann!«

»Wie üblich macht Madame sich lustig. Komm mit, wir machen ein Foto von uns. Wie heißen die Dinger nochmal?«

»Selfie! Was ist bloß mit dir los, dass du plötzlich in so romantischer Stimmung bist?«

Sie setzte ihre Brille auf, entsperrte ihr Telefon und aktivierte die Kamera. Beide setzten sich in Pose.

»Überrascht dich das?«, fragte er. »Komm, wir machen noch eins.«

Diesmal tat er so, als wolle er sie auf die Wange küssen, und sie lächelte. Dann tauschten sie die Rollen, Patrick zog an seinem falschen Bart, damit sie ihre Lippen auf seine Wange drücken konnte. Danach sahen sie sich die Bilder kritisch an.

»Sieht gar nicht so schlecht aus mit den Lichtern und den Leuten um uns herum«, bemerkte sie. »Ich lasse sie einrahmen. Du siehst darauf fast gut aus, ich bin positiv überrascht.«

Patrick nickte und bemerkte dann: »Du wirst noch sehen, es ist keineswegs vorbei mit den Überraschungen. Ich habe noch eine schöne für dich in petto, morgen Mittag.«

Diesmal war sie sogar geneigt, ihm Glauben zu schenken.

20

Der Abend im *Bar'Bar* nahm seinen Lauf. Aus den Lautsprechern drang Partymusik, die Weihnachtsgirlanden blinkten, und es wurde immer schwieriger, durch den Raum zu gelangen. Trotz des Sturms kamen immer mehr Gäste, manche mit gebrochenen Regenschirmen in der Hand. Die alten Freunde klopften Erwan auf die Schulter, grüßten Béa höflich, tauschten Neuigkeiten aus. Lucile hatte keinen Schritt auf Erwan zugetan. Was ihn nicht davon abhielt, sich Sorgen zu machen.

An Béas Gesicht war leicht abzulesen, dass sie inzwischen die Identität von »Jacqueline« herausgefunden haben musste. Erwan bemerkte auch, wie Lucile seine neue Freundin unverblümt und ohne jede Sympathie ansah. Am liebsten wäre er getürmt, stattdessen hielt er sich am Zapfhahn fest, mutig wie eine Muschel an einem Felsen. Das war ganz hilfreich, denn immer kam irgendein Freund vorbei und redete mit ihm, so brauchte er sich nicht unter die Leute zu mischen.

Ewig allerdings konnte es so nicht weitergehen. Irgendwann musste er sich in die Grube der Löwinnen begeben. Béa erweckte den Eindruck, als wolle sie am liebsten die Beine in die Hand nehmen und das Fest verlassen. Er wusste, dass sie dazu durchaus in der Lage war.

So wurde die Weihnachtsfeier der Guellecs zunehmend zu einer Höllenfahrt. Zu bedauern, dass er Béa mit hierhergebracht hatte, würde das Problem nicht lösen. Erwan musste mit beiden reden.

»Du siehst ziemlich mitgenommen aus, mein Sohn«, sagte Régine und stellte sich hinter ihn.

»Wie auch nicht?«, sagte er. »Ich lade meine neue Freundin zu Weihnachten ein, sie muss meine unerträglichen Eltern aushalten und dazu noch die Anwesenheit meiner Ex-Freundin.«

»Darüber haben wir schon gesprochen. Du machst dir zu viele Gedanken, wenn du meine Meinung wissen willst.«

»Ich habe dich nicht danach gefragt, glaube ich.«

Régine machte das nichts aus. Erwan konnte manchmal ganz schön rau sein, das hatte er von seinem Vater geerbt.

»Deine Béatrice ist nur feine Abende in der Hauptstadt gewöhnt. Die Männer von hier in ihren Fischerhemden werden kaum Eindruck auf sie machen.« Tatsächlich würden seine Freunde aus dem Segelclub, salopp gekleidet und mit struppigem Haar, sie nicht vom Hocker reißen. »Du bist etwas besser als sie«, sagte Régine mit mütterlicher Zufriedenheit.

Erwan zuckte die Achseln. So wie die Dinge standen, glaubte er kaum, hier mit seinem Charme etwas retten zu können.

Eine Stunde nach Mitternacht war das Fest immer noch in vollem Gange. An der Bar wurde es ruhiger, die meisten Gäste verausgabten sich jetzt auf der Tanzfläche.

»Na, wie ist dein neues Leben?«, fragte Lucile.

Sie lehnte sich neben Erwan gegen die Wand, so wie früher.

»Métro fahren, Luftverschmutzung, Streiks, Demonstrationen«, antwortete er und reichte ihr ein Bier.

»Theater, Restaurants, Traumjob«, sagte Lucile ironisch, dann dankte sie mit einem Kopfnicken für das Getränk.

»Genauso ist es. Ich habe gehört, du hast gesundheitliche Probleme …«

Er hätte lächeln können, aber er hatte nicht die geringste Lust dazu. Ebenso wenig wie sie.

»Ich habe mir den Ischiasnerv verletzt«, sagte sie. »Sobald ich mich anstrenge, fängt er wieder an, mich zu quälen.«

Die Stimmung zwischen ihnen war frostig. Selbst ihre Freundschaft, die sie für unzerstörbar gehalten hatten, schien wie eingefroren. Ein falsches Wort, und sie könnte zerbrechen.

»Es tut mir leid für dich«, sagte er. »Eigentlich ist es noch zu früh für eine Umschulung.«

»Sie nutzen uns alle aus, und nach kurzer Zeit sind wir nicht mehr brauchbar. Die Lage in den Krankenhäusern ist so schrecklich, dass ich beinahe froh bin, wegzugehen. Covid hat mich echt geschafft.« Da er darauf nicht einging, wechselte sie das Thema: »Ist es was Ernstes mit dieser Frau?«

»Alle fragen mich das«, seufzte Erwan.

»Das kann ich mir vorstellen«, sagte sie lächelnd. »Es ist komisch, dich mit ihr zu sehen. Den ganzen Abend hast du kaum ein Wort mit ihr geredet. Du warst die ganze Zeit am Zapfhahn. So wie immer, wenn du Schwierigkeiten aus dem Weg gehst.«

Er wurde rot bis zu den Ohren. »Ich wollte mit ihr nicht zu sehr als Pärchen auftreten, um dich nicht zu verletzen.«

»Das ist nett, aber ich werde es überleben.«

Dann trat peinliches Schweigen ein. Er konnte sie fast denken hören. Der gute Erwan, immer versucht er, die Wogen zu glätten.

Danach lenkte sie das Gespräch auf ein weniger heikles Thema.

»Ich habe gehört, dass du Vegetarier geworden bist, um deine … ihretwegen.«

»Sie ist Veganerin und isst keine Produkte tierischer Herkunft, in keiner Form.«

Lucile riss die Augen auf. »Was sagt denn dein Vater dazu? Solches modische Gehabe hasst er doch, oder?«

»Das ist kein Gehabe«, sagte er verärgert. »Veganer gibt es schon seit langem. Angesichts des Klimawandels und der berechtigten Sorge um das Tierwohl ist es wirklich an der Zeit, unsere schlechten Gewohnheiten abzulegen.«

Sie sagte nichts dazu und trank ihr Bier. Deutlicher konnte sie ihre Ablehnung nicht zeigen.

»Ich bin weder Veganer noch Vegetarier«, fuhr er fort. »Ich esse nur weniger Fleisch und Fisch, das ist alles. Ich bin … wie nennt man das … Flexitarier. Sieh mich nicht so an, als hätte ich mich von Grund auf verändert, oder noch schlimmer, als hätte sie es getan.«

»Mach, was du willst, das ist nicht mein Problem. Wir wissen doch beide genau, dass du zu stur bist, um solche Zugeständnisse zu machen, nur weil andere das wollen. Du gehst doch nie Kompromisse ein.«

Erwan blickte sie düster an. Lucile zuckte die Achseln und ließ ihn stehen. Er hatte nicht bemerkt, dass Béa auf dem

Rückweg von der Toilette stehen geblieben war und alles mitangehört hatte.

Régine redete weiter mit Patrick und behielt dabei im Blick, was im Raum vor sich ging. Sie hatte mitbekommen, dass Béatrice von Badou weggegangen war. Jetzt stand der arme Junge allein da, um sich herum Gruppen, die laut redeten und die Musik zu übertönen versuchten. Diese Gelegenheit musste sie beim Schopf fassen. Sie schlenderte zu ihm hinüber.

»Na, wie geht es meinem Lieblingsdoktor?«, fragte sie. »Möchte er vielleicht noch ein Glas Champagner?«

»Ich danke Ihnen, aber lieber nicht. Ich habe letzte Nacht nur wenig geschlafen, und mir steigt das Getränk schon zu Kopf.«

»Bitte sag nicht Sie zu mir. Sonst komme ich mir zwanzig Jahre älter vor. Im Grunde hast du recht, ich sollte auch nicht so viel Champagner trinken.«

»Manche Ihrer … ich meine deiner Gäste scheinen bereits ein bisschen zu viel intus zu haben.«

Badou berichtete, dass er heute Abend schon einen Mann am Arm festgehalten und eine Frau, die bedrohlich schwankte, auf eine der Bänke gesetzt hätte. Er müsse zugeben, dass die Umgebung hier ihn langsam nervös mache.

»Ich mache mir immer zu viele Gedanken«, sagte er.

»Mir geht es genauso. Und in diesem Zusammenhang würde ich gern mit dir über Yann reden.«

Badou hob erstaunt die Augenbrauen.

»Wie erlebst du seine Stimmungsschwankungen? Glaubst du, er wird depressiv?«

»Ganz sicher nicht. Er ist ein bisschen seltsam, aber …«

»Weißt du, er hat früher nie eine ernste Beziehung gehabt.«

»Das weiß ich.«

»Ich frage mich, ob das nicht wieder losgeht. Diese Angst, sich festzulegen, ist doch merkwürdig. In seinem Alter sollte er sich an jemanden binden, anstatt umherzuflattern wie ein Schmetterling. Oder?«

Badou legte nachdenklich den Kopf zur Seite. Es sah aus, als mache auch er sich Sorgen um Yann.

»Du bist so süß«, seufzte sie und tätschelte ihm die Wange. »Wie schade, dass du nicht schwul bist. Du wärst der ideale Schwiegersohn gewesen!«

»Wie bitte? … Entschuldigung …«, stotterte Badou und lockerte seinen Hemdkragen, um mehr Luft zu bekommen.

Sein Teint sah wächsern aus, er hielt sich nur schwer auf den Beinen.

Régine wurde es unheimlich.

»Was ist los? Ist dir schlecht? Komm und setz dich. Platz da … Platz da … gehen Sie bitte zur Seite!«

Resolut führte sie ihn zu einem Stuhl, setzte ihn ab und fächelte ihm mit einer Menukarte Luft zu.

»Wie kannst du mir nur solche Angst machen? Soll ich den Rettungsdienst anrufen?«

Badou tupfte sich mit einem Stofftaschentuch die Stirn ab und atmete tief durch. »Nicht nötig …«

»Möchtest du vielleicht ein Mineralwasser? Etwas Süßes? Du bist ja fast ohnmächtig geworden!«

»Geben Sie mir fünf Minuten … ich muss einfach mal durchatmen, das ist alles.«

Régine richtete sich auf, immer noch wachsam. In Badous Gesicht kehrte langsam die Farbe zurück, aber er wirkte angegriffen. Was hatte sie bloß gesagt, dass er in so einen Zustand geraten war?

Sie beschloss, den Rückzug anzutreten. In diesem Augenblick ging einer ihrer Stammgäste schon ziemlich angeheitert auf den Ausgang zu.

»Entschuldige mich einen Moment«, sagte Régine zu Badou, bevor sie den Mann ansprach. »Yvon, bitte … du fährst doch jetzt nicht etwa Auto … nicht in diesem Zustand! Geh zu Fuß, du wohnst doch hier ganz in der Nähe.«

Ohne auf seinen Protest einzugehen, nahm sie ihm die Schlüssel weg und suchte eine gute Seele, die ihn nach Hause begleiten konnte.

In der Küche war Yann mittlerweile mit seiner Arbeit fertig. Er hatte Badou schon früher am Abend durch das Türfenster gesehen. Seither wusste er nicht, ob er sich freuen oder die Flucht ergreifen und über den Hof verschwinden sollte. Er konnte sich ja nicht ewig zwischen den Herden, Öfen und Arbeitsplatten verstecken, zumal seine Eltern und viele Freunde »draußen« auf ihn warteten, um mit ihm zu feiern. Wie oft hatte er von diesem Abend geträumt, von der Rückkehr in die Normalität nach der harten Pandemiezeit! Eigentlich hatte er es jetzt verdient, sich zu amüsieren, stattdessen zermarterte er sich sein Gehirn.

Alles war weggeräumt, die Geschirrspüler arbeiteten und die Arbeit war getan. Er riskierte einen Blick in den Gastraum. Jetzt war endlich Zeit, die lange Nacht zu genießen, die vor ihm lag. Mit lauten Rufen lief er zu seinen Freunden, wie ein Tier, das man aus dem Käfig freigelassen hat. Er goss sich einen Whisky ein, stieß mit anderen an und entdeckte mit einiger Überraschung Lucile, die er in den Arm nahm.

»Keiner hat mir gesagt, dass du auch hier bist!«

»Man fragt sich warum«, sagte sie und warf einen schrägen Blick auf Erwan, der tat, als schaue er anderswohin.

»Das ist sicher alles ein bisschen schwierig für dich.«

»Eigentlich nicht. Irgendwann musste es passieren. Wir können uns ja nicht ein Leben lang aus dem Weg gehen, schließlich haben wir dieselben Freunde. Vielleicht sollte ich mir auch jemanden suchen.«

»Schade, dass der Mann, der am besten aussieht, schwul ist«, sagte Yann lachend, richtete sich gerade auf, zog den Bauch ein und machte Aldo Maccione nach.

Erst da bemerkte er Badou, der ihn wütend ansah. Das würde eine harte Auseinandersetzung geben. Da seine Mutter sich in der Nähe aufhielt, verstand Yann, was los war. Régine hatte sicher eine falsche Bemerkung gemacht, und Badou hatte alles erraten.

»Allzu hässlich bist du nicht«, sagte er und packte Lucile am Arm. »Du solltest dir einen Kerl aussuchen. Oder besser: Ich finde einen für dich.«

»Oh nein!«, rief sie, als sie merkte, dass er es ernst meinte. »Auf keinen Fall! Du bringst mich nur mit dem Erstbesten zusammen, der dir über den Weg läuft. Ich kenne dich!«

»Jetzt spiel nicht die Heilige Jungfrau! Komm, wir gehen draußen eine rauchen.«

»Ich rauche nicht mehr.«

»Und ich sage, du tust es.«

Er schob sie zur Tür. Erwan war immer noch mit Bierzapfen beschäftigt, er sah unglücklich und verkrampft aus und merkte zu spät, dass der Schaum im Glas überlief.

21

Béa saß auf dem Bett, doch sie weinte nicht. Es kamen einfach keine Tränen. Sie ging noch einmal das Gespräch zwischen Erwan und Lucile durch – das, was sie mitbekommen hatte. Also: Er war kein Vegetarier und war es nie gewesen. Für Béa war das der Tropfen, der das Fass zum Überlaufen brachte. Sie konnte noch verstehen, dass er ihr nichts von seiner früheren Verlobung gesagt hatte, vor allem, weil er und Lucile schon lange nicht mehr zusammen waren. Aber dass er über seine Essgewohnheiten gelogen hatte, darüber kam sie nicht hinweg. Ihm war doch klar, wie wichtig ihr das war. Von Anfang an hatte er ihr die Wahrheit verschwiegen.

Wer war dieser Typ eigentlich? Warum hatte er sie so an der Nase herumgeführt? Sie versuchte sich zu erinnern, wie sie auf dieses Thema gekommen waren. Alles hatte auf einer Einladung angefangen. Vor der Corona-Epidemie wäre dieser Abend nichts Besonderes gewesen – der Geburtstag einer Freundin in den dreißigern, mit vielen Freunden, einer lustigen Power-Point-Präsentation, mit Musik, die sie früher schon gern gehört hatten. Wenn sie an diesen Abend dachte, überkamen Béa starke Gefühle. Ihre Freundin Maëlig freute sich, mit ihren Freunden richtig zu feiern und nicht per Zoom. Alle waren froh, ausgelassen und sorglos. Dann geschah das

Wunder: Béa unterhielt sich mit Erwan, einem sehr gut aussehenden Jungen, der sich in der Nähe des Buffets zu langweilen schien. Sie wäre gar nicht auf die Idee gekommen, dass er unverheiratet war. Er hatte ihr von dem Lachs abgeraten, und deshalb hatte sie ihn gefragt, ob er Veganer sei. Er hatte den Kopf geschüttelt, und dann war das Wort »Vegetarier« gefallen. Béa war jahrelang Vegetarierin gewesen, bevor sie zur Veganerin wurde.

Sie ließ sich der Länge nach aufs Bett fallen. Ihr rotes Kleid deckte sie fast zu. Machte ihr Erwan wirklich seit dieser Zeit etwas vor? Wenn sie im Restaurant waren oder Essen bestellten, hatte er nie den Eindruck erweckt, dass ihm Fleisch oder Fisch fehlten.

Und doch aß er beides, sobald sie ihm den Rücken zukehrte? Jetzt kamen ihr doch die Tränen. Er hielt sie offenbar für ein dummes Geschöpf. Glaubte er wirklich, dass sie das nie merken würde?

»Hast du das gehört, Albert?«, sagte sie und schob die Bettdecke beiseite, um festzustellen, ob es ihrem Hummerfreund gut ging. »Erwan veräppelt mich von vorne bis hinten! … Albert?«

Die Kiste mit dem Hummer war verschwunden.

Béa sprang auf, und da stellte sie fest, dass Fenster und Läden geschlossen waren und jemand die Temperatur höhergestellt hatte.

»Zum Teufel nochmal!«, fluchte sie.

Da war jemand in ihrem Zimmer gewesen, hatte es durchsucht und war mit Albert abgehauen! Unglaublich! Die Liste der Verdächtigen war glücklicherweise kurz: Régine, Patrick, Yann und … Erwan. Hoffentlich nicht Erwan, das wäre der

Gipfel des Verrats gewesen, das würde alles andere bei weitem übertreffen.

Ihr wurde schwindelig. Seit Wochen machte ihr Freund ihr etwas vor. Wahrscheinlich hatte er sie auch wegen des Hummers belogen. Wer sonst hatte davon gewusst, dass er in seiner Kiste unter dem Bett war? Und kaum war sie fort, war Albert auch schon verschwunden.

Béa wusste, an wen sie sich jetzt zu wenden hatte, und sie würde ihn nicht mit Samthandschuhen anfassen.

Die Raucher drängten sich auf der Terrasse des *Bar'Bar*, es war eigentlich nur ein Teil des Bürgersteigs, auf dem die Guellecs im Sommer Tische aufstellten. Die Heizstrahler hatten sie reingebracht, weil die Windböen immer stärker wurden. Régine hatte auch die Markisen eingezogen, die vor dem Regen schützten, aber ungern vom Wind geschüttelt wurden. Die Straßengirlanden wehten hin und her und schlugen gegeneinander, genau wie die Wanten im Hafenbecken.

Yann steckte sich eine Zigarette an und zog sich mit Lucile unter den Vorbau am Hauseingang zurück. Die beiden kannten sich gut, sie hätten die besten Freunde der Welt sein können, wenn Erwan das Mädchen – immer wenn sie zu ihnen kam – nicht gleich für sich reklamiert hätte.

»Es freut mich, dich zu sehen … wirklich. Ich dachte schon, du magst meine Küche nicht.«

»Ich habe einfach zu viele Erinnerungen an die Bar. Nicht nur gute …«

Sie nahm einen Zug von seiner Zigarette, wie damals, als sie noch Schüler waren. Yann senkte den Blick.

»Hast du Béatrice gesehen?«

Als Antwort gab sie einen Seufzer von sich.

Yann nickte. »Sie hat sich heute den Zopf angebrannt, als sie an meinen Herd gekocht hat. Ansonsten ist sie wirklich nett.«

Lucile musste lachen. Da lachte er auch.

»Meinem Vater geht sie auf die Nerven.«

»Das geht doch allen so. Das ist kein Argument gegen sie. Und wie geht es dir so? Kommst du klar, seit das Restaurant wieder geöffnet ist?«

»Gute Frage …«

Lucile tat es ehrlich leid. Sie befürchtete, dass die Kasse des Restaurants ziemlich leer war und die Guellecs womöglich Geld bei der Bank leihen mussten.

»Mit den Finanzen läuft es einigermaßen«, erklärte Yann. »Das Problem ist … ich habe einen Freund.«

»Ach, tatsächlich! Das ist ja genial. Kenne ich ihn?«, sagte Lucile erfreut.

»Es ist Badou.«

»Dein Mitbewohner?«

»Pst! Sag das nicht so laut!« Yann blickte sich um, als befürchtete er, dass sein Freund gleich vor die Tür kommen und ihn zur Rede stellen würde. Aber Badou rauchte nicht und hasste diese schlechte Angewohnheit, gegen die Yann beharrlich ankämpfte. »Wir waren nie Mitbewohner«, verriet er Lucile, »aber alle glauben es.«

»Was soll diese feige Tour, Yann? Ihr Guellecs habt echt ein Problem. Ständig verbergt ihr Dinge voreinander.«

»Ich hatte keine Wahl, weil meine Mutter ihre Nase überall reinsteckt. Sie kann einen einfach nicht in Ruhe lassen.«

Doch dann gab Yann zu, dass er sich selbst in dieses Lügengespinst verstrickt hatte, und dass Badou es inzwischen erfahren haben musste, so wütend sehe er aus.

»Das ist wirklich sonderbar«, sagte Lucile. »Du solltest jetzt besser zu ihm gehen und ihn um Verzeihung bitten. Danach geht es euch beiden bestimmt besser.«

Sie hatte natürlich recht. Yann nahm allen Mut zusammen und schlug vor, wieder hineinzugehen. Doch bevor er die Tür öffnete, fragte sie ihn mit ernster, fast zitternder Stimme: »Glaubst du, Erwan ist in Paris wirklich glücklich?«

»Nur weil er mein Bruder ist, weiß ich noch lange nicht, was ihm durch den Kopf geht.«

Kaum war er wieder hereingekommen, stürzte sich Béa auf ihn, packte ihn am Arm und zog ihn weg von Lucile.

»Die braucht sie offenbar alle«, murmelte Erwans Ex verärgert.

»Was ist denn los?«, fragte Yann erstaunt, als Béa ihn durch das *Bar'Bar* schleuste. Jetzt, um zwei Uhr, war ein größerer Teil der Gäste bereits gegangen. Badou jedoch stand da, wütend die Arme vor der Brust gekreuzt. Hilflos wagte Yann eine entschuldigende Handbewegung, die Badou ungerührt zur Kenntnis nahm.

»Was soll schon los sein?«, schimpfte Béa. »Ich weiß alles!«

»Was redest du da? Hast du zu viel getrunken?«

Was für eine Erkenntnis! Natürlich hatte sie viel getrunken, sie war schließlich auf einer Weihnachtsparty.

»Ich weiß, was morgen Mittag passieren wird. Ich weiß, dass Albert hier irgendwo ist, er lebt noch, und dann killst du ihn und servierst ihn deinen Eltern.«

»Wer ist denn Albert? Von wem redest du? Du bist ja wirklich nicht mehr bei Sinnen.«

»Albert, der Hummer … natürlich! Er ist unheimlich groß, blau und hat riesige Scheren.«

Sie imitierte das Tier. Yann lehnte sich an die Theke und bat den Kellner um ein Bier. Erwan war verschwunden, und jetzt hatte er seine betrunkene Freundin am Hals. Er setzte sich auf einen Barhocker und lud auch sie zum Sitzen ein.

»Du regst dich grundlos auf. Albert ist verschwunden.«

Béa unterdrückte einen Schluchzer und rechnete mit dem Schlimmsten. »Ist er tot? Hast du ihn schon in deinen Topf geworfen?«

»Jemand hat ihn gestohlen. Er ist nicht mehr da, also können wir ihm auch nicht mehr wehtun.«

Er würde ihn nicht in kochendes Wasser werfen, der Dieb aber ganz bestimmt. Béa war sicher zu betrunken, um das zu verstehen.

»Wer hat ihn ge … stohlen?«, fragte sie mühsam.

»Heute gegen Mittag war er noch im Hof und …«

»Ach so, nein, das war ich. Ich meine … vorhin, als ich unter der Dusche war … oder etwas später. Ich hatte ihn im Zimmer gelassen, unter dem Bett. Und als ich hochkam, da war er weg!«

»*Du* hast den Hummer geklaut?«, fragte Yann verblüfft.

»Daraus muss man jetzt keine große Geschichte machen«, sagte sie betont langsam. Ihr Ellbogen rutschte von der Theke, und beinahe wäre sie vom Hocker gefallen. »Jemand anderer hat sich Albert geholt … und sicher nicht zu seinem Vergnügen.«

Yann nickte. Es war bestimmt sein Vater gewesen. Er hatte ihn fast den ganzen Abend nicht gesehen. Allerdings würde er sich deshalb nicht beklagen … Das war ja ein Ding!

Béa seufzte. »Ich brauch was zu trinken.«

»Wirklich? Ich glaube, du hast genug gehabt.«

Sie bat um ein Bier, und so hatte Yann einen Moment Zeit, seine Gedanken zu ordnen.

»Zum Wohl«, sagte er und hob sein Glas.

»Zum Wohl«, wiederholte Béa mit glasigen Augen. »Also was hast du vor? Kochst du das arme Tier, wenn es dir jemand bringt?«

Yann räusperte sich. Besser er erzählte ihr nicht, dass das Tier aus einem Aquarium kam, wo es jahrelang vor sich hinvegetiert hatte.

Béa setzte zu einer Tirade an. »Wusstest du, dass das Gehirn eines Hummers aussieht wie ein Rosenkranz aus zwölf Nervenknoten, die miteinander verbunden sind und sich in den ganzen Körper erstrecken? Dass dieses Tier hochempfindlich ist und den Schmerz so lange spürt, bis alle Nervenknoten zerstört sind? Dass er, wenn man ihn in kochendes Wasser wirft, vierzig Sekunden braucht, bis er stirbt, und das unter grausamen Qualen? Es gibt sogar welche, die gegen den Kochtopf schlagen, um herauszukommen.«

Sie fröstelte, und ihr war übel. Yann sah ein, dass er wohl etwas Stärkeres brauchte als ein Bier.

»Ich schwöre dir, dass ich gar nicht wild darauf bin, deinen Kumpel zu kochen. Aber was soll ich dem Alten sagen? Du kannst dir vorstellen, nach dieser Sache werden sie dich nicht mehr besonders gernhaben.«

Sie zuckte die Achseln. Die Eltern mochten sie doch sowieso nicht. Dann kam ihr trotz ihres vom Alkohol vernebelten Hirns eine Idee.

»Sag ihnen doch, er sei tot! Er hat in dieser Kiste nicht überlebt, ist ausgetrocknet. Man kann ihn nicht mehr essen.«

Yann schien dazu wenig entschlossen. Wenn sein Vater mit dem Hummer angewackelt kam, würde er ihn nicht mehr aus den Augen lassen, bis er auf seinem Teller war. Aber Béa war so angespannt, dass sie Yann nicht in Ruhe lassen würde, wenn er ihr nicht entgegenkam.

»Ich schaue mal, was ich machen kann. Aber ich verspreche dir nicht, dass dein Plan funktioniert.«

Gerührt und dankbar kniff sie ihn in den Unterarm.

22

Während Béa hinter Albert her war, überwachte Erwan seinen Vater. Patrick war in der Küche verschwunden, und als er wieder herauskam, sah er aus wie jemand, der etwas angestellt hat. Er vergewisserte sich, dass sich niemand in der Nähe befand, und als er den Blick seines Sohnes auffing, beschloss er, den Gastraum des *Bar'Bar* durch den Lieferanteneingang zu verlassen.

Erwan machte sich auf, ihm nach oben zu folgen. Niemand da. Leere. Alle Lichter waren gelöscht, man hörte nur gedämpft die Musik von unten.

Dann ging er in sein Zimmer ... Verflucht! Albert war verschwunden! Er hatte richtig kombiniert – sein Vater hatte ihm eins ausgewischt.

Erwan wusch sich das Gesicht mit kaltem Wasser ab und schloss sich dann in der Toilette ein. Er musste nachdenken, einen Plan entwickeln.

Entweder er ging zu seinem Vater und verlangte, dass der Hummer verschont wurde, oder er tauschte dessen Leben gegen ein Weihnachtsgeschenk. Leider keine so gute Idee, denn er schenkte ihm nur einmal im Jahr eine Flasche. Vielleicht gegen Geld? Nein, wenn er ihm das anböte, würde Patrick laut brüllen wie ein Seeadler.

Erwan rieb sich müde die Stirn. Er hätte nie wieder einen Fuß nach Lorient setzen dürfen.

Durchatmen, Erwan … durchatmen!

Während er noch überlegte, fielen ihm die Augen zu, und er schlief auf der Toilette ein.

Patrick wusste genau, was er wollte. Sein Instinkt sagte ihm, dass er vorsichtig sein musste. Er hatte bemerkt, dass sein Sohn ihn beobachtete und ihm sogar nach oben gefolgt war – unglaublich! Sicher würde er versuchen, das Tier wieder an sich zu bringen. Selbst für einen schlechten Witz war das zu viel.

Vielleicht will er ihn verkaufen.

Dieser Gedanke ging ihm durch den Kopf, als er mit der schweren Kiste auf dem Arm durch den Hinterhof schlich und ihm der Wind heftig ins Gesicht blies. Die Küche war ihm als Aufenthaltsort für sein Krustentier nicht mehr sicher genug.

»Keine Sorge, mein Alter«, sagte zu dem Hummer, »wir haben es gleich geschafft.«

Er hob die Plane über dem gestapelten Brennholz hoch und stellte die Kiste dort ab. Dann holte er tief Luft. Heute Nacht sollte es ja Sturm geben. Er ergriff die Axt, die jemand am Boden liegen gelassen hatte. Nachdem er sich vergewissert hatte, dass die Kiste sicher stand, hieb er die Axt in den Hackblock. Dann deckte er vorsichtig Holz und Kiste mit der Plane zu.

Zurück in der Bar, lief er prompt seiner Frau in die Arme.

»Darf man erfahren, was du dort draußen anstellst?«

»Gar nichts.« Es klang nicht überzeugend.

»Wenn du glaubst, dass du so leicht aus der Sache rauskommst, bist du besoffener, als du denkst!«

»Es ist nicht, was du denkst«, entgegnete er lahm und ließ sich auf seinem Barhocker nieder. Hier würde er sich für den Rest des Abends nicht mehr von der Stelle rühren.

»Also, was ist los?«, setzte Régine ungeduldig nach. »Ich habe dich beobachtet, seit einer Stunde. Wohin warst du verschwunden? Und wo ist Erwan überhaupt?«

Patrick kicherte. »Er wollte mir folgen, aber ich habe ihn abgehängt. Ich habe mich sogar oben im Schrank versteckt, damit er meine Spur verliert.«

»Das hat er wohl, aber jetzt ist er auch weg. Er ist nicht zurückgekommen. Wo um Himmel willen steckt er?«

»Woher soll ich das wissen? Ich habe mich doch vor ihm versteckt!«

Sie drohte ihm mit dem Zeigefinger: »Jetzt sag's schon, sonst gibt's Ärger. Unser Sohn müsste sich jetzt eigentlich gerade wieder mit seiner Jugendfreundin versöhnen.«

»Mit seiner Ex«, erwiderte Patrick. »Nenn es, wie du willst, aber sie ist schon lange nicht mehr seine Freundin. Nur du willst unbedingt, dass sie wieder zusammenkommen.«

Régine zuckte die Achseln. »Du musst mich nicht für dumm halten und immer gleich das Thema wechseln. Das funktioniert bei mir nicht.«

»Du machst es einem wirklich nicht leicht, ja, unmöglich, dich mit etwas Schönem zu überraschen.«

»Wie bitte? Ich hatte bei deiner Heimlichtuerei eher die Befürchtung, du hättest einen der Gäste umgebracht und versucht, die Leiche zu verstecken.«

»Also wirklich, ich würde nicht mal einer Fliege etwas zuleide tun.«

Patrick wollte das Thema wechseln, rutschte auf seinem Hocker hin und her und bemerkte plötzlich, dass seiner Frau Tränen in die Augen stiegen. Und dies war der Augenblick, um ihr reinen Wein einzuschenken.

»Régine … ich habe einen wunderschönen Hummer gefunden, ein wahres Prachtstück, den ich dir morgen schenken wollte … zu Weihnachten. Daraus muss man nicht gleich so eine Geschichte machen.«

»Nein, natürlich nicht«, sagte sie, ausnahmsweise positiv überrascht. Sie wischte sich über die Augen. »Aber was soll dann der ganze Zirkus?«

Sie goss beiden einen Whisky ein. Schließlich war Weihnachten. Patrick nahm das Glas mit Freuden, er war erleichtert, endlich alles loszuwerden: »Seit ich ihn hergebracht habe, amüsiert sich unser Söhnchen damit, ihn zu verstecken. Zuerst hat er ihn in der Garage in eine andere Ecke geräumt, und heute Mittag hat er ihn in sein Zimmer gebracht. Vorhin bin ich – weil oben im Flur Zugluft war – in sein Zimmer gegangen und habe dort das Fenster geschlossen. Und was finde ich da? *Das Tier!* Kannst du dir das vorstellen? Den ganzen Abend hat er mich beobachtet. Er hatte offenbar vor, mir den Hummer wieder abzunehmen. Das macht ihm anscheinend Spaß!«

»Erwan hat dir deinen Hummer geklaut?«, fragte Régine zuerst skeptisch, dann wurde ihr alles klar. »Aber natürlich! Das ist sehr ritterlich von ihm.«

»Es ist einfach blöd!«

»Darum geht es nicht. Es war wegen Béatrice. Sie wäre untröstlich, wenn ganz in ihrer Nähe ein Lebewesen getötet würde.«

»Er ist aber nicht tot, er lebt noch. So ein Tier muss doch ganz frisch sein!«

Régine massierte sich die Stirn. Stellte er sich mit Absicht so dumm an? »Die Kleine ist doch Veganerin!«

Patrick verstand es immer noch nicht. Régine holte tief Luft und sagte dann, wobei sie jedes Wort betonte: »Was meinst du, wie sie reagiert, wenn sie erfährt, dass wir fürs Mittagessen einen Hummer töten wollen – und das fast vor ihren Augen?«

»Keine Ahnung. Du redest in Rätseln. Meeresfrüchte sind doch kein Fleisch, soweit ich weiß.«

»Du bist wirklich strohdumm. Sie ist prinzipiell dagegen, dass Tiere leiden und von uns gegessen werden – und das nennt man vegan. Man darf ein Krustentier nicht lebendig in kochendes Wasser werfen.«

Régine trank ihren Whisky in einem Zug aus und knallte das leere Glas auf die Theke. Patrick wollte das Gleiche tun, aber er hielt inne, denn er hatte es kapiert.

»Oh, verdammt!« Dann trank auch er sein Glas leer. »Na toll, jetzt stehe ich wieder als Monster da. Dabei dachte ich, heute schießt *du* den Vogel ab.«

»Wieso denn? Was habe ich getan?«

»Du hast deinen Sohn in die Arme seiner Ex getrieben.«

»Jetzt hör endlich davon auf.«

»Die arme Béatrice. Wir haben ihr ein super Weihnachten geboten. Wir sind wahre Menschenfreunde.«

»Mal ganz ruhig, mein Lieber. Ich glaube nie und nimmer, dass dir das leidtut. Du würdest doch nie auf dein Essen verzichten, um das Seelchen der Kleinen zu schonen.«

»Jetzt mach mal halblang. Dass ich Fleisch esse, heißt noch lange nicht, dass ich kein Herz habe.«

Seit Beginn des Abends war Yann einer Begegnung mit Badou aus dem Weg gegangen. Er kriegte es einfach nicht hin. Immer kam jemand vorbei, redete mit ihm und bot ihm einen Vorwand, um sich dem Gespräch zu entziehen, das ihm bevorstand und unvermeidlich war. Als er aber sah, dass Badou seinen Mantel nahm und auf die Tür zuging, lief er ihm hinterher und hielt ihn am Arm zurück.

»Wohin gehst du?«

»Was meinst du wohl?«, antwortete Badou barsch. »Ich bin müde und fahre nach Hause.«

Badou ging hinaus, sein Freund lief hinter ihm her. Draußen stürmte es heftig, und seine wollene Jacke schützte ihn kaum. Yann folgte ihm frierend, nur mit Hemd und Hose bekleidet.

»Geh wieder rein, du erkältest dich sonst noch!«, sagte Badou.

»Nein, ich begleite dich. Wir können uns doch am Heiligabend nicht verzanken!«

»Allen Leuten hast du erzählt, dass ich dein Mitbewohner bin. Es ist vorbei, Yann, da ist nichts mehr zu machen. Ich bin wirklich wütend. Seit Monaten sind wir zusammen, und du hast es vor deiner Familie verheimlicht.«

»Ich weiß, ich bin ein Idiot! Aber es liegt auch ein bisschen an meinen Eltern. Bitte dreh dich um und sieh mich an! Weißt du, was meine Mutter heute Abend gemacht hat? Sie hat Erwans Ex eingeladen, um ihn und Béatrice auseinanderzubringen. Stell dir das vor! Sie verbringt ihre Zeit damit, sich in Dinge einzumischen, die sie nichts angehen. Sobald sie von uns erfährt, haben wir keine Ruhe mehr vor ihr.«

»Wie lange willst du ihr die Wahrheit über uns noch verheimlichen? Ein ganzes Leben lang? Tut mir leid, Yann, aber das mache ich nicht mit. Ich habe keine Lust, Verstecken zu spielen, als wäre ich deine heimliche Geliebte, von der niemand wissen darf.«

Verzweifelt suchte Yann nach Worten, um seinen Fehler wiedergutzumachen, aber er fand sie nicht. Badou war es leid, wandte sich um und stapfte los.

»Warte!« Yann holte ihn ein. »Ich habe mich wie ein Idiot benommen, es tut mir sehr leid. Ich liebe dich und habe Angst, dich zu verlieren!«

Badou ging weiter durch den Wind, ohne ihm einen Blick zu gönnen. Yann ergriff Panik. Er hatte sich offenbart, er hatte sich entschuldigt, was konnte er mehr tun? Und Badou fiel nichts anderes ein, als sich von ihm abzuwenden.

»Das reicht nicht, Yann, da erwarte ich mehr.«

»Na gut«, sagte Yann und stellte sich ihm in den Weg. »Wir gehen zurück ins *Bar'Bar*, dort feiern wir weiter und zeigen allen, was Sache ist. Morgen sage ich es meinen Eltern und räume damit jedes weitere Missverständnis aus.«

Badou blieb stehen und blickte Yann skeptisch an.

»Wirklich?«

»Ja, wirklich. Ich bin ein Dummkopf, aber nicht so bescheuert, dass ich dich ziehen lasse.«

Sie umarmten und küssten sich, während der Sturm sie umtoste. Dann gingen sie beide wieder ins *Bar'Bar* zurück. Arm in Arm.

23

Um halb drei Uhr am Morgen tanzten immer noch Leute im *Bar'Bar,* zumeist die früheren Schulfreunde von Erwan. Béa tanzte allein und wie wild und gab sich ganz dem Rhythmus der Musik hin, um an nichts anderes mehr zu denken. Erwan war vom Radar verschwunden, und sie versuchte nicht, ihn zu finden. Er hatte sie angelogen, und jetzt ließ er sie als Fremde allein tanzen, inmitten einer Schar Leute, die sich untereinander bestens kannten. Sie waren zwar nett zu ihr, aber sie spürte genau, dass es kaum mehr als Höflichkeit war.

»Wo arbeitest du?« – »Ach so, du versuchst, etwas für den Planeten zu tun. Weißt du eigentlich, wo Erwan ist?«

Sie tanzte, um sich nicht immer wieder diesen öden Dialogen auszusetzen.

Sie hatte keine Ahnung, wo Erwan war, sie sollten sie damit bloß in Ruhe lassen! Im Grunde war es ihr schon ziemlich egal, was er machte. Ihre Füße, die ihr inzwischen ganz schön weh taten, waren ihr im Moment wichtiger. Wie viele Stunden trug sie schon diese hohen Absätze?

Irgendwann ließ sie sich auf eine Bank fallen, mit einem Krug Wasser und einem Glas.

»Immer noch nichts von Erwan gehört?«, fragte Badou, nachdem er und Yann sich zu ihr gesetzt hatten.

Béa zuckte die Schultern und schüttelte den Kopf, schenkte ihnen aber ein Lächeln.

Badou hielt die Hand von Yann, der einen Seufzer von sich gab.

»Ich fange an, mir Sorgen zu machen. Er ist nicht in seinem Zimmer, ich habe extra nachgeschaut«, sagte Yann.

»Das ist gar nicht seine Art … nicht richtig mitzufeiern, meine ich«, fügte Lucile hinzu, die sich mit einem Glas Champagner zu ihnen gesellt hatte.

Natürlich, jetzt will sie mir deutlich machen, dass sie ihn besser kennt als alle anderen, dachte Béa und bedauerte es, hier zu sitzen.

Lucile lächelte das vor ihr sitzende Paar an. »Ich freue mich sehr für euch beide, ihr seid wirklich süß.«

Die beiden wurden verlegen. Von der Theke aus winkte Régine ihnen zu. Sie schien sehr zufrieden und musste sich offenbar sehr zurückhalten, um nicht zu ihnen zu kommen und tausend Fragen zu stellen.

»Es tut mir leid, aber ich muss jetzt nach Hause«, sagte Badou. »Ich hatte gestern Nachtdienst und bin völlig fertig. Ich kann kaum noch die Augen offen halten.«

Schon seit ein paar Minuten hatte er fast ununterbrochen gegähnt. Er stand auf und Yann ebenfalls.

»Gehen wir zusammen nach Hause. Ihr beiden … wir sagen euch Adieu. Kein Streit … bitte geht euch nicht an die Gurgel, klar?«

Lucile brach in Lachen aus, und Béa ebenfalls.

Plötzlich war die Tanzfläche leer. Es gab keine Möglichkeit mehr, um einem Gespräch auszuweichen und zu sagen, dass sie tanzen wollten. Aus den Lautsprechern drangen inzwischen die *Dire Straits*.

»Möchtest du Champagner?«, fragte Lucile. »So wie die Dinge stehen, brauchen wir einen.«

»Einverstanden … woher hast du die Flasche?«

»Die ist mein Geschenk. Ich bekomme sie jedes Jahr zu Weihnachten von Régine und teile sie mit wem ich Lust habe.«

»Super.«

Sie stießen an. Sie waren beide gleichermaßen beschwipst.

»Was für ein verkorkster Abend«, begann Lucile.

»Ich wollte genau das Gleiche sagen. Aber ich habe außerdem noch einen schlimmen Tag hinter mir.«

»Wirklich?«

Béa nickte. »Ich habe einen Freund verloren. Albert.«

»Oh, das tut mir leid.«

»Keine Sorge, ich werde ihn schon wiederfinden. Alles wird gut gehen.«

Lucile sah sie erstaunt an.

»Es ist zu schwer zu erklären«, sagte Béa, »aber ich bin wild entschlossen, ihn wiederzukriegen.«

»Ich wäre besser zu Hause geblieben. Ich sollte mich nicht mit der neuen Freundin meines Ex abgeben …«

Béa reagierte gelassen. »Ich wäre – ehrlich gesagt – an deiner Stelle auch gekommen. Es sind doch alle eure Freunde da. Und du hast ein sehr schönes Kleid an.«

»Deins ist aber auch sehr schön, ich war ganz neidisch, als ich dich sah.«

Sie schenkten sich anerkennende Blicke.

»Weißt du«, fuhr Lucile fort, »ich hatte ja gehofft, ich würde hier jemand kennenlernen … um zu zeigen, dass ich es schaffen werde.«

»So was funktioniert nicht. Ich habe versucht, es Jean-Eudes zu beweisen, als wir uns auf seiner Geburtstagsfeier wiedersahen. Es war ihm völlig egal. Er hatte ein neues Kapitel aufgeschlagen und hatte nur noch Augen für seine Koreanerin.«

»Was für ein Blödmann.«

Béa kratzte mit dem Fingernagel einen Rest Klebstoff von der Tischplatte ab.

»Mit etwas Abstand kann ich sagen, dass ich so etwas wie einen Sieg brauchte, weil ich mich als Verliererin fühlte, denn er hatte mich verlassen und nicht ich ihn.«

»Logisch. Wenn ein Typ weggeht, glaubst du, dass du seiner nicht wert gewesen bist.«

Sie waren sich einig, dass allzu großer Stolz nichts nützte. Wenn eine Beziehung nicht gut lief, sei es besser sich zu trennen, als zu zweit unglücklich zu sein.

»Warum ist Jean-Eudes weggegangen? Weißt du etwas darüber?«, fragte Lucile.

»Um mit dem Fahrrad um die Welt zu reisen. Wir besaßen keinen Cent, und er wollte alles aufgeben. Ich hatte meinen ersten unbefristeten Arbeitsvertrag, endlich stand mir das Wasser nicht mehr bis zum Hals. Er wollte unterwegs mit Gelegenheitsarbeiten Geld verdienen. Oder notfalls sogar betteln … stell dir das mal vor! Mir gefiel das gar nicht.«

Lucile riss erschrocken die Augen auf. »Da finanzieren Leute ihre Ferien mit Betteln? Das ist aber sehr unanständig.«

»Unterwegs hat er dann die Koreanerin aufgegabelt, die auf einem ähnlichen Trip war wie er …«

»Das ist hart. Um Erwan zu behalten, hätte ich nach Paris ziehen müssen«, sagte Lucile leise. »Ich fühle mich ja schon im Bus in Lorient unwohl, aber jeden Tag Métro fahren – unvorstellbar!«

»Ich will auch nicht mein Leben lang dortbleiben. Die Stadt ist zu anstrengend.«

Sie schwiegen eine Weile, in Gedanken versunken, und tranken ihren Champagner. Wäre Lucile nach Paris mitgekommen, hätte Béa die letzten Wochen nicht erlebt. Als ihr das so aufging, wurde ihr warm ums Herz. Erwan hatte sie belogen, und doch liebte sie ihn weiterhin, das wurde ihr nun klar.

»Du bist eine super Frau«, sagte Lucile. »Es freut mich wirklich, dich jetzt zu kennen.«

»Rede keinen Unsinn. Es wäre einfacher, wenn wir beide scheußliche Weiber wären, die sich von Herzen hassen.«

»Wenn es dir lieber ist, dann hasse ich dich eben.«

»Na gut, aber erst, wenn wir die Flasche geleert haben.«

Beide brachen in herzliches Lachen aus.

Als Erwan um Viertel nach vier aufwachte und nach unten in die Bar kam, fegte Régine gerade den Gastraum. Sie sah erschöpft aus und hatte tiefe Ringe unter den Augen. Die Musik lief noch, doch die Tanzfläche war leer. In einer Ecke saßen Béa und Lucile, schlugen sich auf die Schenkel und bogen sich vor Lachen.

»Gut, dass ich aufgewacht bin«, sagte er zähneknirschend.

Offenbar hatte er niemandem gefehlt.

»Du kommst gerade richtig«, rief seine Mutter ihm zu. »Ich habe alle rausgeworfen, aber diese beiden wollen nicht auf mich hören.«

»Komm, Régine, trink ein Gläschen mit uns!«, rief Lucile.

»Ich hab euch doch gesagt, dass ihr genug gekriegt habt! Trinkt weiter euren Pastis und lasst mich in Frieden!«

»Was … Pastis?«, fragte Erwan besorgt.

Régine flüsterte ihm zu: »Ich habe ihnen eine Flasche Mandelsirup gegeben. Sie sind schon so dicht, dass sie nichts merken. Jetzt bring sie ins Bett, und dann reden wir nicht mehr drüber.«

»Ins Bett?«

»Nicht in deins, du Dummkopf. Lucile aufs Sofa im Wohnzimmer und Béatrice in dein Zimmer.«

»Oh nein!«, rief Lucile. »Hier schlafe ich nicht, auf keinen Fall! Auch ich hab meinen Stolz, Madame!«

Béa sagte mit schwerer Zunge: »Lass dich nicht ärgern! Du bist meine Freundin!«

»Klar bin ich das, ich mag dich schon viel zu gern!«

Sie waren wie zwei achtjährige Mädchen. Es fehlte nur noch, dass sie sich Herzchen auf die Hand malten und dann Arm in Arm loszogen.

»Also, ihr beiden«, sagte Erwan, der diplomatisch sein wollte, »es ist alles ganz einfach. Ihr geht jetzt schlafen, und morgen gehen alle wieder nach Hause.«

Lucile stand schwankend auf. »Nein! Ich habe gesagt, ich gehe *jetzt* nach Hause!«

»Verdammt, Lucile, du bist betrunken, draußen stürmt es wie verrückt, deshalb schläfst du hier, und damit hat sich's.«

Wütend lehnte sie sich an die Wand. »Wir sind nicht mehr zusammen, und du hast mir nichts zu befehlen. Hast du gehört? Ich mache, was ich will!«

Sie wankte bis zum Kleiderständer. Erwan, der sie gut kannte, wusste, dass sie nicht bleiben würde. Er könnte noch so auf sie einreden, sie war störrisch wie ein Esel.

Hilfesuchend blickte er seine Mutter an.

»Kommt gar nicht in Frage«, sagte diese. »Ich kehre hier noch, und dann geh ich ins Bett. Du bringst sie nach Hause, mein Lieber, und zwar zu Fuß.«

Erwan kniff sich in die Wange, um festzustellen, ob er träumte.

»Du hast keine Wahl ... hicks«, kam es von Béa.

»Ich beeile mich«, sagte er und küsste sie auf die Stirn. »Geh schon schlafen, in einer halben Stunde bin ich zurück.«

Béa nickte.

»Also tschüs ... ihr alle«, sagte Lucile und öffnete die Tür.

»Nun warte doch!«

Eilig nahm Erwan seine Daunenjacke vom Kleiderhaken, um dann seine Ex draußen einzuholen.

Während Régine zu Ende fegte, hatte sie ein zufriedenes Lächeln auf den Lippen. Sie hatte zuerst geglaubt, Erwan würde es schaffen, Lucile aus dem Weg zu gehen, aber jetzt würden sie miteinander reden. Béa hatte den Arm auf den Tisch gelegt und den Kopf darauf. Sie tat Régine ein bisschen leid, und so klopfte sie ihr auf die Schulter.

»Du musst schlafen gehen, Béatrice. Es ist Zeit.«

»Nein, ich warte auf Erwan.«

Régine ließ sie in Ruhe. Sie hatte keine Kraft mehr. Aus lauter Güte legte sie Béa noch eine Decke über die Schultern.

Da bemerkte sie, dass auch Patrick unten in einer dunklen Ecke schlief.

»Wird er mir vielleicht ein bisschen helfen? Weit gefehlt! Ein Drückeberger ersten Ranges … Patrick!«

Sie schüttelte ihn wie einen Pflaumenbaum.

»Was ist los? Ist heute Zahltag? Komme ich zu spät?«

»Nein, du bist ein alter Säufer. Geh ins Bett … ich komme gleich nach.«

»Okay … okay.«

Er stand auf, doch Régine hielt ihn am Arm fest. »Was ist mit dem Hummer? Was hast du mit ihm gemacht?«

»Er ist im Kühlen, im Holzschuppen.«

»Sehr gut. Dann sehen wir morgen weiter … na, später, meine ich.«

24

Trotz der Sturmböen kam Lucile gut vorwärts. Sie hatte den Kragen hochgeschlagen und nur die Nase und ihr wehendes blondes Haar waren zu sehen. Sehr redselig schien sie nicht zu sein, und das kam Erwan entgegen.

»Du musstest nicht mitkommen … Ich bin ein grooßes Mädchen.«

»Ist doch nicht das erste Mal, dass ich dich nach Hause bringe«, sagte er spöttisch.

»Du bist so ein Macho! Du bist nur mitgekommen, weil ich ein bisschen zu viel getrunken habe. Aber das hast du auch … wer bringt denn nachher dich nach Hause?«

»Mama hat mir befohlen, dich zu begleiten. Und ich gehorche.«

Offenbar hatte sie etwas im Sinn, denn sie sagte: »Ausreden, darin bist du groß.«

In diesem Moment raste ein Auto durch ihre Straße und bremste direkt vor Lucile, als diese gerade die Straßenseite wechseln wollte.

Es war ein alter verbeulter Mercedes, dessen Scheibenwischer mit Klebeband befestigt waren. Der Typ, der drinnen saß, wollte die Scheibe herunterdrehen. Da es ihm nicht gelang, öffnete er die Tür.

»Frohe Weihnachten«, sagte er mit stark osteuropäischem Akzent. »Soll ich Sie nach Hause fahren? Fünf Euro pro Fahrt!«

Der Fahrer roch stark nach Wodka, hatte nur ein Bein und bediente das Gaspedal mit einem Besenstiel.

Lucile drängte sich an Erwan und der sagte: »Das ist nett, vielen Dank, aber wir sind gleich da. Vielleicht ein anderes Mal.«

»Alles okay, gute Nacht, ihr beiden Täubchen.«

Mit quietschenden Reifen fuhr er wieder los, sein Auspuff blies so dicken schwarzen Rauch aus, dass die beiden husten mussten.

»Okay, das war crazy, auch für hiesige Verhältnisse«, sagte Erwan lachend. »Wenn ich das Béa erzähle …«

»Los, wir gehen jetzt«, brummte Lucile. »Ich will hier nicht die ganze Nacht verbringen.« Sie bog nach links ab.

»Das ist die falsche Richtung!«, rief Erwan.

»Na und? Wenn ich einen Umweg machen will … darf ich das etwa nicht?«

»Ich möchte ins Bett!«

»Ich halte dich nicht davon ab.«

Sie lachte hämisch und rannte los, zufrieden über ihren kleinen Scherz.

»Was ist los mit dir?«, schrie Erwan, während er hinter ihr herlief. »Komm zurück, das ist der falsche Weg!«

Sie rannten, bis sie den Platz vor der Kirche erreichten. Alles war geschlossen, die Mülleimer klapperten, der Wind trieb Papierfetzen durch die Luft. Es war fast wie früher, als sie jünger gewesen waren, dumme Witze rissen und lauter Unsinn trieben. Wie die Kinder.

Doch sie beide waren nicht mehr zwanzig. Sie lächelten sich an, Erwan nahm Lucile in den Arm. Sie umarmten sich fest, und es war wohl so, dass sie es jetzt beide brauchten.

Béa wachte im Halbdunkel der Bar auf. In einer Ecke blinkte noch eine Weihnachtsgirlande, irgendetwas tickte leise, doch ansonsten herrschte Stille. Sie brauchte eine Weile, um herauszufinden, wo sie war. Ihr Kopf war noch ganz benebelt. Im *Bar'Bar*, das sonst voller Musik, Menschen und gefüllter Gläser war, herrschte tiefe Nachtruhe.

Jemand hatte ihr eine alte Decke über die Schulter gelegt, die nach kaltem Tabak und Cognac roch, aber Béa fröstelte und wickelte sich darin ein. Sie war mehr mit Alkohol durchtränkt als dieses Stück Stoff. Sobald sie die Augen schloss, drehte sich alles. Sie öffnete sie wieder, starrte auf die Wand gegenüber, genauer gesagt, auf das Sprossenfenster und die altmodischen Plakate an der Wand. Das Drehgefühl verschwand glücklicherweise, aber ihr Magen rebellierte etwas und eine Migräne kündigte sich an … Doch alles in allem ging es ihr noch ganz passabel.

Sie suchte in ihrem Täschchen nach dem Telefon.

Viertel nach sechs.

Eine Stunde später wurde sie wieder wach.

Viertel nach sieben.

Dann stand sie auf, um eine Schmerztablette zu nehmen und ein Glas Wasser zu trinken. Wie schön, sich gleich wieder unter die warme Bettdecke zu kuscheln. Dann reihte sich ein Gedanke an den nächsten: Bett, Decke, Kuscheln, Erwan – und dann erinnerte sie sich wieder. Er war losgegangen, um

Lucile nach Hause zu bringen, denn sie hatte sich kaum noch auf den Beinen halten können. Béa musste lachen, als sie an die dummen Witze dachte, die sie sich erzählt hatten. Dann sah sie auf die Uhr und sagte sich, Erwan würde sicher gleich zurückkommen.

Halb acht.

Er hätte schon längst zurück sein müssen. Seit einer Ewigkeit war er nun schon verschwunden. Er musste bei Lucile sein.

Taumelnd ging Béa ins Schlafzimmer, setzte sich aufs Bett und fühlte sich so elend wie nie zuvor. Ihr Freund war mit seiner Ex verschwunden, der ersten Frau seines Lebens, die er seit dem Kindergarten kannte, sympathisch, intelligent, schön wie eine Blume. Und Béa war unfähig gewesen, sie zu hassen.

»Warum habe ich mich bloß mit ihr betrunken?«

So hatte sie sich selbst in diese grässliche Lage gebracht. Das ganze Wochenende war ein schrecklicher Irrtum. Sie dachte noch einmal über alles nach: die Ereignisse, die Gespräche, alles Unausgesprochene, die Lügen. Alles vermischte sich miteinander.

Sie schaute unters Bett.

Albert war auch nicht wiedergekommen.

Tränen stiegen in ihr hoch. Dies war das schlimmste Weihnachten ihres Lebens. In der Nachttischschublade fand sie Taschentücher, sie musste sich gegen die Wand lehnen, weil ihr schwindelig war … schwindelig vor Kummer.

Sie würde ihnen nichts erklären … einfach verschwinden. Die Entscheidung verlieh ihr ungeahnte Kräfte. Sie stopfte ihre Sachen in den Koffer und vergaß die Hälfte. Der Koffer wollte sich nicht schließen lassen, aber am Ende schaffte sie es. Sie zog ihre Sportschuhe an, die immer noch nicht richtig trocken waren. Sie würde es überleben.

Unten im *Bar'Bar* sah sie in ihrem Smartphone nach, ob in der Nähe ein Leihwagen stand. Nur noch 18 Prozent Akku. Bis zum Bahnhof würde es reichen. Vorsichtshalber steckte sie ihr Ladegerät in die Handtasche.

In der Nähe gab es leider kein Auto. Sie rief ein Taxi, aber niemand antwortete, dann ein weiteres, und eine Frau mit undefinierbarem ausländischem Akzent sagte, sie werde ihr eins schicken.

Da kann ich noch schnell eine Paracetamol nehmen, dachte sie und zog ihre gelbe Daunenjacke über das rote Kleid. Ihren Koffer schleppte sie bis in die Küche. Dann nahm sie sich aus dem Medizinschrank die Tablette und trank drei Glas Wasser hintereinander. Sie war immer noch nicht ganz klar im Kopf. Vielmehr spürte sie tiefe Müdigkeit, gemischt mit Bitterkeit. Und Enttäuschung, denn sie hatte Albert nicht wiedergefunden. Er musste doch irgendwo hier im Haus sein. Aber sie machte sich keine Illusionen mehr über sein Schicksal. Es war ihre Schuld, sie war der Sache nicht gewachsen gewesen.

Schwer atmend stützte Béa sich auf dem Spülbecken ab und blickte noch einmal auf ihr Telefon. Keine Nachricht vom Taxiunternehmen. Wenn der Wagen nicht bald käme, würde sie einschlafen. Sie trat ans Fenster und sah auf den Hof. Eine Plane flatterte über einem großen Holzstoß. Béa riss die Augen auf, sie glaubte, Styropor gesehen zu haben. Verwundert rieb sie sich die Lider, überzeugt, sich geirrt zu haben. Doch plötzlich blitzte eine Erinnerung auf. Eine Stimme hatte gesagt: »Er ist im Holzschuppen.« Oder etwas in der Art.

Sie beschloss, der Sache nachzugehen.

Unter der Plane stand tatsächlich eine weiße Kiste – und darin war Albert. Der Ärmste bewegte seine Antennen nur noch schwach.

»Ein Glück, es ist nicht alles verloren«, murmelte Béa. »So kann ich wenigstens mein Versprechen halten.«

Und sogleich trug sie die Kiste auf die Straße hinaus.

Lucile hatten schon drei Handvoll Steinchen gegen die Fenster geworfen, aber niemand öffnete. Nichts regte sich im Haus ihrer Familie. Sie hatten alles versucht: gegen die Tür geklopft, angerufen, alles ohne Erfolg. Die Klingel funktionierte schon seit Ewigkeiten nicht mehr.

»Jetzt reicht's«, sagte Erwan, »wir gehen zu mir nach Hause.«

»Ich klettere an der Wand des Nachbarn hoch aufs Dach«, sagte Lucile, die inzwischen wieder ziemlich nüchtern war. »Das ist ganz einfach. Ich klopfe dann an ihre Fensterläden.«

»Du brichst dir noch ein Bein!«

»Ist mir völlig egal!«

Er hinderte sie daran, hochzuklettern. Minutenlang stritten sie, er hielt sie fest, sie kratzte ihn.

»Verdammt!«, schrie Erwan. »Du hast mir wehgetan!« Dann ließ er sie los. »Hör endlich mit dem Zirkus auf!«

Sie hatte die Hände in die Hüften gestützt und funkelte ihn böse an. Doch das beeindruckte ihn nicht im Geringsten.

»Deine Eltern schlafen wie die Murmeltiere, und ich habe jetzt genug! Wenn du nicht wie eine Irre überall rumgelaufen wärst, hättest du die Schlüssel nicht verloren. Jetzt ist Schluss mit dem Unsinn. Wir gehen ins *Bar'Bar* zurück.«

»Geh ruhig, ich halte dich nicht auf. Ich wollte nicht, dass du mich nach Hause bringst, das weißt du genau!«

»Ja, natürlich, damit dir was passiert und ich hinterher Vorwürfe zu hören bekomme.«

»Mal wieder typisch, immer denkst du nur an dich und nie an die andern.«

Aber er dachte an Béa, daran, dass er ohne Telefon weggegangen war und ihr keine Nachricht hatte schicken können, damit sie sich keine Sorgen machte.

Resigniert hob er die Hände. »Ich geb's auf. Wenn es dir hilft, bleib so verbittert und rachsüchtig.«

Lucile streckte ihm die Zunge raus, ließ sich unter dem Vordach des Hauses nieder und legte die Arme um ihre Knie. Doch als Erwan um die Hausecke bog und aus ihrem Blickwinkel verschwand, lief sie los, um ihn einzuholen.

Sie fasste ihn am Arm und schmiegte sich an ihn. »Es tut mir leid.«

»Na also.«

25

Es war eiskalt draußen, und Béa fror erbärmlich, während sie die Kiste fest in Händen hielt. Ihre Hände und Beine waren wie gelähmt, ihre Haut spürte sie vor lauter Kälte kaum noch. Wo war das verfluchte Taxi bloß? Es war noch sehr früh, sie hatte keinen Kaffee getrunken und war noch betrunken, obwohl der Wind half, den Kopf etwas klarer zu bekommen.

Kurzerhand stellte sie Albert ab und suchte erneut mit der App nach einem Mietwagen. Die Lichter der Autos blinkten wie Weihnachtsbaumkerzen, doch immer wenn sich ihr eines näherte, verschwand es auch schon wieder. Sie machte sich keine falschen Hoffnungen, es würde kein Wagen mehr kommen und sie abholen. Sie hatte noch acht Prozent auf dem Akku und musste sparsam mit dem Telefon umgehen. Sie stellte es auf Flugmodus und steckte es in die Handtasche.

Ich muss weitermachen … einfach weitermachen, dachte sie. Aufgeben kam nicht mehr in Frage, dazu war es zu spät. Sollte sie Albert sterben lassen, weil sie zu schwach war, fünf oder sechs Kilometer zu laufen? Sicher nicht. Sie brauchte, wie sie auf der Karte gesehen hatte, nur das Stadtzentrum zu durchqueren, musste über eine Brücke gehen und sich bis zum Strand von Larmor durchschlagen. Die Bewegung würde ihren Kreislauf in Schwung bringen, und dann würde es ihr auch wärmer werden.

Ohne Zögern machte sie sich auf den Weg. Vielleicht würde ihr unterwegs ein Bus begegnen. Doch am Weihnachtsmorgen um halb acht, wo es noch dunkel war? Unwahrscheinlich.

Nein, meine Liebe, bilde dir nichts ein. Aber das hindert mich nicht daran, Albert zu retten.

Die ganze Welt schien sich heute Morgen gegen sie verschworen zu haben. Zuerst der Sturm, der sich zwischendurch beruhigt hatte, jetzt aber wieder zunahm. Béa kämpfte um jeden Schritt, ihre Last auf den Armen und im Herzen einen Zorn, wie ihn nur wahre Heldinnen kennen. Vielleicht war es für andere ja nur ein Hummer, dessen Leben keine Bedeutung hatte, aber sie, Béatrice, dachte nur an die Freiheit des Krustentiers, das groß und stark war und noch viele Nachkommen haben konnte. Es ginge dem Planeten besser, wenn man diese Tiere und die Fische in Ruhe ließe, damit sie den Ozean wieder bevölkerten.

Das wollten die Leute einfach nicht verstehen. Wie ihre Freundin Lola. Die sagte ihr immer, Béa habe ja recht, aber sie selber aß weiterhin Tiere und ignorierte deren Aufzucht und grausame Tötung. Allein bei dem Gedanken kamen Béa die Tränen. Sie schwor sich, dass sie mit dem Hummer beginnen und danach andere Tiere retten würde.

Plötzlich brach Béa in überdrehtes Lachen aus, sie konnte nicht anders, auch wenn sie Gegenwind hatte und im Grunde gar nicht wusste, wohin sie eigentlich lief. Die Stadt wurde wieder vom Sturm durchgeschüttelt, keine Menschenseele war hier draußen.

Die Windböen schüttelten sie immer heftiger. Schließlich musste sie sich in einem Hauseingang unterstellen, um Luft zu holen. Wenn es so weiterging, würde sie sicher zwei Stunden brauchen, um den Strand zu erreichen.

Plötzlich hielt ein alter Mercedes in der Nähe, eine rostige, kaum Vertrauen erweckende Karre. Der Chauffeur ließ mit einem knarzenden Geräusch das Fenster herunter.

»Soll ich Sie irgendwo absetzen?«, sagte er mit starkem osteuropäischem Akzent. »Nur fünf Euro innerhalb von Lorient.«

Der Typ war ein wahrer Kinderschreck. Doch er kam zur rechten Zeit.

»Wie viel kostet es nach Larmor-Plage?«

»Fünfzehn.«

»Zehn!«

»Okay, steig ein.«

Béa ging um das Auto herum und stieg auf der Beifahrerseite ein. Alberts Kiste stellte sie zwischen ihren Füßen ab. Als sie saß, griff sie nach dem Sicherheitsgurt.

»Haben wir hier nicht«, sagte der Kerl, der sich als Maxim Lysenko vorstellte.

Ihr blieb keine Zeit für Protest, der Mercedes fuhr nach einem heftigen Tritt auf das Gaspedal an. Béa schnupperte. Der Wagen roch nach Benzin und Alkohol.

»Hier stinkt es nach Wodka!«

»Kein bisschen«, sagte der Typ und hielt eine Plastikflasche in die Höhe. »Ich habe den Deckel verloren, deshalb riecht es so stark. Keine Sorge. Das ist der gute Wodka meiner Mutter, alles selbst gemacht, nicht dieses Mistzeug aus dem Supermarkt! Willst du 'nen kleinen Schluck?«

»Auf keinen Fall!«

Mit Schwung fuhr Maxim in einen Kreisverkehr, der Wagen schlingerte heftig. Béa hielt sich fest, so gut sie konnte, und schloss die Augen. Sie sagte sogar ein Gebet auf. Jedes Mal, wenn der finstere Typ den Gang wechselte, wurde sie durchgeschüttelt. Er bog in eine Platanenallee ein und streifte dabei mit dem hinteren Kotflügel einen Motorradfahrer, der wild zu fluchen begann.

Béa wurde von Sekunde zu Sekunde blasser. Maxim war sternhagelvoll, und wenn er weiter so schnell fahren würde, würden sie bald gegen einen Baum krachen. Sie wollte nicht sterben.

»Maxim«, sagte sie mit aller Diplomatie, die ihr zur Verfügung stand, »ich glaube, ich steige jetzt aus. Ich bin mit Ihrer Hilfe ja schon ein großes Stück weitergekommen …«

»Wir sind noch nicht in Larmor.«

»Ich will aussteigen, habe ich gesagt.«

»Wir sind doch noch gar nicht da«, brüllte der Typ.

»Aber ich steige jetzt aus!«, schrie Béa so laut sie konnte.

»Das ist wegen meinem Bein! Auch du hast was gegen Behinderte!«

In dem Moment schaute Béa nach unten und sah, dass Maxim nur ein Bein hatte. Sein rechtes Bein war oberhalb des Knies amputiert, und eine Konstruktion aus einem Besenstiel, Schnüren und Gurten versetzte ihn in die Lage, mit seinem Stumpf Gas zu geben.

Ach, deshalb das Geruckel, dachte Béa.

Dann zog Maxim doch fest die Handbremse an und stoppte den Wagen. Béa sprang aus dem Auto und vergaß auch nicht,

Albert mitzunehmen. Sie bekam eine Menge Auspuffgas ins Gesicht, als der Mercedes knatternd verschwand.

Sie stand im Nirgendwo.

Sie rang nach Luft, hatte die Hände in die Hüften gestützt und beugte sich nach vorn. Ihr war speiübel. Nach einer Weile richtete sie sich wieder auf und kämpfte gegen die Tränen.

»Keine Angst, Albert, ich hol uns da raus.«

Sie zog ihr Telefon aus der Tasche, stellte es wieder an, ignorierte die SMS-Nachrichten und sah nach, wo sie sich befand. Nur noch etwas über einen Kilometer bis zum nächsten Strand.

26

Seit er wieder zu Hause war und im Besitz seines Telefons, hatte Erwan nun schon die siebte Textnachricht geschrieben. Auch diesmal erhielt er keine Antwort. Von Béa keinerlei Reaktion. Sie war einfach von der Bildfläche verschwunden.

»Ich glaube, das bildest du dir nur ein«, seufzte Lucile, die erschöpft im Sessel seines Zimmers saß.

Sie gähnte herzzerreißend, bemüht, irgendwie wach zu bleiben. Von der ganzen Rennerei draußen war sie erschöpft. Und die frische Luft hatte sie wieder nüchtern gemacht.

»Ihr Koffer ist weg!«, rief Erwan wütend. »Verstehst du? Ich war die ganze Nacht weg, weil ich hinter meiner Ex hergelaufen bin, dabei hatte ich ihr versprochen, ich wäre in nur einer halben Stunde wieder zurück.«

»Na und? Vertrauen muss man lernen.«

»Wenn ich so was bei dir gemacht hätte, dann hättest du alle meine Sachen aus dem Fenster geworfen.«

»Aber da hattest du keine Ex.«

Erwan funkelte sie böse an. »Jetzt verlass mein Zimmer. Leg dich irgendwo auf ein Sofa. Du musst allein klarkommen.«

»Erwan, wie redest du mit mir?«

»Und was machst du? Fang bloß nicht wieder mit deinen Zicken an, ich habe mir deinetwegen schon die ganze Nacht um die Ohren geschlagen. Und durch deine Schuld verliere ich jetzt noch meine Freundin.«

Lucile warf sich ihre Jacke über die Schultern. »Vorhin auf der Straße bin ich weggerannt, weil ich dich nicht mehr sehen wollte. Du bist hinter mir hergelaufen, um mich einzuholen, anstatt nach Hause zu gehen und dich in ihre Arme zu legen. Jeder muss die Folgen seines Handelns tragen.«

Sie verließ das Zimmer, gerade noch rechtzeitig, um dem Schuh auszuweichen, den Erwan nach ihr warf.

Er legte sich aufs Bett und fühlte sich elend. Hatte Lucile vielleicht recht? Hatte er unbewusst eine Entscheidung getroffen? Nein, dachte er, nie wieder werde ich mich mit Lucile zusammentun. Das Einzige, worauf er Lust hatte, als er von dem nächtlichen Ausflug zurückkam, war, sich an Béa zu schmiegen und ihr von seinem Abenteuer zu erzählen. Seit er sie kannte, war sie immer die Erste, der er alles anvertraute.

Er versuchte erneut, sie anzurufen, es ging wieder nur der Anrufbeantworter an. Diesmal legte er nicht gleich auf.

»Bea, entschuldige, dass ich so spät gekommen bin. Ich werde dir alles erklären, es war völlig verrückt. Lucile hat sich benommen wie eine Irre. Ich schwöre dir, dass zwischen ihr und mir nichts war. Wo bist du? Ich möchte dich gern abholen. Ich mache alles wieder gut, das verspreche ich. Sicher hattest du große Angst. Es tut mir furchtbar leid. Ruf mich bitte zurück!«

Er legte auf, fühlte sich allerdings nicht besser als vorher. Vielleicht sogar schlimmer. Seine Nachrichten waren sinnlos.

Keine Frage, dies war das schlimmste Weihnachten in Béas Leben. Bei weitem.

Nass und wie eingefroren in ihrem roten Kleid und der gelben Daunenjacke, lief sie immer weiter geradeaus, dann erreichte sie nach einer Ewigkeit ein kleines Dorf. Sie stellte fest, dass der Akku nun restlos leer war und ihr Telefon den Geist aufgegeben hatte. Zum Glück war da ein Schild, das den Weg zum Strand wies. Sie lief weiter, blieb mit einem Schuh zwischen zwei Pflastersteinen hängen, rutschte über den eiskalten Boden und riss sich dabei eine halbe Schuhsohle ab.

Sie wollte nicht aufgeben, dazu war sie dem Ziel zu nahe.

»Keine Sorge, Albert, wir sind gleich da.«

Endlich erreichte sie den Strand, eine Art gepflasterte Promenade, die von einer niedrigen Mauer gesäumt war. Hinter der Mauer endlich Sand. Das Meer war aufgewühlt, die Wellen schlugen hoch, das Wasser klatschte mit Getöse auf die Felsen und schäumte wie Seife.

Der Lärm war ohrenbetäubend.

Béa stellte die Kiste ab, um ihr Haar festzubinden. Sie weinte vor Rührung, dass ihr Schützling nun gerettet war und sie ihm Schlimmstes erspart hatte. Sie weinte auch, weil sie Erwans Gesicht vor sich sah.

Es war vorbei. Sie konnte nicht mehr zurück. Nach allem, was passiert war, konnte sie das *Bar'Bar* nicht mehr betreten. Die Sache mit dem Hummer würden sie ihr nicht vergessen, und auch sie dachte nur mit Schaudern an alles, was geschehen war.

Béa richtete den Blick auf das Meer mit den wilden Wellen. Wie sollte sie Albert freilassen? Er konnte auf seinen winzigen Füßen unmöglich allein zum Wasser laufen. Was würde er machen, wenn ihn eine Welle traf? Würde er es schaffen?

Béa war völlig durcheinander. Sie wollte, dass das Krustentier überlebte, sonst hätte sie all diese Anstrengung umsonst auf sich genommen.

Der arme Albert versuchte, aus seiner Styroporkiste herauszukommen, doch seine Scheren waren noch mit den Gummis befestigt. Béa beschloss, ihm die Handschellen abzunehmen. Er musste sich schließlich verteidigen können. Mit ihren steif gefrorenen Fingern fiel ihr die Befreiung schwer, doch schließlich gelang es ihr. Und Albert griff sie an.

»Jetzt beruhige dich mal! Du hast meine Liebe zerstört! Da hatte ich endlich einen netten Mann kennengelernt …«

Warum war es ausgerechnet ein Bretone gewesen, mit einer Familie, die Butter, Fleisch und Meeresfrüchte in sich hineinstopfte, und einer Mutter, die sie vom ersten Augenblick an gehasst hatte …

Die Wellen brandeten mit voller Wucht auf die Küste. Béa näherte sich ihr, so weit sie konnte, bereit, den schäumenden Strudeln auszuweichen. Albert wackelte mit seinem eckigen Körper in der Daunenjacke, in welcher sie ihn trug. Sie stellte ihn dort ab, wo das Wasser den Sand leckte. Er bewegte seine Antennen, ohne von der Stelle zu kommen.

»Los, nun geh schon«, sagte sie und ging langsam ein paar Schritte rückwärts.

Ihr Schützling schreckte offensichtlich davor zurück, sich in die wilde See zu stürzen. Dann kam ihr eine Idee. »Die Felsen!« Sie musste ein Loch für ihn finden. Dann war er in Sicherheit, bis er von Wasser bedeckt würde, das war sicherer, als Gefahr zu laufen, von den Wellen zerschmettert zu werden. Eine gute Idee. Sie lief zu dem Hummer, um ihn wieder an sich zu nehmen. Ihre Füße wurden nass und eiskalt. Sie zitterte, aber sie ließ sich nicht davon abhalten.

Jetzt kletterte sie auf den Felsen, suchte krampfhaft mit den Händen Halt, den Hummer unterm Arm. Durch die Daunenjacke konnte ihr Albert mit seinen Scheren nichts anhaben.

Von der Mole aus betrachtete ein Spaziergänger, der sich die spektakuläre Brandung anschauen wollte, neugierig das unerwartete Schauspiel. Nicht jeden Tag bekam man hier an der bretonischen Küste mitten im Sturm eine Frau in Abendkleid und Daunenjacke zu Gesicht, die in den Felsen herumkletterte.

Béa suchte nach einem Unterschlupf, und jedes Mal wenn eine Welle anbrandete, wurde ihr Gesicht mit Wasser bespritzt. Sie behielt die Wellen im Blick und achtete auf genügend Abstand, um nicht mitgerissen zu werden. Zu oft hatte sie gehört, dass allzu neugierige Strandgänger weit aufs Meer hinausgetragen worden waren, weil sie sich dem Wasser zu unbedacht genähert hatten. Diesen Fehler wollte sie nicht machen.

Glücklicherweise fand sie schließlich doch eine Vertiefung mit Wasser, in die der Hummer hineinpasste. Dort würde er Schutz finden, bis das Meer hoch genug war, dass er schwimmen konnte.

Béa kauerte sich hinter einen Felsvorsprung und holte tief Luft. Ihre Zähne klapperten vor Kälte.

»Jetzt trennen sich unsere Wege, Albert.«

Sie hätte ihn gern geküsst, wusste aber nicht, wie sie das anfangen sollte. Also ließ sie ihn vorsichtig ins Wasser. Seine Antennen zitterten ein wenig.

»Oje, er ist ja fast tot«, murmelte Béa, aber dann schien plötzlich Leben in das Tier zu kommen, und mit einer Bewegung seines Schwanzes stieß es sich nach unten und verschwand aus ihrem Blickfeld. Jetzt war der Weg zu Ende. Erleichtert seufzte Béa auf. Sie hatte es geschafft, Albert war gerettet! Er konnte sein Leben im Meer fortsetzen und schöne Abenteuer erleben.

Zum ersten Mal seit Stunden hatte sie ein Gefühl unbändiger Freude.

Als sie sich wieder aufrichtete, spürte sie weder ihre Finger noch die Nasenspitze. Sie musste irgendwie wieder in die Stadt und sich unbedingt aufwärmen. Aber zuerst zurück zur Strandpromenade.

Der Rückweg über die rutschigen Felsen erschien ihr noch gefährlicher als der Hinweg, zumal das Meer hinter ihr brüllte, jederzeit bereit, sie zu holen. Beinahe mit jedem Schritt rutschte sie aus und hatte Angst, sich den Fuß zu verknacksen.

»Nur Mut!«, sagte sie zu sich selbst. »Das Schlimmste hast du hinter dir.«

Als ihre Füße das Pflaster der Promenade erreichten, weinte sie fast vor Freude. Einige Minuten lang stützte sie sich an der kleinen Mauer ab.

Eine Bewegung in einigen Metern Entfernung erregte ihre Aufmerksamkeit. Der Spaziergänger von vorhin kämpfte sich durch die Gischt vorwärts. Er hatte eine Kiste umhängen und einen Kescher in der Hand. Was wollte hier ein Fischer bei solchem Sturm?

Sie rannte ihm entgegen und brüllte: »Was machen Sie hier? Sind Sie wahnsinnig?«

Er antwortete nicht, sie lief weiter, von neuer Energie getrieben und voller Zorn. Rasch hatte sie ihn eingeholt, es war ein alter gebeugter Mann.

»Wo gehen Sie hin? Das ist gefährlich!«

»Ich mache, was ich will, lassen Sie mich in Ruhe!«

Sie stellte sich ihm in den Weg. »Nein, das dürfen Sie nicht!«

»Das Meer gehört allen.«

»Das ist mein Hummer! Ich verbiete Ihnen, ihn zu fangen!«

Der Alte drängte weiter nach vorn, sie stellte sich ihm entgegen und über kurz oder lang fingen sie an zu rangeln. Eine laute Sirene ließ sie innehalten: ein Streifenwagen.

»Kommen Sie sofort hierher zurück!«, rief ein Polizist durch sein Megafon.

»Was passiert, wenn nicht?«, schrie der Alte und hastete weg. »Ich gehe nie wieder ins Heim zurück!«

»Madame«, rief der Polizist, »kommen Sie sofort her, oder ich nehme Sie fest! Monsieur Nedeleg, Sie auch! Kommen Sie, das ist gefährlich!«

Béa hatte keine Wahl, sie musste zum Ufer laufen, um nicht zu ertrinken. Der alte Mann aber war zur Flucht entschlossen. Albert musste nicht mehr um sein Leben fürchten. Béa ging zu dem Polizisten hinüber. Sein Kollege lief dem Achtzigjährigen hinterher und holte ihn ein, als er gerade die Mole erreichte.

»Ein Alkoholtest für Sie, meine Dame.«

»Ich bin nicht betrunken«, wehrte sie sich. »Der Alte hat mich angegriffen! Er wollte mir meinen Hummer stehlen.«

Der Polizist sah sie erstaunt an und holte den Test. »Ich lasse mich nicht auf den Arm nehmen. Sie scheinen völlig betrunken zu sein. Ihren Ausweis bitte!«

Leider musste sie ins Röhrchen blasen. Dabei kam heraus, dass sie alles andere als nüchtern war.

»So, dann bringen wir Sie mal in die Ausnüchterungszelle.«

»Warum? Ich habe nichts Schlimmes getan!«

Der Polizist blickte sie streng an. »Sie haben sich geprügelt.«

»Er wollte sich Albert schnappen!«

»Wer?«

»Der Opa ... er hat versucht, sich meinen Hummer zu holen.«

»Sie reden völlig wirres Zeug. Los, ich sage es nicht zweimal, steigen Sie ein.«

»Ich habe doch nur Albert freigelassen!«

Obwohl sie protestierte, landete sie auf der Rückbank des Wagens. Bald saß der alte Fischer neben ihr, die beiden Polizisten hatten auf den Vordersitzen Platz genommen und schalteten bei all dem Geschimpfe hinter ihnen auf Durchzug.

27

Für eine Weile war Erwan auf dem Bett eingenickt. Als er die Augen öffnete, spürte er im ganzen Körper einen Muskelkater, als habe er an einem Marathonlauf teilgenommen. Er hatte ziemlichen Durst und ging hinunter in die Küche. Dort stieß er auf Béas Koffer.

Erwan trank eine ganze Karaffe Wasser leer und sah erfreut auf das stehengelassene Gepäck.

Wenn sie es nicht mitgenommen hatte, musste sie noch in Lorient sein und war doch noch nicht weggefahren. Wohin war sie nur verschwunden? Hoffnungsvoll durchsuchte er das Erdgeschoss und die Garage, vielleicht war sie ja irgendwo eingeschlafen.

Vergeblich … Béa war nirgendwo zu finden.

Er beschloss, in Ruhe nachzudenken, was bei seinen starken Kopfschmerzen nicht einfach war. Er nahm eine Schmerztablette und massierte sich die Stirn.

Ihr Koffer war da, aber nicht ihre Handtasche. Ihre feinen Schuhe standen oben im Zimmer, aber die Sportschuhe und ihre geliebte gelbe Daunenjacke hatte sie wohl mitgenommen. Aber wo hätte sie so früh am Weihnachtsmorgen allein in einer fremden Stadt hingehen sollen? Hatte sie vielleicht nach ihm suchen wollen, statt auf ihn zu warten?

Erwan seufzte. Das wäre zu schön, um wahr zu sein. Erstens wusste Béa gar nicht, wo Lucile wohnte. Und zweitens: Warum hätte sie kommen und ihn mit seiner Ex erwischen wollen? Das war nicht ihre Art. Sie würde lieber das erstbeste Flugzeug nehmen, statt sich so etwas anzutun. Aber es war ja nichts dergleichen passiert. Er hatte nur eine Jugendfreundin in die Arme genommen, ansonsten war zwischen Lucile und ihm nichts geschehen.

Nervös trommelte Erwan auf der Arbeitsplatte herum. Warum war Béa weggegangen? Es musste einen Grund geben, und zwar einen sehr wichtigen, um sich bei diesem Sturm überhaupt nach draußen zu wagen.

Da fiel es ihm endlich ein: Albert! Sie war mit dem Hummer geflohen! Um ihr Versprechen zu halten. Erwan hatte es völlig vergessen! Jetzt wusste er, wo er nach ihr suchen konnte: am Strand.

Im Polizeiauto war es immerhin geheizt. Es reichte jedoch nicht ganz, um Béa wirklich aufzuwärmen. Sie blies sich warme Luft in die Hände und hörte zu, wie der Alte und die Polizisten miteinander stritten.

»Monsieur Nedeleg, Sie müssen doch vernünftig sein!«

»Ich hab Ihnen doch gesagt, dass ich fischen gehen darf!«

»Aber nicht bei diesem Wetter. Sie können nächste Woche gehen …«

»Verdammte Heuchler«, brummte er und verschränkte die Arme.

Dann kam ihm Béa in den Sinn, er blickte sie unmutig an, als sei sie an seinem Unglück schuld.

»Typisch Touristin!«, zischte er.

»Wir bringen Monsieur Nedeleg nach Hause, was machen wir danach mit der Dame?«, fragte einer der Polizisten seinen Kollegen. »Sollen wir zur Wache fahren und sie gleich in die Ausnüchterungszelle stecken?«

»Wir beenden erstmal unsere Runde. Sie ist ja nicht aufsässig, und es dauert ja auch nicht mehr lange.«

Béa ließ sich enttäuscht nach hinten fallen. Ihre Hoffnung, kurzfristig wieder freigelassen zu werden, war gegen null gesunken. Jetzt musste sie Erwan anrufen, damit er sie auf der Wache abholte.

Ich frage ihn, ob er mich dann gleich zum Bahnhof bringen kann – zwei Fliegen mit einer Klappe, dachte sie.

Ihr Magen meldete sich heftig vor Hunger. Einer der Polizisten, der auf dem Beifahrersitz, nahm sich gerade einen Keks. Er hörte ihren Magen knurren und gab ihr mit Bedauern eine Hälfte ab, unter den missbilligenden Blicken des Alten.

»Sind Sie lange da draußen rumgeklettert?«, fragte er sie, nachdem sie sich bedankt hatte.

»Eine Ewigkeit. Ich versichere Ihnen, dass ich einen Hummer befreit habe.«

»Ein Prachtstück«, sagte der Alte mit einem schiefen Grinsen. »Ich hab ihn gesehen.«

»Ich würde am liebsten zurückfahren, um das nachzuprüfen«, sagte der andere Polizist, der sich René nannte. Da ertönte es aus dem Lautsprecher: »Wir haben den Mercedes ausfindig gemacht, der uns vorhin wegen gefährlicher Fahrweise gemeldet wurde. Er befindet sich in der Nähe der Hallen von Merville. Könnt ihr das nachprüfen?«

»Ein Mercedes?«, fragte Béa. »Grau und uralt, wie ein rollender Sarg?«

»Ja, das passt«, sagte René.

»Der Typ ist verrückt!«, rief Béa. »Ich bin mit ihm gefahren, weil ich nach Larmor wollte. Er säuft Wodka und benutzt zum Gasgeben einen Besen! Er hat nur ein Bein!«

»Was?«, fragten beide Polizisten auf einmal.

»Das ist Maxim Lysenko«, sagte René.

»Wer?«, fragte der Opa.

»Er ist vor zwei Wochen aus dem Gefängnis entlassen worden«, sagte der andere Polizist, der Fanch hieß, und stellte die Sirene an. »Das ist ja unglaublich, der bringt noch jemanden um. Gib Gas, den schnappen wir uns!«

Béa, die mit dem Schlimmsten rechnete, klammerte sich an ihren Sitz. In halsbrecherischem Tempo rast der Streifenwagen durch Larmor-Plage und bog dann mit Blaulicht und Sirene auf die Nationalstraße ein.

Auch der Alte feuerte die Polizisten begeistert an. »Bravo, weiter so!«

»Fahr nicht über den Boulevard de République«, sagte Fanch. »Da gibt es zu viele Ampeln!«

Fünf Minuten später erreichten sie die Rue de la Marne. Béa hatte keine Ahnung, wo sie sich befanden. Die Polizisten stellten die Sirene ab und fuhren in die Avenue Jean-Jaurès über mehrere Kreisverkehre, die von Straßenbahnschienen durchquert wurden. Sie parkten vor einem Gebäude mit einer flachen Kuppel: die Hallen von Merville. Typische Siebziger-Jahre-Bauten, dachte Béa.

»Kein Mercedes da, Fahrer vermutlich Maxim Lysenko.«

»Was?«, drang es aus dem Lausprecher. »Schon wieder?«

Sie warteten eine Weile. Béa hielt den Atem an, und selbst der Alte blieb trotz der Aufregung ganz ruhig. Der Fahrer ließ den Motor wieder an und den Wagen im Schritttempo rollen, als ob er einen Parkplatz suchte. Dabei sah er sich die einzelnen Wagentypen genauer an.

»Da!« rief er schließlich triumphierend. »Der Mercedes fährt auf den Parkplatz!«

Fanch wandte sich an Béa: »Erkennen Sie den Wagen, Madame?«

Sie verrenkte sich fast den Hals, um in die angedeutete Richtung zu schauen. Als der Mercedes anhielt, rief sie: »Ja, das ist er!«

René drückte aufs Gaspedal. Aber Maxim Lysenko hatte ihn offenbar gesehen, denn er fuhr eilig an und überholte ihn sogar.

»Wir haben ihn im Blick ... wir sind hinter ihm«, riefen die beiden Polizisten ins Mikrofon.

Dann gab es eine Verfolgungsfahrt über den Quai des Indes und durch die Rue du Maréchal-Foch. Béa fiel fast in Ohnmacht, während der Alte bei jedem riskanten Fahrmanöver begeistert in die Hände klatschte. Nur durch ein Wunder wurde niemand plattgefahren.

»Er ist auf dem Weg zum Bahnhof«, sagte Fanch.

»Warum? Was will der Idiot da?«

»Er hat sicher einen Passagier an Bord«, sagte Béa. »Für fünf Euro fährt er die Leute, wohin sie wollen.«

»Sollen wir Räuber und Gendarm spielen?«, fragte René und legte jetzt erst richtig los. »Da sehen wir was fürs Geld. Halten Sie sich fest, Sie da hinten!«

Er fuhr in eine Nebenstraße, dann in eine weitere und landete mit einem Triumphschrei vor dem Mercedes. Er legte eine Vollbremsung hin, die Reifen quietschten, Béa schrie auf. Um Haaresbreite kam der Streifenwagen vor dem Mercedes zum Stehen.

René sprang aus dem Wagen, um den Fahrer festzunehmen, und riss die Tür auf. Maxim Lysenko jedoch leistete den Ordnungskräften Widerstand. Er riss an der Wagentür, die der Polizist mit aller Kraft offen zu halten versuchte.

»Ich habe einen Führerschein! Aus Russland! Ich darf fahren!«

»Steigen Sie aus, Monsieur Lysenko! Wir machen jetzt einen Alkoholtest.«

»Nein!«

»Doch!«

Lysenko ergriff die Wodkaflasche, warf sie auf den Polizisten und begoss ihn reichlich mit Alkohol. Sein Kollege kam ihm zu Hilfe: Er riss den Zündschlüssel heraus, und als der Säufer ihn mit dem Besen zu schlagen versuchte, wandte er Gewalt an und zog ihn am Kragen aus dem Auto. Im Gerangel versuchten die Polizisten, ihm Handschellen anzulegen. So achtete keiner auf Béa und Monsieur Nedeleg. Der Alte stieg aus und ergriff die Flucht. Sie hätte Alarm schlagen können, hielt es jedoch für klüger, sich vorsichtig zurückzuziehen. Einen Schritt nach dem anderen verschwand sie in der Schar der Schaulustigen, die sich eingefunden hatten, um zu sehen, wie das Spektakel ausging. Einige filmten die Szene mit dem Smartphone.

Da entdeckte Béa Schilder, die auf den Bahnhof hinwiesen. Der Weg dorthin war kurz, nur ein paar Schritte. Schnell zum

WC! Zum ersten Mal erschien ihr eine Bahnhofstoilette einladend. Es war dort warm, es herrschte keine Enge, und alles war sauber. Im Spiegel sah sie, wie derangiert sie aussah: Ihr Mascara war verlaufen, ihre Strumpfhose zerrissen, ihre Daunenjacke schmutzig, und ihre Schuhe waren vom Schlamm völlig verdreckt.

Sie tat ihr Bestes, um sich wieder menschlich herzurichten. In ihrer Tasche fand sie ein Gummi und band ihr Haar damit zu einem Knoten, mit Wasser, Seife und Toilettenpapier säuberte sie ihr Gesicht. In der Bahnhofshalle kramte sie dann ihr Telefon hervor und blickte sich um, in der Hoffnung, dass …

Ja, es gab Steckdosen, um das Smartphone aufzuladen. Während sie wartete, dass ihr Telefon wieder anging, behielt sie die Leute im Blick. Die Bullen hatten sicher bemerkt, dass ihre beiden Delinquenten verschwunden waren, aber Béa hatte das Gefühl, dass es ihnen wichtiger war, den Alten wieder einzufangen.

Als ihr Telefon wieder fünf Prozent auf dem Akku hatte, ging sie zur Imbissstube und kaufte sich etwas zum Frühstücken. Nach einem Kaffee sah die Welt schon wieder ganz anders aus.

Béa überlegte, ob sie die Nachrichten lesen sollte. Sie hatte sich entschieden, nicht mehr ins *Bar'Bar* zurückzukehren. Was sollte sie denen erzählen? Dass sie ging, weil Erwan die Weihnachtsnacht lieber in Begleitung seiner Ex verbracht hatte als mit ihr? Dass sie das Essen für den Festtag aus plausiblen Gründen konfisziert hatte? Sollte sie so tun, als sei sie verzweifelt, obwohl sie es gar nicht war?

Natürlich war sie traurig. Die Sache mit Erwan brach ihr das Herz, aber immerhin hatte sie Albert gerettet. Wenigstens für ihn war es gut ausgegangen. Sophie würde ihren Ohren nicht trauen, wenn sie ihr erzählte, was passiert war. Ihre kleine innere Stimme flüsterte, dass sie es auch Erwan erzählen müsste, aber sie brachte sie schnell zum Schweigen.

Sie sah sich den Fahrplan an, kaufte sich eine Fahrkarte nach Paris und schloss das Ladegerät wieder an. Sie wollte nur noch eins: wieder in ihre Wohnung kommen, ein Bad nehmen, unter die Decke schlüpfen. Und alles vergessen.

Als ein Polizist den Bahnhof betrat, lehnte sie sich in ihrem Stuhl zurück und versteckte sich hinter ihrem Nachbarn, einem fülligen Mann, der in Ruhe seine Morgenzeitung las. Dann schloss sie für eine Sekunde die Augen.

28

Yann war noch nicht richtig wach und unterdrückte ein Gähnen, als er in der Restaurantküche die Kaffeemaschine anstellte. Ein Blick auf sein Telefon sagte ihm, dass es fast Mittag war. In den sozialen Netzwerken waren etliche Fotos von den Speisen, die es Heiligabend im *Bar'Bar* gegeben hatte, gepostet worden. Der Journalist von *Télégramme* hatte seine Bilder mit begeisterten Kommentaren untertitelt, und so erlaubte sich Yann, von einem Artikel zu träumen, in dem er endlich mal über den grünen Klee gelobt wurde.

Er konnte sich nicht erklären, weshalb Béas Koffer mitten in der Küche stand, vermutlich wegen eines Streits der beiden. Das hatte sicher mit der Anwesenheit von Lucile auf der Feier zu tun. Schon wieder eine Gemeinheit von Mama, dachte er.

Er hatte Badou versprochen, keinen Rückzieher zu machen. Sein Freund schlief noch, erschöpft von einer anstrengenden Arbeitswoche. So hatte Yann Zeit, Nägel mit Köpfen zu machen und mit seinen Eltern zu reden.

Als er mit dem Frühstück fertig war, kam Régine herunter.

»Schon da?«, fragte sie erstaunt.

»Schon aufgestanden?«, entgegnete er im selben Ton.

»Ich dachte, du turtelst immer noch mit deinem hübschen Arzt.«

Yann verdrehte die Augen. Sie entdeckte den Koffer, den er neben die Treppe gestellt hatte.

»Wo ist Béatrice?«

»Hab sie nicht gesehen.«

»Und Erwan?«

»Den auch nicht.«

Sie sagte nichts weiter, bereitete sich einen Espresso. Ihre Zufriedenheit konnte sie kaum verbergen. Ihren Sohn hatte sie heute Nacht nicht zurückkommen hören.

Béa hingegen war laut genug gewesen, als sie ihren Koffer nach unten gezerrt hatte.

Régine konnte sich zusammenreimen, was wohl passiert war: Erwan hatte bei Lucile geschlafen, seiner großen Liebe für immer. Traurig für Béatrice – im Grunde mochte sie das Mädchen gern –, aber manche Liebesgeschichten waren unausweichlich, schicksalhaft.

Schwere Schritte waren zu hören, Patrick stapfte die Treppe hinab, in der Hand ein Wasserglas mit einer sich sprudelnd auflösenden Tablette.

»Na, was ist los?«

Er trug seinen zerschlissenen Morgenrock über einem Pyjama, den er nur für feine Gelegenheiten aufhob.

»Mama hat Erwan und seine Freundin auseinandergebracht«, erklärte ihm Yann. »Sie ist sehr stolz auf sich.«

»Was?«

»Ach, komm«, rief Régine verärgert. »Nun tu doch nicht so, als bräche es dir das Herz. Jetzt kannst du deinen Hummer essen.«

»Was?«, wiederholte er.

»Er muss bis heute Abend halten. Da Béatrice schon gepackt hat, wird sie bis heute Nachmittag verschwunden sein. Irgendwer muss sie zum Bahnhof bringen.«

Patrick murmelte etwas in seinen Bart und setzte sich auf einen Barhocker. Seine Frau reichte ihm einen Becher Kaffee und beobachtete ihn mit gerunzelter Stirn.

»Was ist jetzt noch los?«

»Ich habe ein weiches Herz. Die Kleine soll allein wegfahren, und das am Weihnachtstag? Ich werde das Tier nicht essen, sonst hält sie mich für ein Monster! Nein, ich hatte mich darauf schon eingestellt, ihn der Natur zurückzugeben. Das wäre mal eine gute Tat.«

Régine riss die Augen auf. »Hat dir jemand was über den Kopf gegeben? Ich wünsche mir nur, dass mein Sohn glücklich wird!«

»Du willst nicht sein Glück, sondern dass er nach Hause kommt!«, warf Yann ein.

»Genau richtig, mein Sohn«, entgegnete Patrick.

»Und jetzt habt ihr euch noch alle gegen mich verschworen.« Régine zog beleidigt die Schultern hoch.

Yann schüttelte den Kopf. »Was genau los ist, wissen wir nicht. Vielleicht sprechen sich Erwan und Béatrice gerade aus, und alles gerät wieder ins Lot. Wenn du willst, Papa, komme ich mit, und wir lassen den Hummer frei. Sie hat ihn übrigens Albert genannt.«

»Albert?«, fragte Patrick. »Das ist ein netter Name.«

Régine traute ihren Ohren nicht. Normalerweise lagen die beiden im Streit, oft nur wegen Kleinigkeiten, und jetzt wollten sie gemeinsam ein Krustentier retten, das eigentlich das Weihnachtsgeschenk ihres Mannes für sie war?

»Nur weil ich gerne Fleisch esse, will ich noch lange nicht, dass Tiere leiden«, fuhr Patrick fort.

»Wenn man sie tötet, leiden sie nun mal«, hielt ihm Régine entgegen.

»Wenn man sie schon tötet, sollte man es so machen, dass sie eben nicht leiden. Tiere in kochendes Wasser werfen … je mehr ich daran denke, desto klarer wird mir, wie unmöglich das ist.«

»Papa hat recht«, bemerkte Yann. »Übrigens … ich war gestern ziemlich überrascht, welchen Erfolg die veganen Burger hatten. Die Leute wollen wieder Sachen essen, die gesund sind und die Natur respektieren. Ich muss mir neue Menus ausdenken.«

»Du könntest jeden Tag ein veganes Gericht auf die Speisekarte bringen«, meinte Patrick. »So haben die Gäste die Wahl.«

Régine traute ihren Ohren nicht. Inzwischen redeten die beiden sogar darüber, wie nahrhaft Soja war.

»Zerbrecht euch bloß nicht unnötig den Kopf. Béatrice kommt sicher nicht zum Mittagessen. Wo ist sie überhaupt? Sie kann doch nicht den ganzen Tag ihren Koffer hier herumstehen lassen!«

»Das wollte ich gerade auch schon sagen!«, rief eine weibliche Stimme von der Bar her.

»Lucile?«, fragte Régine erstaunt. »Bist du nicht mit Erwan zusammen?«

Lucile trat näher, in eine alte Schottendecke gewickelt.

»Er läuft seinem Liebchen hinterher. Sie ist weggelaufen.«

»Was ist denn los?«, fragte Yann.

»Gar nichts, alles ist gestern nur ein bisschen … aus dem Ruder gelaufen.« Lucile gähnte. »Also, ich gehe jetzt mal nach Hause. Meine Eltern brauchen mich in der Bäckerei. Und, Régine … zwischen Erwan und mir ist es definitiv zu Ende. Also, zerbrich dir nicht deinen mütterlichen Kopf. Vorhin ist er in solche Panik geraten … es muss ihm wirklich viel an Béatrice liegen.«

Nach diesen Erklärungen verließ sie das Haus, und keiner hielt sie zurück.

Régines Gesicht war erstarrt. Sie versuchte, sich zusammenzureißen, und stellte den Fernseher an, um die peinliche Stille zu überdecken und einen klaren Gedanken zu fassen. Wenn Lucile recht hatte, würde Erwan sie, seine Mutter, dafür verantwortlich machen, dass er sich mit Béa zerstritten hatte. Wenn es aber nicht zum Bruch zwischen den beiden kam, würde er blitzschnell mit seiner Freundin nach Paris verschwinden, so weit weg von seiner furchtbaren Mutter wie nur möglich. Er würde nicht verstehen, dass sie nur sein Bestes gewollt hatte.

Plötzlich war Régine den Tränen nahe. Sie musste einen Ausweg finden, irgendetwas tun. Sollte sie sich vielleicht bei Béa entschuldigen?

Die junge Frau würde ihr das nie verzeihen. Régine selbst hasste ihre Schwiegermutter, weil sie gegen die Heirat mit Patrick gewesen war. Das hatte sie ihr nie vergessen und würde es auch nie tun. Aber sie war glücklich mit dem Mann ihrer Wahl geworden.

Patrick ging zu ihr und legte tröstend einen Arm um ihre Schultern.

»Keine Sorge, wir werden das wieder geraderücken. Es ist Weihnachten. Und es wird irgendein Wunder geben!«

Régine legte ihren Kopf an seine Schulter und atmete tief durch. Ja, sie würde ihrem Sohn zeigen, dass sie nichts gegen seine Freundin hatte, wenn sie nur zusammen glücklich wären. Und wenn sie Hunderte Kilometer von Lorient entfernt wohnten, würde sie sich auch daran gewöhnen.

29

Erwan war durch das ganze Viertel gestreift, hatte alle Busstationen abgeklappert und war schließlich mit dem Familienauto Richtung Meer gefahren. Zuerst nach Fort-Bloqué, denn das hatte er Béa gezeigt, und es schien ihm logisch, dass sie den Hummer dorthin gebracht hatte. Er lief über den Strand, fand sie aber nicht. Ein paar gut ausgerüstete Jogger hatten erstaunt zugesehen, wie Erwan in Jeans, Weihnachtspullover und orangefarbener Daunenjacke über die Strandpromenade trabte.

Doch Béa war nicht dort. Vielleicht hatte sie einen näher gelegenen Ort ausgesucht, der leichter zu erreichen war? So fuhr er nach Larmor-Plage.

Und wieder dasselbe. Er lief über den Strand, bekam einen kräftigen Regenguss ab und wurde pudelnass. Verdammte Daunenjacke aus Polyester! Er schwitzte wie ein Bär und setzte sich müde wieder ins Auto, um nachzudenken.

Ihm war klar, dass es Béa gelungen sein musste, den Hummer freizulassen. Sie hatte ihn zu gerngehabt, um ihn einfach zurückzulassen. Lieber war sie ohne ihren Koffer abgehauen, als den Hummer der Gefahr kochenden Wassers auszusetzen.

Dann kam ihm die Idee, am Bahnhof nach ihr zu suchen. Dort standen Taxen, mit denen sie zurückfahren konnte. Er rief seine Eltern an, dass er auf dem Weg sei.

Régine rief Patrick und Yann zu: »Wir fahren zum Bahnhof … ihr den Koffer bringen!«

»Nein«, sagte Patrick, »dann ermutigen wir sie nur, ohne Erwan nach Paris zurückzufahren!«

»Papa hat recht.«

Régine grinste. »Wir fahren hin und geben vor, es ist wegen dem Koffer, dann bringen wir beide nach Hause. Wegen einem Missverständnis können wir doch nicht Weihnachten ausfallen lassen!«

Die beiden Männer sahen sich an.

»Ja, wenn wir nicht fahren, um sie wegzuschicken, bin ich dafür«, sagte Yann.

»Wir haben kein Auto«, bemerkte der Vater.

Yann grinste über beide Ohren. »Ich rufe jemanden an.«

Zehn Minuten später waren sie abfahrbereit und warteten auf den Chauffeur. Yann hatte Badou zu Hilfe gerufen, und seine zärtlichen Worte und Gesten ließen seine Eltern aufmerken. Régine hätte es gern angesprochen, riss sich aber zusammen. Patrick brach das Eis:

»Bist du mit Badou zusammen?«, flüsterte er Yann zu. »Nicht, dass ich schon wieder was falsch mache.«

»Sie haben gestern Abend rumgeknutscht«, warf Régine ein. »Es sieht ein bisschen ernster aus als das.«

Yann holte tief Luft. Der Moment war gekommen. »Badou und ich sind schon lange zusammen.«

»Seit wann genau? Seit eurem Einzug?«, fragte Régine.

»Schon vor dem ersten Lockdown. Ich wollte euch davon nichts sagen, damit ihr mich nicht unter Druck setzt.«

»Wovon redest du eigentlich?«, fragte Régine. »Ich respektiere dein Privatleben. Du hättest es uns schon anvertrauen können …«

»Du hast uns ganz schön zum Narren gehalten, aber Schwamm drüber«, sagte Patrick. »Das hast du gut gemacht, mein Sohn. Jetzt hast du dir sogar einen echten Arzt geangelt.«

»Papa!«

»Ein bisschen Humor darf doch wohl erlaubt sein! Mir hättest du es ruhig sagen können. Ich hätte mich darüber gefreut. Uns ist es auch nicht peinlich.«

Yann verdrehte die Augen. »Ach ja, hast du dich etwa gefreut, als ich dir sagte, dass ich schwul bin? Du hast gesagt: ›Wieso das denn? Man sieht dir das gar nicht an, also kann es nicht sein!‹«

Verlegen hob Patrick die Schultern und zog ein zerknirschtes Gesicht. »Ja, okay, ich hatte Vorurteile damals, aber ich habe dazugelernt«, brummte er. »Hauptsache, du bist glücklich, alles andere ist egal. Ich dachte immer, du verheimlichst deine Liebschaften aus Angst vor deiner Mutter.«

Yann hob ironisch die Augenbrauen. »Ihr seid beide nicht einfach, wenn du's genau wissen willst. Ach, da kommt ja Badou. Bitte tu mir doch den Gefallen und bell ihn nicht gleich an!«

Ein roter Micra hielt mit quietschenden Reifen vor dem *Bar'Bar*. Yann setzte sich nach vorn, seine Eltern nahmen hinten Platz.

»Hallo, Badou«, rief Patrick. »Frohe Weihnachten! Danke, dass du uns hilfst, alter Knabe. Und willkommen in der Familie!«

Badou sah Yann verblüfft an. »Ist er krank? Warum ist er so nett zu mir?«

»Frag nicht weiter«, sagte Régine. »Danke für deine Hilfe!«

Yann bat ihn loszufahren.

»Dann nichts wie weg«, sagte Badou und trat aufs Gaspedal.

30

Vor lauter Erschöpfung war Béa eingenickt. Als dann durch den Lautsprecher der Zug nach Paris aufgerufen wurde, zog sie das Ladegerät aus dem Stecker. Der Bahnhof war zum Glück recht übersichtlich, so fand sie schnell das Gleis und sprang in den dort abfahrbereit stehenden Zug. Bevor die Türen schlossen, sank sie in den bequemen Sitz.

Ihr Telefon klingelte. Sophie schrieb ihr, sie könne sie am Bahnhof Montparnasse abholen. Das war eine gute Idee, denn nach der letzten Nacht hatte sie nicht mehr die Kraft, mit der Métro nach Hause zu fahren.

Dann habe ich eine gute Ausrede, um nicht zu lange bei meiner Mutter zu bleiben, meldete sich Sophie noch einmal. *Ich werde mich um dich kümmern. Ein warmes Bad, Kräutertee und Schokolade warten auf dich, und dann sehen wir uns Weihnachtsfilme an.* Es folgten Emojis mit Kaffeetasse, Herzchen und Schneemann.

Die Aussicht auf so angenehme Dinge tat Béa gut. Dann setzte sie sich auf, im Lautsprecher wurde die Abfahrt angekündigt. Nur noch wenige Minuten, dann hatte sie Lorient hinter sich.

Wieder klingelte es. Der x-te Anruf von Erwan. Diesmal nahm sie allen Mut zusammen und meldete sich.

»Ich kann gerade nicht mit dir reden«, sagte sie, während sie das Abteil verließ, um die Mitreisenden nicht zu stören.

»Warum?«

»Ich bin im Zug.«

»In welchem Zug?«

»Dem nach Paris. Bitte bringt mir meinen Koffer zurück, wenn du fährst.«

Ein leises Geräusch, ein Summen nur, dann setzte sich der TGV in Bewegung.

»Du könntest mir wirklich die Chance geben, alles zu erklären. Da war gar nichts mit Lucile! Ich bin am Bahnhof! Bist du wirklich im Zug?«

Einen Moment sagte sie nichts. Erwans Stimme klang traurig.

»Béa?«

»Der TGV ist gerade abgefahren. Ich konnte wirklich nicht bleiben … Du hast mich den ganzen Abend allein gelassen, die Nacht lieber mit deiner Ex verbracht, und heute Morgen musste ich Albert ohne dich freilassen.« Sie holte tief Luft und fuhr dann fort: »Ich habe mich alleingelassen gefühlt unter all deinen Freunden. Dabei hast du gesagt, wir wären ein Team. Und außerdem hast du mich angelogen. Ich weiß, dass du kein Vegetarier bist. Versuch nicht, das zu leugnen! Ich habe selbst gehört, wie du es gesagt hast.«

Erwan suchte nach Worten. Béa wartete auf seine Antwort.

»Ich hatte Angst … dabei wollte ich … es dir schon lange sagen«, stammelte er. »Gestern … ich meine heute Nacht …

habe ich die Kontrolle verloren. Ich hatte keine Ahnung, dass alles so schiefgehen würde.«

»Ich auch nicht.«

Damit war alles gesagt.

»Pass auf dich auf«, sagte Erwan, bevor er auflegte.

Béa schluchzte. Jetzt war es endgültig aus.

Erwan fühlte sich, als sei das Ende der Welt gekommen. Er stand vor dem Bahnhof von Lorient, verloren und wie am Boden festgenagelt, und wusste nicht mehr, was er tun sollte. Er hatte die naive Vorstellung gehabt, er brauche Béa nur alles zu erklären, und schon wäre wieder alles okay zwischen ihnen. Doch ihm war nicht klar gewesen, dass er sie so tief verletzt hatte, dass sie jetzt allein wegfuhr ... zurück nach Paris.

Was sollte er jetzt tun? Auch nach Paris fahren, bei ihr an die Tür klopfen und sich entschuldigen? Niedergeschlagen blickte er zu Boden, und als er wieder aufsah, bemerkte er den roten Micra, der nur wenige Meter von ihm entfernt parkte.

»Mein Liebling!«

Seine Mutter stieg als Erste aus dem Auto. Sie winkte ihm zu, er solle zu ihr kommen.

»Was macht ihr denn hier?«

»Wir bringen den Koffer«, sagte Yann. »Den von Béatrice. Wir dachten, du brauchst ihn.«

Erwan zuckte die Achseln. »Sie ist im Zug«, sagte er mit erstickter Stimme.

»In welchem?«, fragte Patrick.

»Dem nach Paris, du Dummkopf«, sagte seine Frau wütend. »Er ist gerade losgefahren. Ich habe unterwegs im Smartphone nachgeschaut. Er fährt um 13 Uhr 48 ab und hält in Auray, Vannes und Redon.«

»Los, dann lass uns hinfahren! Wir müssen uns sputen, wenn wir ihn erwischen wollen!«, drängte Patrick.

Erwan drehte sich ungläubig zu seinem Vater um.

»Gib mir die Autoschlüssel, ich werde fahren. Und zieh nicht so ein Gesicht, reiß dich zusammen!«

»Es ist aus.«

Seine Mutter fasste ihn an der Schulter. »Willst du sie wiederhaben oder nicht?«

Erwan nickte.

»Dann tu, was dein Vater dir sagt. Los, vorwärts. Wir haben keine Zeit zu verlieren. Wo steht unser Wagen?«

»Da hinten.«

»Und was ist mit Badou und mir?«, fragte Yann, der den Koffer aus dem Kofferraum geholt hatte.

Régine nahm ihn entgegen und ging im Laufschritt zu den beiden anderen.

»Ihr fahrt nach Hause und bereitet ein schönes Essen vor«, rief sie ihnen über die Schulter zu. »Wir versuchen, das Vögelchen wieder einzufangen.«

Patrick war auf die N 165 gefahren, die Schnellstraße zwischen Nantes und Brest. Neben ihm saß Régine mit ihrem Smartphone und suchte nach dem für sie günstigsten Bahnhof.

»Wir müssen Vannes nehmen«, rief sie. »Wir sind drei Minuten später als der Zug losgefahren und erreichen Avray leider nicht bis 14 Uhr 7, auch wenn es nicht so weit weg ist.«

»Wann kommt der Zug in Vannes an?«

»Um 14 Uhr 27.«

»Das kommt gerade so hin … wir könnten es schaffen.«

Patrick drückte aufs Gaspedal. Sicher gab es auf der Strecke Radarfallen, aber das war jetzt unwichtig. Was war ein Strafzettel gegen eine Liebesgeschichte? Erwan saß hinten und sagte kein Wort.

»Alles okay?«, fragte Patrick und warf ihm einen Blick im Rückspiegel zu.

»Du wirst irgendwie freundlicher, das gefällt mir sehr«, sagte Régine.

»Das liegt an der Rente. Es tut mir gut, nicht mehr den ganzen Tag all die Idioten zu sehen, mit denen man auf der Arbeit zu tun hat. Ich mache mir Sorgen um den Jungen. Er ist ganz blass.«

»Versetz dich in seine Lage. Er hat drei Minuten, um sie zu finden und zu überzeugen auszusteigen, bevor der Zug weiterfährt.«

31

Der Wagen kam um 14 Uhr 24 vor dem Bahnhof von Vannes zum Halten, unterwegs war er geblitzt worden.

»Los … lauf!«, riefen die Eltern, als Erwan aus dem Auto sprang wie ein Teufel aus der Kiste.

»Der Koffer!«, riefen sie ihm nach, und er musste noch einmal zurücklaufen.

Glücklicherweise kannte Erwan den Bahnhof und fand gleich die Gleisnummer auf dem Fahrplan. Mit aller Energie, die er noch zur Verfügung hatte, lief er Richtung Gleis, die Räder des Koffers ratterten.

Da näherte sich schon der Zug aus der Ferne, er sah aus wie eine Spielzeugbahn und wirkte vor dem grauen Himmel fast unwirklich. Als er am Gleis bremste, gab er ein pfeifendes Geräusch, dann einen schrillen Ton von sich. Erwan lief am Zug entlang, schaute in jedes Fenster, versuchte, die Passagiere zu erkennen, die allzu schnell an ihm vorbeifuhren, und suchte nach dem einen Gesicht. Hinter einem der Fenster entdeckte er es dann, blass, müde und traurig. Ihre Blicke trafen sich, dann war der Waggon auch schon an Erwan vorbeigefahren.

Er rannte los und versuchte, Béa nicht aus den Augen zu verlieren. Als der Zug anhielt, sprang er mehrfach in die Höhe, um die Passagiere zu erkennen.

Als sich die Türen öffneten, stieg Béa aus und blieb auf dem Bahnsteig stehen. Sie konnte kaum glauben, dass Erwan ihr nachgefahren war.

Er lief zu ihr hin, so schnell die Beine ihn trugen.

»Béa ... Béa!«, brach es aus ihm heraus. Er war zu sehr außer Atem, um einen ganzen Satz zu sprechen.

»Ich weiß, wie ich heiße. Hol erstmal Luft!«

Sie schüttelte den Kopf, so überrascht war sie.

»Ich habe deinen Koffer ...« Er hustete. »... und drei Minuten, um dich zu überzeugen, bei mir zu bleiben.«

»Eigentlich nur zwei«, sagte sie, »also beeil dich ...«

»Bitte!« Er schluckte. »Wir können noch ein schönes Weihnachtsfest erleben.«

Sie zog eine Grimasse. Er verfluchte sich innerlich, weil er sich so jämmerlich fand. Womit konnte er sie nur zurückhalten?

»Ich habe ein Geschenk für dich!«

Sie zog die Brauen hoch und seufzte. Er blickte ihr mit seinen blauen Augen tief in die Seele. Er hatte nur noch eine Minute. Die letzte Gelegenheit, die ihm blieb, ihr zu gestehen, was er für sie empfand.

»Ich liebe dich, Béa. Seit wir zusammen sind, bin ich glücklich wie nie zuvor. Ich will nicht, dass du mich verlässt ... bitte gib mir eine zweite Chance.«

Die Passagiere wurden zum Einsteigen aufgefordert.

Er nahm ihre Hand. Die Türen gingen zu.

Sie küsste ihn.

Der TGV fuhr weiter, ohne dass sie es merkten.

»Mein Geschenk ist ziemlich doof«, sagte Erwan, der sie fest um die Taille fasste, während sie Richtung Ausgang gingen.

Sie lächelte ihn schelmisch an.

»Ich habe dir einen scheußlichen Pullover gekauft, grün und mit einem Hirsch. Erinnerst du dich an *Schokolade zum Frühstück ... Bridget Jones?*«

Er verzog das Gesicht und wusste nur zu gut, welchen Film sie meinte.

»Du musst ihn tragen«, fügte Béa hinzu.

»Okay ... geht klar.«

»Und du schwörst mir ... ich meine ... dass mit Lucile nichts war.«

»Ich schwöre es. Es tut mir leid, dass ich nicht früher zurückgekommen bin. Es war alles zu viel für mich.«

Dann erzählte er ihr von der Jagd durch die Straßen von Lorient. Und sie schilderte ihm, wie sie allein mit Albert losgegangen war, von seiner wiedergefundenen Freiheit, ihrem Streit mit dem Alten, der wilden Verfolgungsjagd, um den einbeinigen Trunkenbold zu erwischen.

»Diesen Typ hab ich auch gesehen, er fuhr einen alten grauen Mercedes, stimmt's ?«

Sie lachten, und in diesem flüchtigen Augenblick waren sie sich nah wie nie zuvor.

»Wir werden ernsthaft miteinander reden müssen«, sagte Béa schließlich mit einem Seufzer.

»Dass ich kein echter Vegetarier bin, dazu muss ich etwas sagen. Es gab ein Missverständnis, an dem Abend, an dem wir uns kennengelernt haben. Ich habe immer nach dem richtigen Moment gesucht, um es dir zu gestehen. Ich hatte Angst, dass du mit mir, einem ›furchtbaren Allesfresser‹, nichts mehr zu tun haben wolltest. Das Wichtigste aber ist, dass ich mit dir leben möchte. Ich kann zu Hause Vegetarier sein, das stört mich nicht im Geringsten. Nie wirst du tote Tiere in unserem Kühlschrank haben!«

»Ich möchte nur, dass du ehrlich zu mir bist«, entgegnete Béa.

»Ich glaube, das mit Albert war einfach zu viel.«

»Eindeutig.«

Sie lächelte wieder, und er küsste sie auf die Stirn.

»Jetzt ist sein Loch mit Wasser überschwemmt, und er ist unterwegs zu neuen Abenteuern.«

»Möge Poseidon ihn beschützen!«

Sie verließen den Bahnhof, und ihr Blick fiel gleich auf Régine und Patrick, die ihnen heftig zuwinkten. Béa versteifte sich ein wenig.

»Ich muss das jetzt deinem Vater erklären.«

»Mach es dir nicht zu schwer.«

Patrick hielt jetzt eine kleine bretonische Fahne hoch und winkte damit wie bei einem Fußballspiel.

»Auch für das, was sie da veranstalten, bitte ich um Entschuldigung«, sagte Erwan. »Ich gebe zu, damit habe ich nicht gerechnet.«

Dann lachten sie beide, bis sie außer Atem waren.

»Tut mir leid, es ist nur Nervosität«, sagte sie und wischte eine Träne ab.

»Es ist besser, über das alles zu lachen«, meinte Régine erfreut. »Ich freue mich, dass wir dich noch erreicht haben. Aber wir hätten dich auch im Gefängnis abgeholt.«

»An deiner Stelle wäre ich auch abgehauen«, sagte Patrick, während er den Koffer ins Auto wuchtete. »Aber jetzt ist alles gut, wir fahren nach Hause und Yann kocht uns ein schönes Essen.«

Régine wandte sich zu ihnen um, während sich das Paar auf der Rückbank niederließ, und sagte vergnügt:

»Sein Freund Badou wird auch da sein! Wir werden jetzt wohl eine ganz neue Familie.«

Patrick warf Béa im Rückspiegel einen verschmitzten Blick zu.

»Es gibt veganes Essen.«

»Ich will niemand zwingen, so zu essen wie ich«, murmelte Béa.

Régine zuckte die Achseln. »Und wenn wir Lust darauf haben? Du kannst uns nicht daran hindern … Wegen des Hummers wissen wir übrigens Bescheid, der steht nicht mehr auf der Speisekarte.«

Béa legte ihren Gurt an. »Das wäre auch nicht möglich«, sagte sie. »Es könnte sein, dass ich ihn heute Morgen freigelassen habe.«

»So ein Mist!«, rief Patrick, und sie erstarrte. »Ich wollte doch, dass wir das nach dem Essen gemeinsam tun.«

Régine legte eine Hand auf seinen Arm. »Fahr endlich los, du Quasselstrippe! Ich kriege langsam Hunger.«

»Eins ist sicher: Ich hab jetzt kein Weihnachtsgeschenk mehr für dich!«

Sie stieß einen kleinen Seufzer aus. »Komm, fahr!«

»Okay, unter der Bedingung, dass wir diesen Sommer nach Kanada reisen.«

»Was? Meinst du das ernst?«

»Natürlich.«

Alle warteten gespannt auf Régines Antwort und hingen an ihren Lippen.

»Du hast gewonnen! Ich komme mit. Aber jetzt fahren wir erstmal nach Hause.«

Patrick lachte. »Ich lege jetzt Musik auf, ich bin in Feierstimmung. Das ist der Geist von Weihnachten!«

Und zu den Klängen seines geliebten Binioù brauste er los.

Epilog

Das Paar hatte sich mächtig herausgeputzt und stand vor der prächtigen Tür eines Haussmann-Gebäudes im 16. Arrondissement. Er trug eine hellgraue Hose, ein beigefarbenes Hemd, ein blaues Sakko und einen dunklen Mantel. Sie hatte einen roten Mantel an und darunter ein ausgeschnittenes schwarzes Kleid, das ihre Figur betonte, und war sorgfältig geschminkt. Erwan war frisch rasiert und hatte zu dem Anlass nicht sein übliches Eau de Toilette genommen, sondern ein Pröbchen aus der *Vogue*.

»Ich hätte eine Krawatte anziehen sollen, oder?«

»Mein Stiefvater ist nicht so anspruchsvoll. Außerdem würde meine Mutter dann unentwegt Bemerkungen darüber machen. Pass bitte mit Kraftausdrücken und Schimpfwörtern auf.«

Erwan nickte. Er hatte außerdem Anweisung, nicht über Politik, Geld und Umweltfragen zu reden.

»Wie viele Schwestern hast du nochmal?«

»Drei, und sie sind alle Giftspritzen. Sie werden mich von Kopf bis Fuß mustern. Danach bist du dran.«

Er lächelte ihr zu. »Das wird ja super!«

»Ach, wir gehen einfach rein, essen was und dann hauen ganz schnell wieder ab«, sagte Béa zum zehnten Mal, seit sie aus der Métro gekommen waren.

Sie gaben den Code ein, gingen durch die große Eingangshalle und stiegen die Treppe bis zur zweiten Etage hinauf. An der Tür klingelten sie. Ein Dienstmädchen öffnete und nahm ihnen die Mäntel ab.

»Es ist immer eine neue«, flüsterte Béa ihm zu. »Keine hält es in dieser Hölle lange aus.«

»Ah, da kommt ja mein künftiger Skipper!«, rief eine Männerstimme durch den Flur.

»Oh Mist … hoffentlich hat er kein Boot gekauft«, sagte Béa leise. »Eins steht jetzt schon fest: Mit denen fahren wir nicht in die Ferien!«

Sie hielt sich an Erwans Arm fest, und er hinderte sie daran, sich umzudrehen und wegzulaufen.

»Es wird schon gut gehen. Schlimmer als Weihnachten kann's nicht werden.«

»Wer weiß … vielleicht doch!«

Tapfer gingen sie hinein.

Es war nur ein Mittagessen, aber sicher eine besondere Herausforderung, weil sie nicht wussten, welches Menu sie erwartete. Doch sie hatten schon ganz andere gemeistert. Sie würden es schaffen … gemeinsam.

Dank

Ich wiederhole mich bei jedem Buch, aber ich würde nicht mit solchem Vergnügen schreiben, wenn mich mein Mann nicht unterstützen würde. Ich habe großes Glück, denn auch meine Freunde helfen mir, wenn es notwendig ist …

Tausend Dank an Nadia Coster und Silène Edgar, die die erste Fassung durchgesehen haben, und an Agnès Marot, Maëlig Duval und Cindy Van Wilder für ihren Ansporn in Momenten des Zweifels, die man beim Schreiben immer hat.

Silène verdanke ich die Begegnung mit Pauline, der Lektorin dieses Romans. Was würde ich ohne meinen schlauen Lieblingskobold machen? Pauline war die ideale Lektorin, um Albert auf seiner Suche nach Freiheit zu begleiten. Ich danke ihr für ihr Vertrauen und ihre Unterstützung.

Ich nutze die Gelegenheit, meine Eltern zu grüßen, denen diese Geschichte besonders gefällt. Sie ermutigen mich immer, und das bedeutet mir sehr viel.

Danke an die Leserinnen und Leser, die das Buch gekauft haben oder es sich haben schenken lassen.

Ich hoffe, ihr verbringt eine schöne Zeit mit Albert, Béatrice und der Familie Guellec.

Und zum Schluss:

Man muss wissen, dass ich ein großer Fan vermischter Meldungen in den Zeitungen bin und oft welche in meinen Romanen verarbeite.

Vor Jahren bin ich in einer Garage einem Hummer begegnet. Leider habe ich ihn nicht gerettet.

In diesem Buch wird Béa von einem betrunkenen Mann mit einem Bein chauffiert. Dies hat es wirklich gegeben, zwar nicht in Lorient, sondern in Brest, und leider ist dabei ein Unfall geschehen. Der Fahrer benutzte wirklich einen Besenstiel.

Ich habe mehrere Geschichten von befreiten Hummern gefunden, die Jahre in Aquarien von Restaurants verbracht hatten. Zu den berühmtesten gehören Louie und George, zwei Hummer aus New York.

Es gibt auch Artikel über Veganer, die Hummer befreit haben. Bekannt ist zum Beispiel Mylène Farmer – 2015 kaufte sie alle Hummer eines Restaurants in Nizza auf und gab sie dem Meer zurück.

Hummer sind sehr empfindliche Tiere. Wenn man sie in kochendes Wasser wirft, leiden sie Höllenqualen, deshalb ist dies in der Schweiz verboten.

Aus diesem Grund esse ich keinen Hummer mehr und teile Béas Überzeugungen, die sie alles tun ließen, um Albert zu retten.

Es kommt vor, dass weniger berühmte Leute als Mylène Farmer versuchen, Hummer freizulassen, doch es gelingt ihnen nicht immer. Wenn ihr wie Béa in die Lage kommt, einen zu retten, macht es nicht bei Sturm – das ist gefährlich! ;-)

Man muss einen geeigneten Ort finden, bei Ebbe zum Beispiel ein Wasserloch, nicht zu nah am Ufer wegen möglicher Angler. Wenn ihr das Krustentier nicht gleich freilassen könnt, stellt es nicht in Süßwasser, es würde leiden und sterben. Sorgt für einen Kanister mit Meerwasser, wie Patrick es getan hat; man kann es man beim Fischhändler bekommen.

Je mehr Veganer ich kennenlerne – nein, ich bin keine Veganerin, obwohl ich manche Überzeugungen mit ihnen teile –, desto klarer wird mir, dass man ihnen mit Vorurteilen begegnet und sie in manchen Restaurants nicht freundlich empfangen werden.

Ich verstehe nicht ganz, wo das Problem ist. Das Wichtigste scheint mir zu sein, einfach zuzulassen, dass jeder das isst, was er möchte, und andere respektiert.

In diesem Roman arbeitet Béa für einen Verein, der sich mit der Anpflanzung von Mikro-Wäldern beschäftigt. Ich habe dieses Konzept vor ein paar Jahren kennengelernt und finde es großartig. Da wir Platz in unserem Garten haben, haben mein Mann und ich dieses Jahr selbst einen Mikro-Wald angelegt, allerdings mit weniger hohen Zielen als Akira Miyawaki, dessen Projekt Sie kennenlernen sollten.

Suchen Sie in Lorient nicht nach dem *Bar'Bar*. Selbst wenn manche echte Kais und Straßen in diesem Roman vorkommen, das Restaurant von Régine Guellec ist frei erfunden.

Ich habe dieses Buch vor der Pandemie geschrieben, die Lektorin und ich haben es während der Lockdowns überarbeitet. Ich hoffe, dass wir Corona bald hinter uns haben, spätestens, wenn Sie dieses Buch in Händen halten.

Sollten Sie nach Lorient fahren, um sich zu erholen, rate ich Ihnen zu einem Besuch im *Tavarn ar Roue Morvan* an der Place Polig-Monjarret oder im *Galway Inn* in der Rue de Belgique. Dort herrscht eine schöne Atmosphäre – und vielleicht begegnen wir uns ja, wer weiß?

ISBN 978-3-85179-515-8

Titel der französischen Originalausgabe:
I faut sauver Albert

Umschlaggestaltung: Christina Krutz, Biebesheim am Rhein
Satz: Christine Paxmann • text • konzept • grafik, München
Druck und Bindung: CPI books, Leck

www.thiele-verlag.com